O bigode
A colônia de férias

# Emmanuel Carrère

O bigode
A colônia de férias

Tradução
André Telles

ALFAGUARA

O bigode © P.O.L. éditeur, 1986
A colônia de férias © P.O.L. éditeur, 1995
Todos os direitos reservados

Todos os direitos desta edição reservados à
Editora Objetiva Ltda.
Rua Cosme Velho, 103
Rio de Janeiro — RJ — Cep: 22241-090
Tel.: (21) 2199-7824 — Fax: (21) 2199-7825
www.objetiva.com.br

Título original
La moustache / La classe de neige

Capa
Sabine Dowek

Revisão
Lilia Zanetti
Joana Milli
Rita Godoy

Editoração eletrônica
Abreu's System Ltda.

CIP-BRASIL. CATALOGAÇÃO-NA-FONTE
SINDICATO NACIONAL DOS EDITORES DE LIVROS, RJ

C311b

    Carrère, Emmanuel
        O bigode; A colônia de férias / Emmanuel Carrère; tradução André Telles. - Rio de Janeiro: Objetiva, 2011.

        256p.   ISBN 978-85-7962-071-3
        Tradução de: *La moustache; La classe de neige*

        1. Novela francesa. I. Telles, André. II. Título. III. Título: A colônia de férias.

11-1857.   CDD: 843
                                    CDU: 821.133.1-3

Sumário

O bigode   7

A colônia de férias   133

O bigode

Para Caroline Kruse

— O que você diria se eu raspasse o bigode?

Agnès, que folheava uma revista no sofá da sala, deu uma risadinha e respondeu:

— Poderia ser uma boa ideia.

Ele sorriu. Na superfície da água, na banheira onde ele se demorava, boiavam recifes de espuma espetados com pelinhos pretos. A barba crescia com muita força, o que o obrigava a escanhoar-se duas vezes ao dia, caso não quisesse, à noite, exibir o queixo azul. De manhã, eliminava o sombreado no espelho da pia, antes de tomar sua chuveirada, e tudo não passava de uma série de gestos mecânicos, destituídos de qualquer solenidade. À noite, ao contrário, esse sacrifício passara a ser um interlúdio que ele planejava meticulosamente, providenciando para que a água do banho corresse pelo chuveiro, a fim de que o vapor não embaçasse os espelhos que contornavam a banheira embutida, dispondo um copo ao alcance da mão, depois espalhando demoradamente a espuma pelo queixo, passando e repassando a navalha com cuidado para não invadir o bigode, cujas pontas em seguida aparava com uma tesoura. Tivesse ou não que sair e apresentar-se distintamente, aquele ritual vespertino exercia uma função no equilíbrio do dia, assim como o único cigarro a que se permitia, depois que parara de fumar, após a refeição do meio- -dia. Disso fruía um sereno prazer, inalterável desde o fim da adolescência, a vida profissional intensificara-o até, e, quando Agnès zombava afetuosamente do caráter sagrado daquelas sessões de barba, ele respondia que, de fato, era seu exercício zen, o único nicho de meditação dedicado ao conhecimento de si e do mundo espiritual que lhe concediam suas vãs mas absorventes atividades de executivo jovem e dinâmico. Performático, corrigia Agnès, carinhosamente irônica.

Agora, terminara. Com os olhos semicerrados, todos os músculos em repouso, esmiuçava no espelho o próprio rosto, com uma expressão de catarse úmida, depois, mudando a olhos vistos, de virilidade eficiente e determinada, que ele se divertia em exagerar. Um resto de espuma grudava no canto do bigode. Falara em raspá-lo apenas de gozação, como às vezes falava em cortar o cabelo curtinho — usava-os à meia altura, jogados para trás. "Curtinho? Que horror", protestava infalivelmente Agnès. "Com o bigode de quebra e a jaqueta de couro, vai ficar parecendo gay."

"Ora, posso raspar o bigode também."

"Prefiro com", concluía ela. A bem da verdade, jamais o conhecera sem bigode. Tinham cinco anos de casados.

— Vou dar uma descida para fazer umas compras no supermercado — disse ela, passando a cabeça pela porta entreaberta do banheiro. — Temos que sair dentro de meia hora, então não demore muito.

Ouviu um frufru de pano, o casaco que ela vestia, o retinir do molho de chaves catado na mesa de centro, a porta da rua aberta, depois fechada. Ela poderia ter deixado a secretária eletrônica ligada, pensou, poupar-me de sair pingando do banho caso o telefone toque. Bebeu um gole de uísque, girou o grande copo quadrado na mão, fascinado com o tilintar dos cubos de gelo — isto é, do que restava deles. Dali a pouco teria de se levantar, enxugar, vestir...

Mais cinco minutos, transigiu, gozando do prazer da trégua. Imaginava Agnès a caminho do supermercado, estalando os saltos na calçada, aturando a fila no caixa, sem que aquele marasmo arranhasse seu bom humor ou a perspicácia de seu olhar: nunca deixava de registrar pequenos e curiosos detalhes, não necessariamente cômicos em si, mas que ela sabia valorizar nas histórias que contava. Ele sorriu novamente. E se, quando ela chegasse, ele de fato a surpreendesse sem o bigode? Não fazia cinco minutos que ela havia declarado que não seria má ideia. Mas ela não levara sua pergunta a sério, em todo caso não mais do que o normal. Gostava dele com bigode, aliás ele também, ainda mais que com o tempo foi se desacostumando de seu rosto glabro: não conseguia realmente se decidir. De toda forma, se porventura sua cara nova não lhes agradasse, nada o impedia de deixar o bigode crescer novamente, o que levaria dez, quinze dias, durante os quais teria a experiência de se ver diferente. Afinal, Agnès volta e meia mudava o corte de cabelo sem o avisar; ele sempre reclamava, caçoava dela, e, quando começava a se acostumar, ela tinha se cansado e aparecia com um corte novo. Por que não ele, dessa vez? Seria divertido.

Riu silenciosamente, como um moleque travesso, depois, estendendo o braço, pousou o copo vazio sobre a bancada da pia e pegou uma tesoura, para o trabalho pesado. Logo constatou que aquele chumaço de pelos poderia entupir o sifão da banheira: um punhado de fios bastava para isso e depois era aquela novela, tinha que despejar um desses produtos desentupidores à base de soda cáustica, que empesteavam por horas a fio. Pegou um copo de bochecho, que equilibrou precariamente na borda na frente do espelho, e, debruçando-se por cima dele, começou a desbastar. Os fios do bigode caíam no fundo do copo em pequenos tufos compactos, bem pretos, sobre o sedimento de calcário esbranquiçado. Trabalhava lentamente, para não se cortar. No fim de um minuto, levantou a cabeça, inspecionou o canteiro de obras.

Já que era para bancar o palhaço, podia igualmente deter-se nesse ponto, deixar o lábio superior adornado com uma vegetação irregular, viçosa aqui, mirrada ali. Criança, não compreendia por que os adultos machos jamais tiravam um partido cômico de seu sistema capilar, por que, por exemplo, um homem que decidia sacrificar a barba fazia-o em geral de uma assentada, em vez de oferecer à hilaridade dos amigos e conhecidos, ainda que por um ou dois dias, o espetáculo de um dia glabro e outro de barba, com um semibigode ou costeletas em forma de Mickey, pantomimas que bastava uma navalhada para extinguir após se haverem prestado ao divertimento. É curioso como a satisfação com esse tipo de extravagância se atenua com a idade, precisamente quando se torna exequível, pensou, constatando que ele próprio, em ocasião similar, curvava-se ao costume, não lhe passando pela cabeça ir jantar naquele estado agreste na casa de Serge e Véronique, não obstante velhos amigos que jamais teriam se incomodado com aquilo. Preconceito pequeno-burguês, suspirou, e continuou a acionar a tesoura até que o fundo do copo de bochecho estivesse cheio e o terreno, propício ao trabalho da navalha.

Precisava se apressar. Agnès chegaria de uma hora para outra, ele perderia o efeito surpresa se não terminasse a tempo. Com a pressa alvoroçada de quem embrulha um presente no último minuto, aplicou o creme de barbear na zona desbastada. A navalha rangeu, provocando-lhe uma careta; apesar disso, não se cortou. Novos flocos de espuma, cravejados de pelos negros, mas muito mais numerosos que há pouco, caíram na banheira. Repetiu duas vezes. Não demorou e seu lábio superior ficou ainda mais liso que as maçãs do rosto, belo trabalho.

Embora seu relógio fosse à prova d'água, tirara-o para tomar banho, mas pelas suas contas a operação não tinha durado mais de seis ou sete minutos. Enquanto dava a última demão, evitara olhar para o espelho a fim de reservar-se a surpresa, ver-se como Agnès o veria dentro em pouco.

Ergueu os olhos. Nada de terrível. O bronzeado dos esportes de inverno, na Páscoa, ainda subsistia um pouco nas faces, de modo que o lugar do bigode configurava um retângulo de uma palidez desagradável, que parecia inclusive falso, forçado: uma falsa ausência de bigode, pensou, e, sem abdicar inteiramente do bom humor malicioso que o impelira àquilo, já se arrependia um pouco da iniciativa, repetindo-se mentalmente que em dez dias o mal estaria sanado. Em todo caso, poderia ter se dedicado àquela travessura na véspera das férias e não depois, assim estaria integralmente bronzeado, sem falar que a restauração seria mais discreta. E menos gente ficaria a par.

Balançou a cabeça. Bom, nada grave, não ia transformar aquilo numa doença. E o teste, pelo menos, teria o mérito de provar que ele ficava bem de bigode.

Apoiando-se na borda, levantou-se e retirou a tampa do ralo da banheira, que começou a se esvaziar ruidosamente enquanto ele se enrolava na toalha felpuda. Tremia um pouco. Em frente à pia, massageou as bochechas com a loção, hesitando tocar na área leitosa do bigode. Quando se decidiu, um formigamento fez com que crispasse os lábios: irritação de uma pele que, fazia aproximadamente dez anos, não tinha contato com o ar livre.

Desviou os olhos do espelho. Agnès não tardaria. Subitamente, descobriu-se preocupado com a reação dela, como se estivesse voltando para casa após uma noite fora enganando-a. Foi até a sala, onde dispusera sobre uma poltrona as roupas que pretendia usar aquela noite, e vestiu-as com uma pressa furtiva. Em seu nervosismo, excedeu-se na força com que puxou um cadarço de sapato, que arrebentou. Uma veemente sucção advertiu-o, enquanto xingava, de que a banheira acabara de esvaziar. De meias, voltou ao banheiro, onde o azulejo molhado fez seus dedos do pé se contraírem, e passou o chuveirinho nas paredes da banheira até que os resquícios de espuma e principalmente os pelinhos tivessem desaparecido por completo. Preparava-se para desinfetá-la com o produto guardado no armário sob a pia, para poupar esse trabalho a Agnès, mas reconsiderou, ruminando que, agindo assim, estaria se comportando menos como marido solícito e mais como criminoso preocupado em eliminar todo vestígio de seu delito. Em contrapartida, esvaziou o copo de bochecho com os pelos cortados na lata de lixo metálica, cuja tampa era acionada por um pedal, depois enxaguou-o com cuidado, mas sem esfregar a camada de calcário. Lavou também a tesoura, secando-a em seguida para que não enferrujasse. A puerilidade da camuflagem fez com que sorrisse: para que limpar os instrumentos do crime quando o cadáver se expõe como o nariz no meio da cara?

Antes de retornar à sala, deu uma checada no banheiro, evitando olhar-se no espelho. Depois colocou um disco de bossa nova dos anos 50 e sentou-se no sofá, com a desagradável impressão de aguardar na sala de espera de um dentista. Não sabia se preferia que Agnès chegasse imediatamente ou que se atrasasse, concedendo-lhe um tempo extra para raciocinar, restabelecer a dimensão correta de sua iniciativa: uma brincadeira, no pior dos casos uma atitude infeliz da qual ela riria também. Ou então se declararia horrorizada, e seria engraçado da mesma forma.

A campainha da porta soou, ele não se mexeu. Passaram-se alguns segundos, depois a chave farfalhou na fechadura, e, do sofá do qual não saíra, ele viu Agnès entrar no vestíbulo empurrando o batente com o pé, os braços carregados de sacolas de papel. Quase gritou, para ganhar tempo: "Feche a porta! Não olhe!" Percebendo seus sapatos no carpete, debruçou-se precipitadamente sobre eles, como se o trabalho de calçá-los pudesse absorvê-lo por muito tempo, evitar mostrar-lhe o rosto.

— Você podia ter aberto — disse Agnès, sem aspereza, ao passar e vê-lo congelado naquela posição. Em vez de entrar na sala, ela foi diretamente à cozinha, e, prestando atenção, ele ouviu, no fundo do corredor, o ressonar sereno da geladeira que ela abria, as sacolas amassadas à medida que ela retirava as compras, depois seus passos se aproximando.

— O que andou aprontando?

— Meu cadarço arrebentou — ele murmurou, sem erguer a cabeça.

— Pegue outro sapato, então.

Ela riu, deixou-se cair no sofá, ao seu lado. Sentado na ponta das nádegas, o peito rigidamente inclinado sobre os sapatos cujos ilhoses catava sem os ver, ele continuava paralisado pelo absurdo da situação: se preparara aquela farsa, tinha sido para receber Agnès com bom humor, exibir-se brincando com a surpresa dela, e, caso fracassasse, com sua desaprovação; não para se enrodilhar, tentando adiar o máximo possível o momento em que ela o veria. Precisava de um solavanco, depressa, tomar novamente a dianteira, e, talvez encorajado pela peroração melosa do sax no disco, levantou-se num movimento brusco e saiu para o corredor, onde ficava a sapateira, dando-lhe as costas.

— Se faz mesmo questão de usar este — ela gritou para ele —, podemos fazer uma emenda no cadarço até você comprar outro.

— Não, tudo bem — ele respondeu e pegou um par de mocassins, que calçou de pé no corredor, puxando pelo topo. Pelo menos não havia cadarços para estorvar. Inspirou profundamente, passou a mão no rosto, demorando-se no lugar do bigode. Era menos chocante ao tato que à visão, só restaria a Agnès acariciá-lo muito. Obrigou-se a sorrir, admirado ao constatar que quase conseguia, empurrou a porta do armário, prendendo-a com o papelão que a impedia de se entreabrir, e voltou à sala, o pescoço um pouco duro, mas sorridente, rosto a descoberto. Agnès tirara o disco e guardava-o na capa.

— Acho que agora está na hora de irmos — disse ela, voltando-se para ele, antes de abaixar lentamente a tampa de platina cujo visor vermelho se apagou sem que ele a tivesse visto apertar o botão.

* * *

Enquanto desciam até o subsolo, onde ficava o estacionamento, ela retocou a maquiagem no espelho do elevador, depois olhou para ele com uma cara de aprovação, mas essa aprovação, obviamente, dizia respeito ao seu terno e não à sua metamorfose, que ela continuava sem comentar. Ele susteve seu olhar, abriu a boca, tornou a fechá-la imediatamente, sem saber o que dizer. Durante o trajeto de carro, permaneceu silencioso, ensaiando mentalmente várias frases introdutórias, mas nenhuma lhe pareceu satisfatória: cabia a ela falar primeiro, e, por sinal, era o que ela fazia, contando uma história relativa a um autor da editora onde ela trabalhava, mas ele mal a escutava, e, sem conseguir interpretar aquela atitude, respondia laconicamente. Logo chegaram à região do Odéon, onde Serge e Véronique moravam e onde, para variar, verificou-se quase impossível estacionar. O congestionamento e as três voltas no mesmo quarteirão deram-lhe um pretexto para manifestar seu mau humor, socar o volante, gritar merda para um buzinador que não podia ouvi-lo. Agnès escarneceu-o, e, consciente de ser antipático, ele sugeriu que ela saltasse enquanto ele continuava a procurar vaga. Ela aceitou, desceu na altura do prédio ao qual eles iam, atravessou a calçada, depois, como se atinasse bruscamente com alguma coisa, voltou num passo célere até o carro parado, onde ele esperava o sinal verde. Ele abaixou o vidro, aliviado, imaginando que ela viesse, com uma palavra carinhosa, dar um fim à farsa, mas ela queria apenas lembrar-lhe a senha da portaria. Disposto a retê-la, ele colocou a cabeça para fora da janela, mas ela já se afastava, enviando-lhe por cima do ombro uma piscadela que podia significar "até já", "te amo" ou outra coisa qualquer. Ele arrancou, perplexo e irritado, seco por um cigarro. Por que ela fingia não ter reparado em nada? Para responder com outra surpresa à que ele lhe aprontara? Mas, justamente, era isso o espantoso: ela não parecera nem um pouco surpresa, sequer por um instante, o tempo de recobrar-se, de compor uma fisionomia natural. Encarara-a fixamente no momento em que ela, guardando o disco na capa, olhava para ele: nenhum franzir de sobrancelha, nenhuma expressão fugaz, nada, como se ela tivesse tido todo o tempo do mundo para se preparar para o espetáculo que a esperava. Claro, era possível sustentar que ele a prevenira, ela mesma dissera, rindo, que não era má ideia. Mas tratava-se evidentemente de uma frase ao léu, de uma falsa resposta ao que era, em seu juízo, igualmente uma falsa pergunta. Impossível imaginar que o levara a sério, que fizera as compras a ruminar: ele está raspando o bigode, quando o encontrar, preciso agir como se nada houvesse acontecido. Por outro lado, o sangue-frio demonstrado por ela era ainda menos crível no caso de não estar esperando por aquilo. De toda forma, pensou, tiro-lhe o chapéu. Golpe de mestre.

Apesar do engarrafamento, sua irritação diminuía, e, por conseguinte, seu desassossego. A ausência de reação de Agnès, ou melhor, a rapidez de sua reação, traía a estreita cumplicidade que os unia, uma tendência à exacerbação, à improvisação trocista, pela qual, em vez de se zangar com ela, convinha antes dar-lhe os parabéns. Para uma esperteza, esperteza e meia, aquilo era a cara dela, era a cara deles, e agora via-se tomado pela impaciência não de elucidar um mal-entendido, mas de desfrutar junto com ela de uma aliança quase telepática e a esta associar seus amigos. Serge e Véronique primeiro ririam de seu novo visual, depois do trote armado por Agnès, do nervosismo dele, o qual naturalmente pretendia confessar e analisar sem se poupar, apresentando-se sob uma luz desorientada e irascível, dando a última palavra. A menos... a menos que ela, jamais escassa de ideias, tivesse saltado na frente com a intenção de colocar Serge e Véronique a par do segredo, de lhes pedir a mesma atitude. Tudo bem, fora ele quem lhe sugerira subir primeiro, mas, se não o tivesse feito, ela lhe teria pedido. Ou então, assim como ele, só agora ela percebesse o partido a tirar daquela precedência. Na verdade, torcia para isso, entusiasmado em participar de uma pantomima cuja graça, o lado pingue-pongue, parecia-lhe agora evidente. Ficaria decepcionado se ela não pensasse assim, mas, não restava dúvida, ela pensava assim, a oportunidade era por demais favorável. Imaginava-a nesse instante instruindo Serge e Véronique, Véronique ironizando, ameaçando cair na gargalhada no afã de parecer espontânea. Não tinha, longe disso, o talento de atriz de Agnès, tampouco sua desenvoltura ou propensão à fraude, portanto iria acabar se traindo.

A perspectiva dessa gag, o prazer que sentia imaginando possíveis sequências e sobressaltos, dissipavam a aflição que sentira um momento antes. Fazendo um recuo, surpreendia-se com sua vacilação, censurava-se por seu mau humor; mas não, pensando bem, este caía como uma luva na farsa, quase lhe parecia, retrospectivamente, tê-lo simulado também. Apalpou o rosto, espichou o pescoço para olhar no retrovisor. Enfim, não era muito feliz aquele lábio superior esbranquiçado no meio do bronzeado, mas iriam divertir-se com ele, e depois a parte branca escureceria, a parte escura clarearia e, o principal, permitiria que o bigode renascesse; o único motivo para a irritação, se realmente fazia questão de encontrar um, era que o motorista atrás dele acabava de ocupar uma vaga pela qual ele passara inadvertidamente, tão concentrado estava em observar-se.

Serge e Véronique mostraram-se à altura. Nem piscadelas insistentes, nem discrição ostensiva; encaravam-no de frente, exatamente como sempre. Ele os provocou, entretanto, deu um jeito, a pretexto de ajudá-la, de ficar a sós na cozinha com Véronique e pô-la à prova elogiando-a por sua ótima cara. Ela retribuiu-lhe o elogio, sim, estava bronzeado, sim, fizera tempo bom, você está em forma, você não muda, você também não. Durante o jantar os quatro falaram de esqui, trabalho, amigos comuns, filmes recentes, com tanta naturalidade que a brincadeira, com o tempo, perdia a graça, como essas imitações perfeitas demais, que, de tão calcadas no original, inspiram mais respeito que hilaridade. Desempenhar tão bem a cena estragava-lhe o prazer que esperava dela, e quase odiava Véronique, a quem considerava, a priori, o elo fraco da conspiração, e que não abria a guarda. Ninguém mordia as iscas cada vez maiores que ele jogava, falando do socialismo glabro imposto pelo governo Fabius ou dos bigodes desenhados na Mona Lisa por Marcel Duchamp, e, a despeito da tensão implícita que aquele chiste impecavelmente insinuado imprimia ao desenrolar da noite, sentia-se triste como uma criança que, durante um almoço de família em tributo ao seu prêmio de excelência, gostaria que a conversa incidisse apenas sobre esse acontecimento, sofrendo porque os adultos, após parabenizá-la, não voltam ao assunto incessantemente, falam de outra coisa, esquecem-na. Com auxílio do vinho, flagrou-se esquecendo, no lapso de um minuto, que tirara o bigode, que os outros fingiam não reparar nele, e, quando constatava isso, dava uma espiada no espelho acima da lareira a fim de se convencer de que não tinha sonhado, de que o fenômeno, aparentemente esquecido de todos, ainda assim persistia, bem como a mistificação de que ele era vítima consentânea, o protagonista cansado do ostracismo. Essa persistência deixou-o ainda mais intrigado quando, depois do jantar, Serge, um pouco alto, discutiu com Véronique por uma razão fútil, que por sinal lhe escapou. Aquelas brigas não eram raras entre seus anfitriões, ninguém ligava para elas. Véronique era esquentada, e Agnès, que a conhecia desde sempre, divertia--se abertamente com seus muxoxos furiosos, suas debandadas para a cozinha, acompanhando-a até a cozinha para pôr o óleo no fogo. Aquela cena conjugal, todavia, relegava ao esquecimento a comédia da indiferença perante o bigode raspado, o que em si era compreensível, mas tornou-se mais surreal quando o incidente chegou ao fim. Pois a tensão não se diluíra totalmente, e parecia lógico que Véronique, vexada, amotinando-se ostensivamente, num rompante, se desvinculasse de um embuste cuja condição era o consenso geral. Ora, não foi isso o que ela fez. Ele tentou agir de maneira a levá-la a desmascarar um pacto do qual, entregue à sua raiva, ela talvez houvesse esquecido completamente, mas encontrou apenas ineptos, que talvez dessem um fim tosco a uma farsa para a qual Agnès talvez planejasse um desfecho brilhante. Entretanto, diante da cara de fastio de Véronique e de seu desejo de vê-los partir para que pudessem brigar na intimidade, ficou claro que não haveria desfecho, que a farsa terminaria ali, não seria comentada por seus intérpretes, congratulando-se mutuamente e rindo às gargalhadas como ele esperara. Sua decepção infantil se acentuou, a irritação voltou. Ainda que forjasse uma maneira espirituosa de recolocar o assunto em pauta, não haveria nenhuma chance agora de que seu chiste fora de hora fosse recebido de outra forma senão como um arroubo requentado, provando que o prazer que poderiam ter desfrutado ao representarem aquela comédia já murchara fazia tempo, substituído por uma indiferença não estimulada e, para ele, frustrante.

No carro, Agnès não tocou mais no assunto. Decerto lamentava--se que seu trote houvesse fracassado, a ponto de no corredor do prédio todos concordarem tacitamente em não reavivá-lo, mas não demonstrava isso, comentava alegremente o jantar, o humor de cão de Véronique, caçoando como sempre fazia. E, embora ele não esperasse da parte dela qualquer manifestação de constrangimento, aquela recusa a evocar, ainda que incidentalmente, a pequena farsa da noite pareceu-lhe quase agressiva, como se, só faltava essa, ela o recriminasse pela ineficácia do blefe. Detestava indispor-se com Agnès, gostaria de amá-la sem nenhuma reticência, por mais breve e efêmera que esta fosse; e, de fato, o amor que se dedicavam ia de par com um senso de humor de uso privado que em geral bastava para dissipar os conflitos. Tratando-se de uma mania benigna, um mínimo de recuo deveria tê-lo prevenido contra toda irritação. Ainda assim, a atitude de Agnès irritava-o, chegando a despertar a angústia inexplicável, a difusa sensação de culpa que experimentara ao sair do banheiro. Era evidentemente ridículo, ele podia muito bem jogar o jogo por mais cinco minutos se aquilo divertia Agnès, mas terminaria por odiá-la, pressentia, então era melhor parar. Por outro lado, competia a ela dar o primeiro passo, e paciência se, tendo perdido o timing, não lhe restasse nada melhor do que emitir um banal "até que não ficou tão ruim"; bastava que o dissesse cordialmente. Ainda que achasse feio, aliás, tudo estava em dizê-lo. Mas, aparentemente, ela não queria. Cabeça-dura, pensou.

Ela parara de falar nos últimos dois minutos, olhava reto à sua frente, com um arzinho de amuada, parecendo censurá-lo por seu descaso. Adorava-a assim, a testa obstinada sob a franja, subitamente feminina. Sua contrariedade desapareceu bruscamente, varrida por uma onda de ternura com um quê de sarcasmo, o do adulto que cede ao capricho de uma garotinha, deixando claro que o mais inteligente é o primeiro a ceder.

Num sinal vermelho, debruçou-se sobre ela, e, com a ponta dos lábios, seguiu o contorno de seu rosto. Como ela jogava a cabeça para trás para lhe oferecer o pescoço, notou que ela sorria e cogitou dizer: "Você venceu." Preferiu esfregar, franzindo o nariz, seu lábio superior liso na pele dela, subindo da clavícula ao lobo da orelha, e murmurar:

— Diferente, não acha?

Ela suspirou lentamente, pousou a mão sobre sua coxa, enquanto ele se afastava a contragosto para engrenar a primeira. Quando atravessaram o cruzamento, ela perguntou, a meia-voz:

— O que é diferente?

Ele mordeu o beiço, recusando-se a ceder à impaciência.

— Desista.

— Desista do quê?

— Por favor... — ele implorou comicamente.

— Mas o que está havendo?

Voltada para ele, ela o considerou com uma curiosidade tão bem representada, carinhosa, um tanto preocupada, que ele temia, caso ela continuasse, odiá-la de verdade. Ele dera o primeiro passo, cedera em todos os pontos, ela deveria compreender que aquilo não o divertia mais, que ele queria conversar tranquilamente. Fazendo um esforço para adotar o tom do adulto que pondera com uma garotinha teimosa, declarou enfaticamente:

— As melhores piadas são as mais curtas.

— Mas que piada?

— Pare! — ele interrompeu, com uma brusquidão de que logo veio a se arrepender. Prosseguiu com calma: — Chega.

— O que está havendo?

— Pare, por favor. Estou pedindo que pare.

Ele deixara de sorrir, ela também.

— Pois bem. Pare você — disse ela. — Imediatamente. Aqui.

Ele percebeu que ela falava do carro, chegou lentamente para a faixa do ônibus e desligou a ignição, para dar mais peso à sua injunção de terminar com aquilo. Mas foi ela a primeira a falar:

— Me explique o que aconteceu.

Parecia tão desconcertada, chocada até, que ele se perguntou por um instante se ela não estava sendo sincera, se era possível que, por alguma razão inacreditável, não tivesse notado nada. Mas nenhuma razão inacreditável dava conta da questão, era inclusive ridículo fazer-se a pergunta, e, mais ainda, fazê-la para ela.

— Não notou nada? — perguntou assim mesmo.

— Não. Não, não notei nada e você vai me explicar agora o que eu deveria ter notado.

Essa é boa, pensou: o tom determinado, quase ameaçador, da mulher que vai fazer uma cena, ciente de seus direitos. Era preferível desistir, ela se cansaria igual a uma criança quando paramos de prestar atenção nela. Mas ela perdera sua voz infantil. Ele hesitou, terminou por suspirar: "Nada", e levou a mão à ignição. Ela segurou-a.

— Não — ordenou. — Fale.

Ele não sabia sequer o que falar. Perseverar, pronunciar as poucas palavras que, impelida por uma mania qualquer, Agnès queria porque queria fazê-lo pronunciar, parecia subitamente difícil, vagamente obsceno.

— Mas, afinal, meu bigode — terminou por deixar escapar, embolando as sílabas.

Pronto. Falara.

— Seu bigode?

Ela franziu as sobrancelhas, imitando o estupor à perfeição. Não sabia se a aplaudia ou esbofeteava.

— Por favor, pare — ele repetiu.

— Ora, pare você! — Ela quase gritava: — Mas que história é essa de bigode?

Ele pegou a mão dela, sem delicadeza, levou-a a seus lábios e aplicou suas falanges quase hirtas, crispadas, na região do bigode. Nesse momento, viram-se ofuscados pelos faróis do ônibus que se aproximava por trás. Soltando a mão dela, ele arrancou, deslocando-se para o meio da avenida.

— Esse ônibus circula até tarde... — observou estupidamente, para fazer uma pausa, pensando ao mesmo tempo que tinham saído cedo da casa de Serge e Véronique e que, uma vez aceso o estopim, a pausa não servia para nada. Agnès, que perseverava em seu papel, já voltava à carga.

— Eu gostaria que me explicasse. Pretende deixar crescer o bigode, é isso?

— Pelo amor de Deus, toque aqui! — ele gritou, voltando a pegar a mão dela, a qual pressionou novamente sobre sua boca. — Acabo de raspá-lo, não sente? Não enxerga?

Ela retirou a mão e deu uma risadinha irônica e sem malícia, que ele não conhecia.

— Você faz a barba diariamente, certo? Duas vezes por dia.

— Pare, merda.

— Isso está ficando monótono, como uma piada — ela observou, secamente.

— Mas é a sua especialidade, não é?

Ela não respondeu, e ele julgou ter acertado na mosca. Acelerou, decidiu calar-se até que ela pusesse fim àquela história idiota. O mais inteligente é o primeiro a ceder, repetiu consigo, mas a frase perdera sua sutileza de repreensão afetuosa, instalando-se tão pesadamente dentro de sua cabeça que as sílabas martelavam com uma espécie de imbecilidade furiosa. Agnès permanecia calada, e, quando ele a fitou furtivamente, sua expressão atônita chocou-o como uma crueldade. Nunca a vira daquele jeito, odiosa e amedrontada. Ela nunca representara uma comédia com aquela veemência. Nenhuma nota em falso, algo da grande arte, e por quê? Por que aquilo?

Continuaram em silêncio o resto do caminho, no elevador e até mesmo após entrarem no quarto, onde se despiram cada um de seu lado, sem se olharem. Do banheiro onde ele escovava os dentes, ouviu-a rindo de um jeito que pedia uma pergunta, e ele não a fez. Mas pelo som de sua risada, sem birra, quase represada, presumiu que ela quisesse voltar atrás. E, quando ele foi ao quarto, ela sorria, já deitada, com uma expressão de timidez ambígua, arrependida e segura do perdão que tornava quase inimaginável aquela que ele surpreendera no carro. Ela estava com remorsos; ele, claro, iria mostrar-se um bom príncipe.

— Na minha opinião — disse ela —, Serge e Véronique já se reconciliaram. A gente podia fazer como eles.

— É uma ideia — ele respondeu, sorrindo por sua vez, e esgueirou-se para a cama e tomou-a nos braços, aliviado com sua rendição e ao mesmo tempo preocupado com a possibilidade de um triunfo modesto. Com os olhos já fechados, encolhida contra ele, ela emitiu um pequeno ronronar de prazer e apertou o ombro dele com a mão à guisa de sinal de sono. Ele apagou a luz.

— Está dormindo? — ele disse, um pouco mais tarde.

Ela respondeu imediatamente, baixinho, mas com clareza:

— Não.

— Em que está pensando?

Ela riu baixinho, como antes de deitar-se.

— No seu bigode, claro.

Houve um momento de silêncio, um caminhão passou na rua, fazendo os vidros vibrarem. Depois ela continuou, hesitante:

— Você lembra, agora há pouco, no carro.

— E então?

— Engraçado, mas tive a impressão de que se você continuasse... eu ficaria com medo.

Silêncio. Ele estava com os olhos arregalados, certo de que ela também.

— Tive medo — ela murmurou.

Ele engoliu em seco.

— Mas foi você que insistiu...

— Por favor — ela implorou, apertando sua mão o máximo que pôde. — Sério, isso me dá medo.

— Então não recomece — disse ele, abraçando-a, na esperança inquieta de frear o mecanismo, que percebia prestes a disparar novamente. Ela percebeu a mesma coisa, desvencilhou-se do abraço com um gesto violento, acendeu a luz.

— Foi você que recomeçou — gritou. — Nunca mais faça isso!

Ele viu que ela chorava, a boca murcha, as costas sacudidas por arrepios. Impossível simular aquilo, pensou, desarvorado, impossível não estar sendo sincera. Impossível também estar sendo, ou então teria enlouquecido. Agarrou-a pelos ombros, impressionado com aquele tremor, com a contração de seus músculos. A franja escondia seus olhos, ele levantou-a, desobstruindo a testa, agarrou seu rosto entre as mãos, disposto a tudo para deter aquele surto. Ela gaguejou:

— Que história é essa de bigode?

— Agnès — ele murmurou —, Agnès, eu o raspei. Não é nada do outro mundo, vai nascer de novo. Olhe para mim, Agnès. O que está havendo?

Repetia cada palavra, lentamente, quase cantarolando enquanto a acariciava, mas ela voltou a esquivar-se, os olhos esbugalhados, como no carro, a mesma progressão.

— Você sabe muito bem que nunca usou bigode. Pare com isso, por favor. — Ela gritava: — Por favor. Isso é idiotice, por favor, me dá medo, pare... Por que está fazendo isso? — sussurrou, para terminar.

Ele não respondeu, abatido. O que poderia lhe dizer? Para parar com a palhaçada? Para continuarem o diálogo de surdos? O que estava acontecendo? Trotes do arço-da-velha, que ela às vezes maquinava, voltavam-lhe à mente, a história da porta emparedada... Lembrou-se subitamente do jantar na casa de Serge e Véronique, da obstinação deles em fingir nada perceberem. O que ela lhes dissera, e por quê? O que pretendia?

Com frequência tinham as mesmas ideias simultaneamente. Isso se confirmou e, no instante em que ela abria a boca, ele compreendeu que a vantagem caberia ao primeiro que fizesse a pergunta. A ela, portanto.

— Se você tivesse raspado o bigode, Serge e Véronique teriam notado, não acha?

Era indefensável. Ele suspirou:

— Você pediu para eles fingirem.

Ela encarou-o, pupilas dilatadas, boquiaberta, visivelmente tão horrorizada quanto se ele a ameaçasse com uma navalha.

— Você está louco — ela sibilou. — Completamente louco.

Ele fechou os olhos, pálpebras cerradas ao ponto de doer diante da esperança absurda de que, quando os reabrisse, Agnès tivesse caído no sono, o pesadelo ficado para trás. Ouviu-a mexer-se, empurrar os lençóis, levantava-se. E se estivesse louca, se tivesse uma alucinação, o que fazer? Entrar no jogo dela, pronunciar palavras tranquilizadoras, iludi-la, dizendo: "Claro que sim, você tem razão, nunca usei bigode, eu estava de gozação, você me desculpa...?" Ou provar-lhe que ela delirava? A água correu no banheiro. Quando reabriu os olhos, ela se aproximava da cama, um copo na mão. Vestira uma camiseta e parecia mais calma.

— Escute — ela disse —, vamos telefonar para Serge e Véronique.

Mais uma vez ela o ultrapassava, consolidava sua vantagem fazendo uma proposta de certa forma razoável, colocando-o na defensiva. E, se os convencera a participar da brincadeira, se eles resistiram durante todo o jantar, nada garantia que não fossem perseverar ao telefone. Mas por quê? Por quê? Ele não compreendia.

— A essa hora? — ele perguntou, consciente de estar cometendo um erro, sugerindo um pretexto convencional fútil para furtar-se a uma prova que previa perigosa para si.

— Não vejo outra solução. — Sua voz, de uma hora para outra, mostrava-se novamente segura. Ela estendeu a mão até o telefone.

— Isso não provará nada — ele murmurou. — Se você tiver avisado...

Arrependeu-se, assim que a formulou, daquela precaução derrotista, e, preocupado em retomar a iniciativa com um ato de autoridade, apoderou-se por sua vez do aparelho. Agnès, sentada na beirada da cama, deixou que ele agisse sem protestar. Discado o número, contou quatro toques até atenderem. Reconheceu a voz de sono de Véronique.

— Sou eu — disse abruptamente. — Desculpe acordá--la, mas tenho uma coisa para te perguntar. Você se lembra da minha cara? Olhou bem para ela hoje à noite?

— Não — disse Véronique.

— Não notou nada?

— Como é?

— Não notou que eu estava sem bigode?

— Você pirou, por acaso?

Agnès, que pegara o fone, fez um gesto que significava claramente "Está vendo..." e disse, impaciente:

— Posso falar?

Ele estendeu-lhe o aparelho, dispensando o fone que ela lhe oferecia em troca, para denotar claramente o descaso que conferia a um teste de uma maneira ou de outra forjado.

— Véronique? — disse Agnès. Após uma pausa, continuou: — Justamente, é o que pergunto eu. Escute: suponha que fiz com que você jurasse dizer, de pés juntos, que ele nunca usou bigode. Está me acompanhando?

Ela agitou o fone na direção dele, como se para lhe ordenar que o pegasse, e, furioso consigo mesmo, ele obedeceu.

— Bem — ela continuou. — Se lhe pedi isso, considere anulado, esqueça tudo e me responda francamente: já o viu de bigode, sim ou não?

— Não. Claro que não. E depois...

Véronique hesitou, ouviram a voz de Serge contra um fundo de chiado, depois uma conversa entre eles, a mão tapando o bocal. Finalmente Serge pegou o aparelho:

— Você parece estar se divertindo bastante — disse ele —, mas nós estamos dormindo. Tchau.

Eles ouviram o clique, e Agnès repôs lentamente o aparelho no gancho.

— Estamos nos divertindo, de fato — ela comentou.

— Viu?

Ele olhou para ela, perplexo.

— Você tramou com eles.

— Telefone para quem quiser. Carine, Paul, Bernard, alguém do seu escritório, qualquer um.

Ela se levantou, pegou uma agenda de endereços na mesa de centro e jogou-a na cama. Ele compreendeu que, apanhando-a, folheando-a, procurando alguém a quem telefonar, reconheceria sua derrota, ainda que aquilo fosse absurdo e impossível. Alguma coisa, aquela noite, desandara, obrigando-o a provar a evidência, e suas provas não eram irrefutáveis, Agnès contaminara-as. Agora ele desconfiava do telefone, pressentindo sem poder imaginar suas modalidades uma conspiração em que ele ocupava um lugar, um trote gigante e nem um pouco engraçado. Embora rejeitando a hipótese estapafúrdia segundo a qual Agnès teria ligado para todos os amigos de sua agenda para fazê-los jurar, sob um pretexto qualquer, asseverar, independentemente do que ela dissesse, ainda que os pressionasse a desdizer-se, que ele nunca usara bigode, ele presumia que, telefonando para Carine, Bernard, Jérôme, Samira, obteria a mesma resposta, que convinha repelir aquele calvário, abandonar aquele campo minado e deslocar-se para outro, onde teria a iniciativa, uma possibilidade de controle.

— Escute — ele disse —, temos um monte de fotografias em algum lugar. As de Java, por exemplo.

Saindo da cama, vasculhou na gaveta da escrivaninha e retirou de lá o maço de fotografias das últimas férias. Ambos apareciam em grande parte delas.

— E então? — ele disse, estendendo-lhe uma.

Ela deu uma espiada, ergueu os olhos para ele e a devolveu. Ele examinou-a: era ele de fato, vestindo uma camisa de batique, cabelos grudados na testa pelo suor, risonho e de bigode.

— E então? — repetiu.

Ela fechou os olhos por sua vez, reabriu-os, respondeu com uma voz cansada:

— O que você está querendo provar?

Ele quis dizer "chega", mais uma vez argumentar, mas atinou, subitamente esgotado também, que tudo ia recomeçar, voltar ao ponto de partida, o mais inteligente é o primeiro a ceder, melhor arriar os braços, esperar aquilo passar.

— Ok — disse, deixando a foto cair no carpete.

— Vamos dormir! — disse Agnès.

De uma latinha de cobre, disposta na mesa de cabeceira, ela puxou uma cartela de soníferos, tomou um comprimido e lhe deu um, com o copo d'água. Ele juntou-se a ela na cama, apagou a luz, não se tocaram. Um pouco depois, ela roçou no dorso de sua mão, sob os lençóis, e ele acariciou a dela com a ponta dos dedos, por alguns instantes. Sorriu mecanicamente, no escuro. Em repouso, a cabeça leve, deslizando para o sono, não conseguia mais realmente querer-lhe mal, ela estava extrapolando, mas era ela, amava-a assim, com sua pitada de loucura, como quando ela telefonava para uma amiga, dizendo: "Mas o que está acontecendo...? Pois bem, sua porta... é, sua porta, como, não viu...? Juro, no lugar da sua porta, no andar de baixo, há uma parede de tijolos... Pois é, a porta sumiu... Ora, juro, estou na cabine da esquina... É, tijolos..." , e assim por diante, até que a amiga, incrédula mas não obstante abalada, desce ao saguão do prédio, depois sobe para ligar para Agnès na casa dela e dizer: "Ah, danadinha!" "Danadinha..." sussurrou consigo mesmo, e dormiram.

Ele acordou às onze da manhã, com a cabeça pesada e a boca pastosa por causa do calmante. Sob o despertador, Agnès deixara um bilhete: "Até a noite. Te amo." As fotografias de Java jaziam espalhadas no carpete ao pé da cama. Ele apanhou uma, que observou demoradamente: Agnès e ele, em trajes claros, espremidos num jinriquixá cujo condutor, atrás deles, sorria com todos os dentes avermelhados pelo bétele. Tentou recordar quem batera a foto, provavelmente um passante, a pedido deles; sempre que entregava sua máquina a um desconhecido em tais circunstâncias, temia vagamente que este saísse na disparada, mas isso nunca acontecera. Passou a mão no rosto, como que intumescido por um sono de pedra. Seus dedos demoraram-se no queixo, redescobrindo a sensação de formigamento familiar, e hesitaram em se aventurar até o lábio superior. Quando por fim decidiu-se a isso, não sentiu nenhuma surpresa, pois não lhe passava pela cabeça ter sonhado na véspera, mas o contato, apesar de idêntico ao das maçãs do rosto, foi desagradável. Examinou novamente a fotografia do jinriquixá, depois levantou-se e foi ao banheiro. Em virtude de ter acordado tarde, ia dar-se um tempo, proporcionar-se o luxo de um banho demorado, em lugar da rotineira chuveirada matinal.

Enquanto a água corria, telefonou para o escritório para comunicar que chegaria no início da tarde. Paradoxalmente, isso não causava nenhum problema, ainda mais que estavam na correria e trabalhavam mais no fim do dia. Quase interrogou Samira a respeito de seu bigode, mas voltou atrás: chega de bobagem.

Não fez a barba durante o banho e sim na pia, tomando cuidado para não tocar nos fios nascentes do bigode, que, definitivamente, deixaria crescer de novo. Estava provado que não gostava de ficar sem ele.

Na banheira, refletiu. Sem odiá-la de verdade por isso, compreendia mal a obstinação de Agnès em perseverar numa piada cuja graça, honestamente, esgotava-se em cinco minutos. Claro, como ele lhe dissera, trotes maquiavélicos eram uma de suas especialidades. Abstraindo a história da porta emparedada, que ele achara simplesmente mórbida, seu método de mentir sempre o impressionara. Agnès, como todo mundo, cometia vez por outra pequenas mentiras em proveito próprio, para justificar-se por não poder comparecer a um jantar ou não ter terminado um trabalho no prazo, mas em vez de dizer que estava doente, que seu carro acabava de enguiçar ou que perdera sua agenda, sustentava, com uma convicção totalmente desproporcional, em lugar de argumentos capengas mas verossímeis, falácias deslavadas. Se um amigo tinha esperado seu telefonema a tarde inteira, em casa, ela não dizia que tinha esquecido, que o telefone dava ocupado ou que ninguém atendia, o que no fim das contas poderia sugerir que estava com defeito, mas garantia, olhos nos olhos, ao amigo em questão, que de fato ligara para ele, que falara com ele, o que ele sabia claramente ser falso, e o obrigava a imaginar que, em consequência de um engano e por uma razão misteriosa, um desconhecido fizera-se passar pelo interlocutor que ele não era. Ou acusava o interlocutor de mentiroso, o que Agnès não deixava de fazer implicitamente, apostando na inverossimilhança da explicação como aval de sua sinceridade. Por que, afinal, inventar desculpa tão esfarrapada? Aquela estratégia desorientava, ela se gabava disso, aliás, depois contava à sua volta aquele tipo de proeza, mas quando uma de suas vítimas, para confrontá-la, evocava-lhe essas confissões, ela respondia que sim, costumava fazer aquilo, mas nesse caso, não, podia jurar, não estava mentindo, e batia o pé de tal maneira que a pessoa era obrigada, quando não a acreditar nela, pelo menos a capitular resmungando, sem o que a discussão poderia eternizar-se sem que ela jamais desviasse de sua tese. No inverno anterior, tinham passado um fim de semana na casa de campo de Serge e Véronique, em que a calefação estava bastante combalida, e cujos quartos só eram mantidos a uma temperatura razoável se os radiadores trabalhassem a meio-regime, caso contrário as válvulas estouravam. A friorenta Agnès havia evidentemente começado por aumentar ao máximo a intensidade do aparelho do quarto deles, e claro que as válvulas estouraram. Ela não se desconcertara, mas, após três sucessivos cortes de luz, após três sermões nos quais Serge expusera-lhe a necessidade de sacrificar um pouco de seu conforto ao interesse coletivo, parecia ter finalmente se resignado. Os hóspedes do fim de semana haviam passado na sala de estar uma noite tranquila, que nenhum incidente viera perturbar, nem mesmo quando Agnès foi deitar-se antes de todo mundo. Todos esperavam dormir num cômodo decentemente aquecido, daí a consternação geral ao toparem com os aparelhos inoperantes, e os quartos, glaciais. Não havia sombra de dúvida, era um crime com assinatura: após aplacar as suspeitas de seus companheiros de fim de semana, Agnès havia cortado traiçoeiramente a calefação dos demais a fim de poder subir a do quarto deles ao máximo e refestelava-se numa estufa, onde, pelo visto, não lhe passava pela cabeça que suas vítimas furiosas viessem acordá-la para tirar satisfação. Até o fim, insultando toda verossimilhança, declarou-se inocente, indignando-se que suspeitassem dela por um ato tão vil. "Então quem fez isso?", repetia Véronique, exasperada. "Não sei, eu é que não fui", e nunca mais cogitou desdizer-se. Terminaram rindo daquilo, ela também, mas sem confessar, sem sequer fornecer explicação alternativa, como a desregulagem da caldeira ou a intrusão de um assaltante que teria se entretido brincando com os botões dos aparelhos.

Em verdade, considerado friamente, o trote do bigode não era nem mais nem menos espantoso que aquele, ou o dos tijolos. A diferença residia em que agora os dois tinham passado dos limites, ele igualara-se a ela inclusive na hostilidade, e também no fato de que agora era ele a vítima. Pois quase sempre ela o tornava tacitamente cúmplice de sua inequívoca má-fé, pela qual ele demonstrava uma indulgência afetuosa, até admirativa. Estranho, por sinal, pensou, que em cinco anos de vida em comum ela nunca lhe tivesse aplicado aquele tratamento, como se ele representasse um tabu a seus olhos. Nem tão estranho assim, pensando bem. Ele sabia perfeitamente que havia duas Agnès: uma sociável, brilhante, sempre representando, cujas extravagâncias e comportamento imprevisível terminavam por seduzir de tão espontâneos, e, ainda que ele não admitisse, inspiravam-lhe orgulho; a outra, que só ele conhecia, frágil e inquieta, ciumenta também, capaz de desmanchar-se em lágrimas por uma ninharia, de se enroscar em seus braços, e que ele consolava. Logo, ela possuía outra voz, hesitante, quase melíflua, que o teria irritado em público, mas demonstrava, na intimidade de seu relacionamento, uma entrega comovedora. Refletindo sobre isso, imerso na água que esfriava, compreendia tristemente o que mais o perturbara na cena da véspera: pela primeira vez, Agnès insinuara um dos números de seu circo mundano na protegida esfera em que viviam. Pior ainda, a fim de conferir-lhe mais peso, explorara para fazer esse número o registro de voz, as entonações e as atitudes reservadas ao domínio tabu, no qual, a princípio, a farsa não tinha vez. Violando uma convenção jamais formulada, ela o tratara como a um estranho, invertendo as posições em detrimento dele com todo o virtuosismo adquirido na prática assídua desse esporte, e de maneira quase odiosa: vinha-lhe à mente seu semblante desfigurado pela angústia, suas lágrimas. Parecia efetivamente assustada, acusara-o, com toda a convicção, de persegui-la, de assustá-la deliberadamente, sem razão. Sem razão, pois é... Por que ela agira daquela forma? Por que desejava castigá-lo? Por ter tirado o bigode, e ponto final. Ele não a enganava, não a traía sob nenhum aspecto, mas esse exame de consciência não o tranquilizava, implicando que ela o punia por um erro que ele próprio ignorava. A menos que houvesse pretendido atormentá-lo de forma gratuita, ou, mais possivelmente, não houvesse se dado conta disso. De resto, ele próprio, só agora, com a cabeça fresca, dava-se conta efetivamente. Era preciso descontar a embriaguez meio perversa que sentimos ao manipular alguém, ao fazê-lo girar em torno de si mesmo, cada vez mais depressa, até o momento de retribuir-lhe a afronta e dizer: "Legal, não acha?" Mas, com certeza, ela fora longe demais ao cooptar contra ele, mesmo a pretexto de farsa, a cumplicidade de Serge e Véronique. Que, por sua vez, eles tivessem aceitado representar seus papéis como ela pedia, era compreensível, julgavam prestar-se a um joguinho entre os dois, uma daquelas brincadeiras íntimas a que eles estavam acostumados, e não à primeira escaramuça séria de uma espécie de guerrilha conjugal. Não, não convinha exagerar. Tinham bebido um pouco, terminara, ela não insistiria. Mesmo assim, sem exagero, aquilo machucava, era uma traição, a primeira. A expressão dela, transtornada na véspera, passava novamente diante de seus olhos, suas lágrimas de teatro, tão genuínas

35

quanto as genuínas, e a fissura que cavavam na confiança mútua. Pronto, pensou, outro exagero meu, chega.

Saiu do banho, enxugou-se, decidiu esquecer o incidente. Jurou nunca mais recriminá-la, ainda que houvesse motivo para tanto... não, nenhum motivo, estava censurado, não tocariam mais no assunto.

Enquanto se vestia, entretanto, pensou ter sido muito estúpido, não apenas por ter caído na armação, mas por lhe ter faltado presença de espírito no momento do telefonema. Agnès manobrara para ligar primeiro para Serge e Véronique, depois, diante de sua objeção de que ela poderia tê-los aliciado, blefara, sugerindo que ligasse para outra pessoa qualquer. E ele, como um imbecil, tivera o pressentimento de uma fatalidade que o faria ser desmentido por todo mundo aquela noite, ao passo que, materialmente, ela não pudera avisar senão a Serge e Véronique. Desde o momento em que, antes de sair para jantar, ela o vira sem bigode, eles não haviam se separado exceto por dez minutos, o tempo de ele estacionar. Ela aproveitara esse intervalo a seu bel-prazer para instruir Serge e Véronique, mas estava descartado ter ligado para todos os amigos a fim de inteirá-los. Ele caíra como um patinho. Ainda mais que naquela manhã, se ela assim tivesse desejado, disporia de todo o tempo do mundo para ter ao alcance, uma por uma, todas as pessoas que eles conheciam. A ideia, recém-germinada, fê-lo sorrir: o simples fato de pensar em algo assim, de imaginar Agnès urdindo uma conspiração telefônica sob a premência de uma farsa desmascarada... Minha nossa, ele lhe diria, ela também riria, e talvez, por esse viés gaiato, viesse a compreender sem que ele lhe tivesse feito nenhuma crítica a que ponto o que ela julgava ser uma brincadeira inocente pudera afetá-lo àquele grau. Mas não, era preferível ela não se humilhar, por pouco que fosse; não lhe diria aquilo, não tocaria mais no assunto, ponto final.

Percebeu, ao chegar ao escritório, que não era o ponto final. Debruçados sobre uma maquete, Jérôme e Samira levantaram a cabeça ao ouvi-lo entrar, mas não esboçaram qualquer reação. Jérôme fez-lhe sinal para aproximar-se, no instante seguinte estavam os três dividindo a tarefa, pois o cliente queria que o projeto fosse apresentado na próxima segunda e ainda estavam longe do fim, teriam que fazer serão.

— Tenho um jantar hoje à noite — explicou Samira —, mas dou um jeito de passar aqui depois.

Ele fitou-a diretamente nos olhos, ela sorriu, desalinhou-lhe carinhosamente os cabelos com a mão e acrescentou:

— Algum problema? Você me parece meio cansado, está com cara de quem teve uma boa noitada.

Então o telefone tocou, ela pegou o aparelho e, como Jérôme deixara a sala, ele se viu sozinho, estúpido, apalpando com os dedos as abas do nariz. Sentou-se diante de sua mesa, começou a examinar os projetos, que ele mantinha abertos com auxílio da palma da mão. Depois prendeu-os, colocando cinzeiros e pesos de papel sobre os cantos, e trabalhou. Atendeu o telefone várias vezes, a cabeça distante, incapaz de construir com os pensamentos, todos precisos, flutuando em sua cabeça, uma hipótese que ele teria desejado tão coerente, funcional e banal quanto a instituição social cujo projeto os mobilizava. Teria Agnès ligado para eles também? Era absurdo, e, principalmente, não conseguia imaginar Jérôme e Samira, sobrecarregados de trabalho, ouvindo a explicação do papel que lhes cabia representar num trote idiota. Ou então, a rigor, teriam dito "tudo bem", não pensariam mais no assunto e, quando ele chegou, teriam ainda assim demonstrado um certo desconcerto. Será que, pura e simplesmente, não notavam nada? Idas frequentes ao banheiro, ao longo da tarde, pausas prolongadas diante do espelho em cima da pia convenceram-no de que, mesmo distraídas, mesmo míopes, e elas não o eram, as pessoas com quem ele trabalhava diariamente havia dois anos, com quem se encontrava fora do escritório, como amigos, não podiam ignorar a mudança sobrevinda em sua aparência. Mas o ridículo de fazer a pergunta refreava sua língua.

Por volta das oito horas, ligou para Agnès para dizer que chegaria tarde.

— Está tudo bem? — ela perguntou.

— Tudo bem. Atolado de trabalho, mas tudo bem. Até mais tarde.

Não falou nada, a não ser com Jérôme, por quinze minutos, sobre a maquete. O resto do tempo, cada um permaneceu pregado em sua mesa, um fumando desbragadamente, o outro acariciando a contrapelo o lábio superior. A falta de tabaco oprimia-o mais do que o habitual. Porém, após fumar seu único cigarro diário, economizado no almoço que havia dispensado, controlou-se. Conhecia de sobra o ciclo que vencera com suas resoluções anteriores: no começo, pedimos tragadas à nossa volta, depois, vez ou outra, um cigarro inteiro, então Jérôme chegava à agência com um maço sobressalente, piscando o olho e dizendo: "Sirva-se, mas pare de me encher o saco", e, no fim de uma semana, voltava a comprar maços. Após dois meses já de abstinência, o fim do túnel se aproximava, embora os pessimistas sempre nos digam que é preciso perfazer três anos antes de julgar a luta vencida. Apesar de tudo, um cigarro acalmaria seus nervos, o ajudaria a concentrar-se no trabalho. Pensava nisso da mesma forma que em seu bigode, na farsa que lhe representavam, chegava a associar o contato do filtro em seus lábios, e o gosto da fumaça, à solução do mistério banal que o obcecava e, ao mesmo tempo, a um interesse renovado pelos projetos abertos à sua frente. Terminou por pedir um a Jérôme, que, absorto, lhe estendeu o maço sem um sarcasmo sequer, e, claro, ele não extraiu disso nenhum dos benefícios que esperava. Continuava a divagar.

Um pouco antes das onze horas, Samira, que saíra para ir ao tal jantar, telefonou para pedir que lhe abrissem a porta dentro de dez minutos: o escritório dava para o pátio interno de um prédio cuja portaria fechava às oito horas e não tinha nem código nem interfone. Ele pensou na história dos tijolos, e, aproveitando a oportunidade, saiu, esticando-se, para esperar Samira na rua. Chovia, e a tabacaria defronte estava prestes a fechar. Atravessou, entrou esgueirando-se por baixo da grade de ferro arriada até o meio e pediu cigarros. Para Jérôme, claro, que logo estaria à míngua. O dono contava o dinheiro no caixa, e, tendo-o reconhecido num relance, cumprimentou-o. Ele mirou-se no espelho, por entre as garrafas alinhadas nas prateleiras, dirigindo-se a si mesmo um sorriso cansado. O dono, que levantava a cabeça nesse momento, retribuiu-lhe o sorriso mecanicamente, junto com o troco.

Na rua, fumou outro cigarro, furioso consigo mesmo, e o esmagou ao ver Samira chegar. Ela agitava uma garrafa de vodca, que comprara no caminho.

— Algo me diz que vamos precisar disso.

Na portaria, ele apertou o interruptor, mas o sensor devia estar quebrado, pois a luz não se acendeu automaticamente. No momento de entrar no pátio, diante da sacada iluminada atrás da qual era possível ver as costas de Jérôme, debruçado sob a luminária de arquiteto, ele reteve Samira pelo braço.

— Espere.

Ela parou, sem se voltar para ele. Talvez julgasse que ele queria beijá-la, ele poderia ter colocado as mãos sobre seus ombros, aproximado os lábios de sua nuca, ela provavelmente deixaria que o fizesse.

— Agnès ligou para você? — perguntou, num tom inseguro.

— Agnès? Não, por quê?

Virando-se um pouquinho, ela o fitou, perplexa.

— Há algo errado? O que é?

— Samira...

Respirou profundamente, procurando as palavras.

— Se Agnès lhe telefonou, por favor, me fale. É importante.

Ela balançou a cabeça.

— Você está tendo problemas com Agnès? Sua cara está estranha.

— Você não reparou em nada?

— Reparei, que sua cara está estranha.

Ele tinha de fazer a pergunta, explicitamente. Por mais ridículo que parecesse. Samira reaproximara-se, solícita, já com pena, era difícil acreditar que estivesse representando. Ele gostaria de lhes dizer que parassem, a todos, que estava farto. Sentou-se nos primeiros degraus da escada que dava acesso ao prédio com vista para a rua, segurou a cabeça entre as mãos. O roçar da capa de chuva e o estalo da madeira lhe indicaram que ela havia se sentado ao seu lado. Ela disse: "O que está havendo?", o botão da luz enguiçada brilhava debilmente atrás de seu ombro. Ele se levantou, sacudindo-se.

— Vai passar. Acho que vou para casa. — Depois: — Não conte nada a Jérôme — disse ele, antes de empurrar a porta do escritório, esquivando-se para deixá-la passar.

Foi pegar o sobretudo, disse que não estava se sentindo bem, que voltaria no dia seguinte para terminar, Jérôme resmungou sem escutá-lo de verdade, ele apertou-lhe a mão, beijou Samira apertando-lhe o ombro com força para dizer não se preocupe, é só um lapso, saiu, viu-se na rua deserta, a tabacaria já fechada. Metendo a mão no bolso do paletó, encontrou os cigarros comprados para Jérôme, relutou em voltar ao escritório para lhe entregar e não o fez.

À sua espera, Agnès assistia a um filme antigo na televisão. — Tudo bem? — ela disse. — Tudo bem —, e sentou-se perto dela, no sofá. O filme começara havia aproximadamente uma hora; ela fez um resumo do início num tom de ironia preguiçosa que ele julgou afetado. Cary Grant fazia um médico dinâmico que se apaixonava por uma moça grávida, salvava-a do suicídio, restituía-lhe o gosto pela vida e se casava com ela. Nesse ínterim, invejosos de seu sucesso, os outros médicos da cidade onde ele trabalhava armavam uma cilada para ele, revirando seu passado, no qual alguns episódios duvidosos pareciam capazes de expulsá-lo da Ordem. Era difícil saber se as suspeitas a seu respeito tinham ou não fundamento, o que tornava vagamente suspeito seu idílio insípido com a jovem mocinha: perguntavam-se se ele a amava de verdade ou se a desposava para levar a cabo uma maquinação qualquer. As duas histórias, de toda forma, não pareciam ter muita relação. Ele as acompanhava com uma atenção aparvalhada, certo, sem ceder ao desejo de verificar, de que Agnès o observava com o canto do olho. Não demorou e houve uma cena de tribunal em que o segredo de Cary Grant foi desvendado: pelo que ele percebeu, censuravam-no por ter exercido a medicina num lugarejo vizinho, onde, para driblar a desconfiança que os moradores tinham com relação a médicos, ele se fazia passar por açougueiro, isso até o dia em que uma de suas clientes, que ele tratava fingindo vender-lhe bifes, descobria seu diploma de doutor, indignava-se com a trapaça e ele era obrigado a deixar o lugarejo sob pena de ser linchado. "Que loucura", riu Agnès, quando ele se defendeu explicando que vendia carne a preço de custo, sem auferir lucro algum daquela atividade paramédica. Cary Grant, como se não bastasse, tinha uma espécie de guarda-costas, um velho de gestos bem lentos que o seguia a toda parte, sem emitir uma palavra, nem mesmo nas salas de cirurgia. Sua presença conferia a esse melodrama médico um toque insólito, como se calcado nesses filmes de terror em que os cientistas loucos — mas Cary Grant não tinha nada de cientista louco — têm como auxiliar um corcunda mal-apessoado que manqueja sob a tempestade, carregando cadáveres surrupiados do necrotério. Ainda mais que o misterioso assistente, acusado de ser um assassino, punha-se a contar calmamente, em detalhes, que em outros tempos tivera um amigo e uma namorada, mas descobrira que o amigo era igualmente namorado de sua namorada, então haviam duelado, e, ao verem-no, a ele, regressar sozinho ao lugarejo, coberto de sangue, como não tinham encontrado o corpo de seu amigo, haviam-no condenado a quinze anos de prisão. "Mas", espantava-se o juiz, "nunca encontraram o corpo?" "Sim", respondia educadamente o assistente, "vi-o pessoalmente quinze anos depois, quando saí da prisão, detrás da vidraça de um restaurante onde ele tomava uma sopa, uma sopa de ervilha, acho. Perguntei-lhe por que não comunicara que estava vivo, e, sendo sua resposta insatisfatória, espanquei-o até a morte, estimando que eu pagara por aquele ato e que então era justo que o executasse. Mas o tribunal não foi dessa opinião e, dessa vez, fui enforcado." Enforcado, depois mais ou menos ressuscitado por Cary Grant, que, inocentado por essa tocante explicação, bem como pelo caráter não lucrativo de seu comércio de carne, triunfava modestamente, no final do filme, regendo com entusiasmo a orquestra dos alegres enfermeiros do hospital.

A palavra fim surgiu na tela, saudada pelos aplausos do concerto, depois a apresentadora apareceu para desejar boa-noite. Apesar disso, permaneceram sentados no sofá, lado a lado, os olhos grudados na tela vazia. Agnès mudou de canal, mas não havia mais nada. O filme, ainda mais pego no meio, deixava uma impressão curiosa, sentia-se que os diversos elementos que o compunham não se harmonizavam, que a história realista e nhe-nhe-nhem da garota-mãe e do sorridente doutor não combinava com aquela da vila de loucos onde se linchava o açougueiro quando se descobria que era médico, onde as pessoas cometiam assassinatos após cumprirem a pena que as punia, e quase lhe parecia que, em vez de assistir ao filme, ambos o haviam composto cena a cena, sem combinarem, ou então um havia tentado solapar o trabalho do outro, como alguém que melasse um jogo para irritar os demais participantes. Tinha sido provavelmente daquele jeito, especulou, que haviam trabalhado os roteiristas, sabotando-se. O chuvisco continuava na tela, aquilo duraria a noite inteira. Lamentou não ter um videocassete, para continuar.

— Bom — disse finalmente Agnès, apertando o controle remoto e fazendo a neve desaparecer —, vou para a cama.

Ele permaneceu por um momento sentado no sofá, enquanto ela se despia e desaparecia no banheiro. Ele não se escanhoara à tarde, não comera nada durante o dia, suas mãos estavam úmidas. Além disso, fumara três cigarros. Por outro lado, tudo parecia entrar nos eixos, não iriam mais falar do bigode, e, pesando tudo, era preferível assim. Agnès atravessou a sala, nua.

— Você vem dormir? — ela disse, do quarto. — Estou com sono.

Se ela ligara para todos os amigos deles durante o dia, havia decerto uma razão, um trote coletivo, alguma coisa tipo uma surpresa de aniversário, só que não era seu aniversário. Durante o filme, ele percebera que ela o vigiava e agora ia deitar-se tranquilamente.

— Estou indo — respondeu, mas, antes de juntar-se a ela, ele foi por sua vez ao banheiro, pegou a escova de dentes, largou-a, sentou-se na borda da banheira, olhou à sua volta. Seus olhos detiveram-se na pia, na pequena lata de lixo de metal, cuja tampa levantou com a ponta do pé. Estava vazia, exceto por um pedaço de algodão que Agnès devia ter usado para tirar a maquiagem, um pouco antes. Evidentemente, ela sumira com as provas. Foi até a cozinha, à procura de um saco de lixo cheio, mas não havia nenhum.

— Você levou o lixo para baixo? — ele gritou, consciente de que não adiantava assumir o ar inocente e natural, sua pergunta soaria forçosamente capciosa.

Nenhuma resposta. Voltou à sala, repetiu a pergunta.

— Levei, obrigado, não se preocupe — respondeu Agnès, com uma voz mole, como se já dormisse. Girando nos calcanhares, ele dirigiu-se até a porta da entrada, que fechou discretamente atrás de si, e desceu ao térreo, até o local, sob a escada de serviço, onde ficavam as latas de lixo. Vazias também, a zeladora já devia tê-las removido para a calçada. Sim, aliás ele vira isso ao voltar do escritório.

Ainda estavam lá. Começou a fuçar, à procura de um saco que pudesse ser o deles. Rasgou vários, de plástico azul, com as unhas. É curioso como é fácil identificar o seu lixo, pensou, derrubando garrafinhas de iogurte, embalagens amassadas de pratos congelados, lixo de ricos, e de ricos boêmios que raramente comem em casa. Essa constatação proporcionava-lhe uma vaga sensação de segurança sociológica, a de estar efetivamente em seu planeta, localizável, reconhecível, e, com uma espécie de alegria, despejou tudo sobre a calçada. Não demorou a encontrar o saco, menor, que eles prendiam no cesto de lixo do banheiro. Retirou dele cotonetes, dois tampax, um velho tubo de pasta de dentes, um outro de loção para pele, lâminas de navalha usadas. E os pelos estavam ali. Não exatamente como ele esperava, numerosos, mas espalhados, enquanto imaginava um tufo bem compacto, alguma coisa como um bigode resistindo por si só. Juntou o máximo possível, que recolheu na concha da mão. Depois de agregar um montinho, menos do que julgava ter raspado, mas, paciência, subiu de volta. Entrou sem ruído no quarto, a mão estendida à frente, e, sentando-se na cama ao lado de Agnès, que aparentemente dormia, acendeu o abajur da cabeceira. Ela gemeu baixinho, depois, como ele a sacudia pelo ombro, piscou os olhos e fez uma careta vendo a mão aberta diante de seu rosto.

— E isto — interpelou-a rudemente —, do que se trata?

Ela apoiou-se no cotovelo, franzindo os olhos agora por causa da luz forte demais.

— O que está acontecendo? O que você tem na mão?

— Pelos — ele disse, segurando-se para não rir cruelmente.

— Oh, não! Não, você não vai recomeçar...

— Os pelos do meu bigode — continuou. — Pode ver.

— Você está louco.

Ela dissera isso calmamente, como uma constatação. Nenhum sinal da histeria da véspera. Por um instante, ele achou que ela tinha razão; aos olhos de qualquer estranho que os surpreendesse, ele parecia um louco furioso, debruçado sobre a mulher, quase lhe esmagando na cara uma mão cheia de pelos que ele fora resgatar numa lixeira. Mas, paciência, tinha a prova.

— O que isso pode provar? — ela perguntou, completamente acordada. — Que você usava bigode, é isso de novo?

— É.

Ela refletiu por um momento, depois disse, olhando-o nos olhos, com calma e firmeza:

— Você precisa consultar um psiquiatra.

— Mas é você, santo Deus, que precisa de um psiquiatra!

Ele andava de um lado para o outro no cômodo, o punho fechado sobre seu tufo de pelos.

— É você quem telefona para Deus e o mundo para que finjam não se dar conta de nada! Quem foi que avisou Serge e Véronique? E Samira? E Jérôme...? — Ia acrescentar: "... e o dono da tabacaria", mas conteve-se.

— Você tem noção — perguntou cautelosamente Agnès — do que está falando?

Tinha, sim. Aquilo não se sustinha de pé, era óbvio. Mas nada se sustinha de pé.

— E isto, então? — ele repetiu, abrindo novamente a mão, como se para convencer a si próprio. — E isto, o que é?

— Pelos — ela respondeu. Depois suspirou: — Os pelos do seu bigode, é isso que quer que eu fale? Agora me deixe dormir.

Ele bateu a porta, ficou no meio da sala a olhar seus pelos, depois deitou no sofá. Tirou do bolso o maço de cigarros comprado para Jérôme, retirou-os um a um para guardar os pelos na embalagem. Em seguida, fumou um cigarro, atento às espirais da fumaça, mas não sentiu seu gosto. Mecanicamente, tirou a roupa, que jogou no chão, no carpete, foi pegar um cobertor no armário do corredor e resolveu tentar dormir sem pensar em nada.

Era a primeira vez que dormiam separados: suas brigas, quando as tinham, desenrolavam-se no leito conjugal, como o amor, e não diferiam muito deste. Aquela separação noturna perturbava-o até mais do que a má-fé hostil demonstrada por Agnès. Perguntava-se se ela viria juntar-se a ele para fazer as pazes, aninhar-se em seus braços, acalmá-lo e ser acalmada por ele, dizendo "acabou, acabou", repetindo isso demoradamente, até que ambos adormecessem, e aquilo houvesse de fato terminado. Sem conseguir pregar o olho, imaginava a cena: primeiro ouviria a porta do quarto, puxada bem lentamente, seus passos sobre o carpete, que se aproximariam do sofá, depois ela entraria em seu campo de visão, se ajoelharia na altura de seu rosto e ele estenderia a mão para acariciar seus seios, subir ao longo de seu pescoço, na direção da nuca. Ela se deitaria perto dele, repetiria "acabou", ele se dizia tudo isso, recomeçava do começo, desde o barulho da porta. Parecia-lhe ouvir seus passos pisando o carpete, gostaria de beijar os dedos de seus pés, seus tornozelos, suas panturrilhas, beijá-la inteirinha. Nessa versão, ele chegava inclusive a ir ao seu encontro, na pálida claridade vinda da janela. Encaravam-se de pé, nus, logo um contra o outro, e estava terminado. Ou ainda ele já se postava de pé, a esperá-la, juntinho à porta. Poderia até ir ao seu encontro, estranho não ter pensado nisso mais cedo, ia levantar-se... Mas não, não podia, se o fizesse tudo recomeçaria, ele pensaria no maço de cigarros esvaziado, faria perguntas, não sairiam daquilo. Mas se ela viesse, o que isso mudaria? O maço cheio de pelos continuaria ali, na mesa de centro, testemunha da cena grotesca que ela o obrigara a fazer, ele com certeza seria obrigado a voltar ao assunto. E se não voltassem ao assunto, nunca mais, se ele se rendesse, dissesse tudo bem, nunca usei bigode, se isso lhe agrada...? Mas não, isso também não, não convinha dizer isso, apenas não tocar mais no assunto, não o faria, ela tampouco, viria apenas deitar-se ao seu lado, esquentar-se nele, ele repetia a cena novamente, alterava-a, sentia seu corpo, e foi exatamente o que aconteceu, não se admirou com isso, ela pensara e desejara a mesma coisa que ele, no mesmo momento, tudo entrava novamente nos eixos. A porta se abria, bem lentamente, os dedos dos pés dela e seus calcanhares roçavam no carpete. Agora ele ouvia o tique-taque do despertador, era o único ruído no cômodo, junto com suas respirações, leves, finalmente confundidas quando ajoelhada diante do sofá ela roçou em seus lábios, respirou mais alto quando ele pegou seus seios, passeou suas mãos ao longo de sua cintura, em seus quadris, nas nádegas, entre as nádegas, e sua respiração tornava-se uma doce queixa, ela varria seu ombro com seus cabelos, beijava seu ombro, ele sentia escorrer no ombro sua saliva e suas lágrimas, e chorava também, atraía-a toda para os seus braços a fim de que ela se esticasse, entrelaçasse suas pernas nas dele, se afastasse e fizesse seus seios pesarem sobre sua boca, se soerguesse, arqueada, avançasse seu ventre para sua boca que a beijava agora, para que beijasse suas virilhas, os tendões que ligavam as coxas ao sexo onde ele mergulhava a língua, enfiada o mais longe possível, por um instante retirada para chupar seus lábios, mergulhada novamente na alegria de ouvi-la gemer acima dele, erguer os braços para melhor abrir-se, jogá-los para trás, por trás das suas costas, para pegar nas mãos o seu sexo, fazê-lo ir e vir entre seus dedos enquanto ele a chupava, fazendo-a gritar, gritava ele também dentro dela, certo de que ela o ouvia, de que suas queixas vibravam dentro dela como as cordas vocais em sua boca, e a boca dele não podia estar em outra parte, nunca estaria em outra parte, acontecesse o que acontecesse, ele lhe repetia, a boca dentro dela, nariz dentro dela, fronte dentro dela, ouvidos abertos aos gritos que lhe escapavam, e ela gritava "é você, é você", repetia isso, fazia-o repetir isso junto com ela, dentro dela, cada vez mais alto, era ele, era ela, e, gritando isso, ele queria vê-la gritar também, suas mãos abandonavam os quadris, subiam para o rosto, ele afastava os cabelos, olhava-a na penumbra, sobre ele, de olhos abertos, agarrava-a pelos ombros, virava suas costas contra seu ventre, sexo na boca, cabelos entre as pernas flexionadas, ambos formando uma ponte, cada vez mais retesada, cada vez mais arqueada acima do sofá, na noite, e caíram no chão repetindo é você, rolaram, ajoelhados agora, face a face, mãos esticadas aflorando o rosto, delineando os contornos, as lágrimas escorriam sobre suas mãos, sobre suas faces, ela disse venha, atraiu-o para ela, para dentro dela, puxavam-se os cabelos, mordiam-se trepando, juntos em seu ventre, mordiam as palavras por entre dentes que brilhavam na penumbra: você, é você, sempre você, não diziam outra coisa, sempre no mesmo tom, só havia isso a dizer, até mudos o teriam dito, seus olhos se abriam mais do que suas bocas, para se reconhecerem, terem certeza, certeza de sê-lo e de que o outro o era, certezas de estarem ali, em nenhum outro lugar, nunca mais em outro lugar, nunca mais um outro, só você, você, é você mesmo, continuaram a dizê-lo mais lentamente, muito tempo após terem gozado, misturados, em suor, até que, suspirando, sorrindo, amando-o, ela estendesse a mão, às apalpadelas, para o maço de cigarros, e que ele segurasse sua mão e dissesse não.

* * *

Docilmente, sem pedir explicações, ela interrompeu o gesto. Depois conversaram, abraçados debaixo do cobertor, até de manhã. Ela disse, mas ele já sabia, que não estava lhe pregando uma peça. Jurou isso, e ele respondeu que ela não precisava jurar, que ele tinha certeza disso, ainda que esse tipo de coisa estivesse em seus hábitos, em seus hábitos, sim, mas não com ele, não daquela maneira, não daquela vez, ele precisava acreditar nela, e ela, nele. Claro que acreditavam um no outro, acreditavam de verdade, mas então acreditar em quê? Que ele estava louco? Que ela estava louca? Abraçavam-se cada vez mais ao ousarem dizer isso, lambiam-se, sabiam que não deviam parar de fazer amor, de se tocar, sem o que não poderiam mais acreditar um no outro, nem sequer manifestar isso. Na manhã seguinte, se porventura se separassem, corriam o risco de recomeçar tudo, não podia senão recomeçar. Abririam a guarda, forçosamente, voltariam a desconfiar um do outro. Ela disse que à primeira vista tudo aquilo parecia impossível, mas que talvez fosse uma coisa que acontecesse de vez em quando. Mas a quem? A ninguém, eles não conheciam ninguém, nunca tinham ouvido falar de ninguém a quem tivesse acontecido acreditar usar bigode e não usá-lo. Ou então, corrigiu ela, acreditar que o homem que a gente ama não usa bigode ao passo que usa. Mas isso não era loucura, eles não estavam loucos, devia tratar-se de um estado passageiro, uma espécie de alucinação, talvez o início de uma depressão nervosa. Vou a um psiquiatra, ela disse. Por que você? Se alguém está ruim da cabeça, respondia ele, sou eu. Por quê? Porque os outros pensam como você, também acham que nunca usei bigode, então sou eu que estou pirando. Iremos os dois, disse ela, beijando-o, pode ser que no fundo seja uma coisa comum. Você acha? Não. Eu também não. Te amo. E repetiram-se que se amavam, que acreditavam um no outro, que confiavam um no outro, ainda que aquilo fosse impossível, o que mais repetir?

De manhã, preparando o café, ele jogou no lixo o maço de cigarros contendo os pelos cortados. Nu na cozinha, observando a cafeteira apitar, teve medo de se arrepender daquilo mais tarde, de ter sacrificado sua única prova material caso o processo fosse reaberto, caso não entrassem num acordo para fazerem frente juntos. Medo também de se perguntar se ela não o amara, resserenara, abraçara aquela noite a fim de aplacar suas suspeitas e impeli-lo àquele gesto. Mas não podia começar a pensar assim, era insano, e principalmente injusto com Agnès.

Tomando o café, à luz do dia que entrava aos borbotões pela sala, evitaram o assunto, falaram do filme da véspera. Por volta das onze horas, ele teve de ir ao escritório, embora fosse sábado: o projeto tinha de estar pronto para segunda, Jérôme e Samira estavam à sua espera. Apesar da dificuldade que sentia em pronunciar a palavra, disse a Agnès, na porta, rapidamente, que era bom pensar naquela história de psiquiatra. Ela respondeu que providenciaria tudo, no tom em que teria anunciado que pediria um prato chinês no restaurante de baixo.

— Você não está se cuidando — disse Jérôme, ao observar que ele não fizera a barba. Ele não respondeu nada, contentou-se em sorrir. Afora essa observação e um gracejo distraído de Samira quando ele lhe pediu um cigarro, o início do dia desenrolou-se sem incidente digno de nota. Se, como agora parecia atestado, ele sofria de alucinações, talvez um início de depressão nervosa, era preferível não alardear, evitar provocar às suas costas sussurros de compaixão do tipo: "Pobre velho, não anda muito bom da bola..." O assunto morreria, tinha certeza, contanto que não se espalhasse, não lhe pespegando no escritório, junto aos clientes, uma reputação de doente da qual teria dificuldade para desvencilhar-se em seguida. Prestou atenção, portanto, para não cometer nenhum deslize. Samira parecia ter esquecido seu comportamento estranho da véspera. No pior dos casos, iria atribuí-lo a uma briga conjugal; fizera bem em não radicalizar, não lhe fazer a pergunta fatal — ao passo que, na hora, se censurara por sua covardia. Num certo sentido, saía-se bem: seu delírio, se delírio havia, permanecia discreto, uma vez que a incompreensível celeuma já havia ficado no passado e que, a menos que o assunto viesse à baila, o que por certo ele evitava, nada em seu aspecto atual tendia a traí-lo. Mirando-se no espelho, apalpando-se, via seu lábio superior ornamentado com uma penugem rebelde, a de um homem com a barba por fazer, ainda não um homem de bigode, e talvez feio, mas aparentemer.e reconhecido por todos, o que o tranquilizava. Começava inclusive a achar que o assunto morreria ali, que era dispensável a ida a um psiquiatra: bastava, tratando-se de seu ex-bigode, aderir ao que parecia ser a opinião unânime, e não falar mais naquilo. A opinião unânime, claro, não estava amplamente representada. Se contasse as testemunhas de acusação, havia Agnès, Serge e Véronique, Jérôme e Samira, além de um certo número de pessoas com a quais ele obrigatoriamente esbarrara de 48 horas para cá e para quem seu rosto era familiar. Fez um esforço para contá-las também: o dono da tabacaria defronte, o contínuo do escritório que passara duas vezes na véspera, um locatário do prédio encontrado no elevador, e ninguém comentara nada. Por outro lado, raciocinou, se ele próprio, topando com alguém que mal conhecesse, notasse que esse alguém raspara o bigode, iria interpelá-lo inopinadamente, como se fosse um assunto de Estado? Certamente que não, e, devido ao acanhamento ou à desatenção, o silêncio desses figurantes nada tinha de espantoso.

Enquanto trabalhava, mordiscando uma caneta hidrográfica, lutava contra a tentação de fazer pelo menos um teste com alguém que o conhecesse bem, fazer a pergunta pela última vez, antes de sepultá-la, ou então partir para o psiquiatra. Pois a questão persistiria independentemente da resposta. Ou a cobaia respondia que não, que ele nunca usara bigode, e isso confirmava não apenas que ele padecia de um surto de loucura, como ainda levava tal loucura ao conhecimento de uma pessoa suplementar, ao passo que até o momento apenas Agnès estava de fato ciente. Ou o interlocutor respondia que naturalmente, sempre o conhecera de bigode, que pergunta incomum, e então fatalmente Agnès seria culpada. Ou estaria louca. Não, culpada, uma vez que tivera de aliciar os demais. O que por sinal dava na mesma, pois essa culpa, em mentira tão exacerbada, tão metódica, às raias da conspiração, presumia uma forma de loucura. Em todo caso, comprovasse ele seu próprio delírio ou o de Agnès, não tirava nenhum proveito disso, exceto o de uma certeza desagradável em ambos os casos. E, na realidade, supérflua: bastava-lhe examinar sua carteira de identidade para verificar que, na fotografia, exibia efetivamente um vistoso bigode preto. Qualquer pessoa consultada sobre esse ponto não poderia senão confirmar o testemunho de seus olhos. Consequentemente, desmentir Agnès. Consequentemente, provar que ela estava louca ou então que tentava enlouquecê-lo. Mas, por hipótese, supondo que fosse ele o louco, ele a ponto de enxertar um bigode imaginário em dez anos de sua vida e numa fotografia de identidade, isso significava que Agnès, de sua parte, fazia exatamente o mesmo raciocínio, julgava-o louco furioso, mentalmente perverso, ou ambos. A despeito disso, a despeito de sua cena extravagante com os fios de barba recuperados no lixo, ela viera juntar-se a ele no sofá, declarara-lhe seu amor, sua confiança, perante tudo e contra todos, e isso bem merecia que ele confiasse nela em contrapartida, ou não? Sim, salvo que a confiança não podia ser recíproca, que obrigatoriamente um dos dois mentia, ou delirava. Ora, ele sabia categoricamente que não era ele. Logo, era Agnès, logo o chamego daquela noite era um embuste a mais. Mas se, inacreditavelmente, não fosse este o caso, então ela havia sido heroica, sublime de amor, e ele precisava mostrar-se à altura. Mas...

Balançou a cabeça, acendeu um cigarro, furioso por deixar-se prender num círculo vicioso. Incrível, apesar de tudo, a dificuldade de encontrar um árbitro que os conciliasse a respeito de tema tão objetivo, uma evidência que todos deviam reconhecer.

Por outro lado, pensando bem, onde residia a dificuldade? No risco de que o árbitro estivesse vendido ao time adversário? Bastava, para superá-la, dirigir-se ao primeiro que aparecesse, a um passante na rua, que Agnès não pudera materialmente cooptar. O que, ao mesmo tempo, amenizava o outro problema, isto é, o caráter constrangedor da pergunta. Feita a um amigo, a um colega de trabalho, indicaria que estava louco. A um desconhecido também, mas sem maiores consequências, o truque estava em escolher alguém que ele nunca mais voltasse a ver. Pegou o paletó e disse que ia sair para tomar um ar.

Eram três da tarde. O sol forte, as lojas fechadas, parecia que estavam no verão ou, digamos, num domingo. Ele continuava a experimentar uma sensação de férias trabalhando no escritório no fim de semana, o mesmo que sentia ao faltar um dia no trabalho. Sua profissão permitia aquele tipo de extravagância, que o fazia apreciar a organização livre e despreocupada de sua vida e, nesse momento, achava antes engraçado, fruto de tal despreocupação, que aquela anomalia ameaçasse seu equilíbrio. Paletó jogado no ombro, desceu a passos lentos a rua Oberkampf quase deserta e, quando finalmente cruzou com um velhinho carregando uma cesta da qual despontava um talo de alho-poró, sorriu ao imaginar sua expressão de pasmo se lhe pedisse educadamente que fizesse a gentileza de examinar sua carteira de identidade, dissesse, sim ou não, se estava de bigode na foto. Julgaria que estavam caçoando dele, talvez se indignasse. Ou então, caso não o levasse a mal, responderia com um chiste ao que suporia ser um. O que também constituía um risco a não ser subestimado. Perguntou-se como ele mesmo reagiria em tal circunstância, constatando preocupado que decerto diria qualquer coisa, no caso de não lhe ocorrer uma réplica espirituosa. É verdade, que resposta sarcástica daria a uma pergunta desse tipo? "Mas é óbvio que é a Brigitte Bardot!"? Fraca, fraca. A melhor solução, com efeito, seria expor claramente o seu problema, mas via-se mal agindo assim. Ou dirigir-se a alguém que, por vocação ou profissão, supostamente não brincasse. A um policial, por exemplo. Mas se topasse com um mal-humorado, poderia perfeitamente parar na delegacia por desacato a um agente da ordem pública. Aliás, na mesma linha, por que não um padre? Apresentar-se no confessionário, dizer: "Meu padre, pequei, mas o problema não é esse, gostaria apenas que o senhor desse uma espiada nessa foto pela treliça de madeira..." "Você perdeu completamente o juízo, meu filho." Não, se quisesse realmente uma instância especializada nesse tipo de questão, não havia como tergiversar, era o psiquiatra, e, justamente, em breve consultaria um, Agnès estava cuidando do assunto. De certa forma, tudo que ele queria era preparar a consulta, saber que valsa dançar.

Estava com sede, embicou para um café aberto no bulevar Voltaire, depois mudou de ideia. Tinha certeza, se entrasse, de que não faria a pergunta. Era preferível ficar do lado de fora, a fim de poder descartar-se o mais rápido possível de seu interlocutor, fosse qual fosse o desfecho da tentativa.

Sentou-se num banco, virado para a calçada, na expectativa de que alguém viesse sentar ali e puxasse assunto. Mas não apareceu ninguém. Um cego apalpava o poste do sinal que orientava o trânsito no bulevar e ele se perguntou como ele fazia para saber se estava vermelho ou verde. Pelo barulho dos carros sem dúvida, mas, como passavam muito poucos, ele podia se enganar. Levantou-se, tocou com precaução o braço do cego oferecendo-lhe ajuda para atravessar. "Muita gentileza de sua parte", disse o rapaz, pois era um rapaz, de óculos verdes, bengala branca e camisa polo laranja abotoada até o pescoço, "mas fico nesta calçada". Ele largou o braço e afastou-se, ruminando que poderia ter-lhe perguntado, pelo menos não correria o risco de ser iludido por sua vista. Logo lhe ocorreu outra ideia, que o fez sorrir. Golpe baixo, pensou, já ciente do que faria. Único problema: não tinha bengala branca. Mas, enfim, há cegos que a desprezam, possivelmente por amor-próprio. Temendo que seus olhos o traíssem, lembrou-se de que tinha um par de óculos escuros no bolso e o colocou. Era um ray-ban, desconfiava jamais ter visto cego usar um, mas de certa maneira era lógico que um cego revoltado contra a escravidão da bengala branca exibisse igualmente óculos com pretensão decorativa. Deu alguns passos pelo bulevar, hesitando de propósito, as mãos ligeiramente esticadas para frente, o queixo erguido, e obrigou-se a fechar os olhos. Passaram dois carros, uma motocicleta arrancou bem distante, então um rumor aproximou-se. Foi obrigado a trapacear um pouco para identificar, entreabrindo os olhos. Uma moça empurrando um carrinho de bebê avançava em sua direção. Ele fechou os olhos, após ter constatado que o verdadeiro cego deixara os arredores, jurou não reabri-los antes de terminar, tampouco rir, e aproximou-se às apalpadelas, de maneira a interromper o que presumia ser a trajetória da jovem mãe. Com o pé, tropeçou no carrinho de bebê, disse "perdão, cavalheiro", e, avançando a mão até tocar na capota de tecido plastificado, perguntou educadamente: "Poderia, por favor, me fazer um pequeno obséquio?" A moça levou um tempo para responder; talvez, a despeito de seu desprezo calculado, não tivesse percebido que ele era cego. "Pois não", disse ela por fim, ao mesmo tempo em que desviava um pouco o carrinho, não só para não lhe esmagar o pé como também para seguir adiante. Ele conservou a mão sobre a capota, de olhos fechados, e, pondo-se a caminhar, atirou-se no precipício. "É o seguinte", disse. "Como vê, sou cego. Encontrei, não faz cinco minutos, o que me parece ser uma carteira de identidade ou de motorista. Pergunto-me se pertence a um passante que a teria perdido ou a um amigo que acabei de encontrar. Eu poderia me apropriar dela por descuido. Se fizer a gentileza de me descrever o rosto na foto, eu saberia a que me ater e poderia agir consequentemente." Calou-se, começou a remexer no bolso para pegar a carteira de identidade, com a súbita impressão, ainda confusa, de que alguma coisa claudicava em sua explicação. "Pois não", repetiu enquanto isso a moça, e, tateando, ele estendeu a carteira em sua direção. Sentiu que ela a pegava, mas não pararam de andar, ela provavelmente empurrava o carrinho com apenas uma das mãos. O bebê devia estar dormindo, pois não emitia um ruído. Ou então não havia bebê. Ele engoliu em seco, reprimindo a tentação de abrir os olhos.

— Está enganado, senhor — disse finalmente a moça —, acho que é a sua carteira de identidade. Em todo caso, é o senhor na foto.

Ele deveria ter pensado naquilo, afinal sabia que seu estratagema comportava uma falha, perceberiam que era ele. Mas não havia nada de inusitado nisso, afinal de contas ele poderia efetivamente ter se enganado. O único detalhe é que ele não estava de óculos escuros na foto. A menção "cego" constava nas carteiras de identidade?

— Tem certeza? — ele perguntou. — Por acaso o homem na foto está de bigode?

— Evidentemente — disse ainda a moça, e ele sentiu que ela enfiava o retângulo de cartolina dobrado entre seus dedos parados no ar.

— Ora — ele insistiu, partindo para o tudo ou nada —, eu não uso bigode!

53

— Mas claro que usa.

Ele começou a tremer, abriu os olhos irrefletidamente. A moça continuava a empurrar o carrinho vazio, sem sequer olhar para ele. Era menos jovem do que julgara de longe.

— Tem mesmo certeza — gaguejou — de que estou de bigode nessa foto? Olhe novamente.

Ele agitou a carteira de identidade na cara dela, para incitá-la a que a pegasse de volta, mas ela afastou rispidamente sua mão e gritou de repente, bem alto:

— Chega! Se continuar, chamo a polícia!

Ele fugiu correndo, atravessou com o sinal verde. Um carro freou bruscamente para não abalroá-lo, ele ouviu, atrás dele, o motorista xingar, mas continuou a correr até a República, entrou num café e desabou num banco, sem fôlego.

O garçom interrogou-o com o queixo, ele pediu um café. Recobrava-se lentamente, digeria a novidade. Assim, o que quase lhe parecera, em virtude da dificuldade de execução, um ardil inócuo, verificava-se um teste conclusivo. Fez um esforço para reconstituir o teor exato da acareação. Quando objetara que não usava bigode, a mulher do carrinho respondera que sim, sem que ele pudesse saber se ela se referia apenas à foto ou a ele também, que se achava à sua frente. Mas talvez ela considerasse um bigode a penugem de pelos negros que, havia cerca de dois dias, renascera em seu lábio superior. Talvez ela não tivesse notado isso. Ou então ele sonhara, nunca raspara o bigode, ele continuava ali, bem fornido, a despeito do testemunho de seus dedos trêmulos, de seus olhos, que, quando ele se voltou bruscamente para o espelho situado atrás do banco, registraram uma imagem inusitadamente melancólica, esverdeada. Percebeu então, no reflexo, que continuava de óculos escuros, tirou-os, examinou-se novamente à luz natural. Era de fato ele, barba por fazer, ainda sacudido por calafrios, mas era ele. Assim sendo...

Cerrou os punhos, fechou os olhos com toda a força para criar um vazio, escapar daquele vaivém entre duas hipóteses que ele já revolvera cinquenta vezes e que não levavam a lugar nenhum, a não ser de uma a outra, e vice-versa, sem acesso de saída para retornar à via normal. Tudo recomeçava, não podia abster--se de calcular a vantagem que acabava de conquistar, a prova que detinha para confundir... para confundir quem? Agnès? Mas por que Agnès? Por que agia daquela forma? Razão alguma no mundo era capaz de justificar uma coisa assim, absurda e irreparável ao mesmo tempo. Razão alguma, exceto a da loucura, que não requer razão, ou que tem sua razão específica, e, como justamente ele não estava louco, aquela razão lhe escapava. E Serge e Véronique, pensou raivosamente, que a haviam incitado em seu delírio! Bando de irresponsáveis, tinha de repreendê-los, adverti-los, dizer-lhes para nunca mais recomeçar aquele tipo de idiotice se não quisessem vê-la terminar numa cela acolchoada.

Oscilava entre a cólera e uma ternura nauseante a respeito de Agnès, pobre Agnès, Agnès sua mulher, frágil em tudo, mirrada, ladina, com uma tênue separação entre o espírito vivaz e a desrazão que começava a devorá-la. Os sintomas tornavam-se claros, retrospectivamente: sua má-fé impudente, sua propensão exagerada ao paradoxo, as histórias sobre telefonemas, portas emparedadas, calefação, a dupla personalidade, tão senhora de si de dia, com terceiros, e à noite soluçando como uma garotinha em seus braços. Deveria ter interpretado mais cedo aqueles sinais de derrocada, aquela exaltação desenfreada, e agora era tarde demais, ela soçobrava. Não, talvez não fosse tarde demais. Com amor, paciência e tato, iria exorcizá-la de seus demônios, remaria com todas as forças para rebocá-la até a praia. Bateria nela se fosse preciso, por amor, como resgatamos um nadador que se debate para evitar que se afogue. Um impulso de ternura o invadia, estimulando a eclosão de metáforas terríveis e perturbadoras, todas evocando-lhe sua cegueira e sua responsabilidade. A noite anterior voltava-lhe à mente como um apelo desesperado da parte dela. Quando ela falava de psiquiatra, era para obrigá-lo a levá-la a um. Presa na rede da loucura, ela debatia-se, tentava fazê-lo compreender: inventara toda aquela pantomima, de dois dias para cá, aquela absurda história de bigode, como alguém que berrasse, se esgarçasse atrás de um vidro opaco, à prova de som, para chamar-lhe a atenção, pedir socorro. Pelo menos, sem entender direito, soubera escutá-la fazendo amor com ela, assegurara-lhe sua proteção, estar ali, sempre ele, e continuar a ajudá-la a ser ela. Era necessário continuar agindo assim, ser sólido como uma rocha na qual ela pudesse se escorar, não se desorientar nem se arrastar em seu delírio, caso contrário estava tudo perdido.

Comprou um maço de cigarros, fumou um, ignorando uma censura que a situação tornava ridícula, e começou a arquitetar um plano de resgate. Em primeiro lugar, ele tinha de telefonar a um psiquiatra. Pois, era óbvio, enquanto lançava a ideia como uma garrafa ao mar, ela naturalmente esperava, oferecendo-se para providenciar um, tentando aliciá-lo. Claro, alimentava quimeras, psiquiatras a princípio não entravam naquele gênero de complôs como faziam Serge e Véronique. Aliás, pensando bem, seria mais sensato deixá-la agir: sua própria manobra bastaria para traí-la, o especialista compreenderia muito melhor o que estava encoberto escutando-a delirar. Imaginava-o, anotando em seu bloquinho as explicações de Agnès: "É o seguinte, meu marido acredita que usava bigode até a última quinta-feira, o que não é verdade." Bastaria isso para alertá-lo, persuadi-lo de que ela era quem sofria de... do que, exatamente? Não entendia nada de doenças mentais, perguntou-se mais uma vez qual podia ser o nome daquela, se era curável... Basicamente, sabia que existia a neurose e a psicose, que a segunda era mais grave, afora isso... De toda forma, precisava preparar especialmente para o doutor um pequeno dossiê, que, num segundo momento, pudesse esclarecer as coisas: fotos suas eram o que não faltava, talvez depoimentos de terceiros sobre o caráter e as alterações de humor de Agnès. Mas, para começar, o mais simples era deixá-la tomar a iniciativa.

Depois, no que se referia a terceiros, tinha de avisar aos amigos. Era fundamental passar por isso, a fim de evitar uma repetição do teatro de Serge e Véronique. Não seria fácil encontrar a dose certa de firmeza e discrição. Não convinha alarmá-los além da conta, de maneira a que Agnès não se sentisse tratada como doente, mas ao mesmo tempo fazê-los perceber a gravidade da situação. Entrar em contato com todos, incluindo os amigos dela, os colegas de trabalho, e, na medida do possível, afastá-los. Era atroz, de fato, telefonar à revelia dela, mas não tinha escolha.

Quanto a ele, pelo menos por ora era preferível fingir alinhar-se a seus pontos de vista a fim de evitar novos conflitos, uma catástrofe talvez. Voltaria para casa imediatamente, sairia com ela para jantar fora, como se nada tivesse acontecido, não falaria mais em bigode, e, se ela falasse, aceitaria que houvera uma alucinação, mas que tinha passado. Contemporizaria, apaziguaria. Sem exageros, em todo caso: que ela não concluísse disso que a visita ao psiquiatra não era mais necessária. Insistiria para fazer um tratamento, banalizando a coisa, embora, em última análise, uma ida a um psiquiatra não seja fácil de banalizar. Pediria a ela que o acompanhasse, isso era quase normal, ela não suspeitaria de nada. Ou então compreenderia que ele compreendera. Sem dúvida, o melhor era esperar até segunda-feira, mas segunda-feira, sim, na primeira hora.

Pagou o café, desceu ao subsolo do estabelecimento a fim de ligar para o escritório. Estava fora de questão voltar lá, nem hoje nem amanhã, e dane-se o projeto de ginásio, dane-se a apresentação ao cliente, na segunda-feira. Quando Jérôme começou a protestar, a dizer que merda, aquele realmente não era o dia, ele o interrompeu abruptamente: — Suponho — disse ele — que você percebeu que Agnès não anda bem, então escute: estou me lixando para o ginásio, para o escritório, para você e vou cuidar dela. Entendido? — e desligou. Ligaria no dia seguinte para pedir desculpas, passar um sermão em Jérôme e Samira sem censurá-los muito por sua cumplicidade, em suma desculpável, eles não podiam saber, e ele mesmo quase deixara-se ludibriar. Mas por enquanto tinha pressa em chegar, certificar-se de que Agnès estava efetivamente lá. Pensou que a partir daquele momento não pararia mais de sentir medo por ela, e, embora o preocupasse, essa perspectiva curiosamente o exaltou.

Quando ele chegou, um pouco antes das cinco horas, Agnès acabava de entrar e folheava um jogo de provas escutando no rádio um programa sobre as origens do tango. Ela lhe contou que almoçara no Jardins de Bagatelle com Michel Servier, um amigo que ele conhecia pouco, e descreveu sarcasticamente a multidão que se espremia no restaurante ao ar livre, ávida por desfrutar dos primeiros dias de verão. Fez-lhe inclusive admirar o leve bronzeado de seus antebraços. Pena, disse ele, que ela já tivesse almoçado ao ar livre, ele estava justamente pensando em ir jantar no Jardin de la Paresse, no parque Montsouris. Receava impressioná-la sugerindo aquilo, pois normalmente preferiam não sair no sábado à noite, mas ela limitou-se a observar que, de toda forma, havia a possibilidade de estar um pouco frio para jantar numa varanda. Por outro lado, ela gostava muito da sala do restaurante; logo, aprovado.

Passaram o resto da tarde sossegados, ela a ler no sofá e a ouvir os tangos, ele a folhear *Le Monde* e *Libération*, que se lembrara de comprar ao regressar, com a vaga ideia de parecer natural, disfarçar o próprio embaraço. Dava a impressão, por trás de seus jornais displicentemente abertos, de um detetive particular espionando a bonita mulher que o marido o incumbiu de vigiar. A fim de dissipar essa impressão, gargalhou várias vezes, e, a pedido dela, leu em voz alta os classificados "Chéris" do *Libération*, nos quais figurava, pela terceira semana seguida, um jovem homossexual desejoso de encontrar, para amizade e outras coisas, um senhor entre sessenta e oitenta anos, gordinho, careca e distinto, tipo Raymond Barre, Alain Poher ou René Coty.* Perguntaram-se se a repetição do anúncio significava que o rapaz tinha dificuldade para achar um par perfeito ou se, ao contrário, fazia um abundante consumo semanal de ilustres burocratas barrigudos com a pança estufada dentro de estritos ternos riscados. Jaquetão, acrescentou Agnès.

Durante todo esse tempo, três pessoas ligaram e ele atendeu todas as vezes. A terceira era Véronique, que não fez nenhuma alusão ao seu telefonema noturno da antevéspera, e, não obstante, a presença de Agnès o impedia de manifestar sua contrariedade. Agnès fez sinal para que ele lhe passasse o telefone e convidou Véronique e Serge para jantar na noite seguinte. Ele ruminou que antes disso seria obrigado a telefonar para eles, o que pretendia fazer de toda forma. Em momento algum abordaram a questão do psiquiatra.

Ao anoitecer, foram ao Jardin de La Paresse, onde chegaram um pouco antes da hora que ele reservara. Enquanto esperavam, passearam pelo parque Montsouris. Mangueiras cheias de furinhos regavam os gramados com uma chuva fina; uma lufada de vento, desviando o jato, borrifou o vestido de Agnès, ele passou o braço em volta de seus ombros, depois beijou-a longamen-

---

* Raymond Barre (1924-2007): primeiro-ministro francês da gestão de Giscard d'Estaing; Alain Poher (1909-1996): presidente do Senado francês e do Parlamento Europeu; René Coty (1882-1962): presidente da República francesa entre 1954-1959. (N. do T.)

58

te, abaixando-se para acariciar suas pernas nuas sobre as quais se espargiam as gotas de água fria. Ela riu. Apertando-a contra si, face contra face, fechou os olhos impetuosamente, abriu a boca como que para gritar, consumido pelo amor que sentia por ela, pelo medo de que ela sofresse, e, quando se afastaram um do outro, surpreendeu em seu olhar uma tristeza que o abalou. Voltaram ao restaurante, de mãos dadas, fazendo várias paradas para se beijarem repetidamente.

O jantar transcorreu alegre, espantosamente à vontade. Falaram de banalidades, Agnès mostrou-se espirituosa, ácida mesmo, mas com a nuance de despreocupação infantil que distinguia essa loquacidade daquela que ela reservava aos outros. Em compensação, a comida não descia direito, a impressão que causavam um ao outro formava um nó em sua garganta, de maneira que a seus olhos aquela encantadora desenvoltura evocava o exibicionismo de um casal cuja mulher sabe que está condenada, sabe que o homem que ela ama sabe disso também e teima em nada deixar transparecer, jamais, sequer à noite, acordada em seus braços, com a certeza de que tampouco ele dorme e de que luta como ela para reprimir os soluços. E, assim como essa mulher consideraria um ponto de honra provar que a palavra câncer não a assusta, Agnès, ao lhe beijar a face, depois o lábio superior, murmurou: "Está nascendo, não é?" Ele então aprisionou a mão dela na sua, manteve-a imprensada contra seu rosto, redesenhando com os dedos o trajeto dos dedos dela, e pensou consigo: "É, está nascendo, renascendo."

Um pouco mais tarde, em meio a uma série de piadas relativas à tímida pretensão do cardápio, e quando inventavam alternadamente nomes de pratos ainda mais pretensiosos, ela disse bruscamente que ainda não telefonara para o psiquiatra. Ele se preparava para sugerir lâminas de trilha à milanesa, hesitando no que se referia à guarnição entre o molho de champignons, "à minha maneira", e o leito de azedinha com tutano, e viu-se obrigado a fazer um esforço para não deixar o garfo cair. Não conhecia nenhum psiquiatra, prosseguia ela, mas achava que Jérôme, por causa da mulher... Sem alongar-se no fato de que tivera a mesma ideia, ele interpretou sua proposta como sinal de um retorno à lucidez: ao atribuir-lhe a iniciativa, pois Jérôme era mais amigo dele, ela deixava subentendido que compreendera suas suspeitas, talvez houvesse desistido de investir junto ao psiquiatra com suas manobras sem sentido, aceitava que ele a tomasse sob seus cuidados. Apertou novamente sua mão, prometeu ligar para Jérôme sem falta.

Ao recolher o cheque enfiado dentro da conta, o garçom pediu um documento de identidade, o que o irritou. Quando lhe devolveram o documento, Agnès disse o que ele esperava que não dissesse:

— Me mostre.

Ele estendeu a carteira, lutando contra a ideia de que ela exagerava um pouco seu status de enferma. Ela examinou com atenção a fotografia, depois balançou a cabeça, em sinal de indulgente desaprovação.

— O que é?

— Pense numa melhor da próxima vez, meu amor — disse ela, lambendo o indicador, que esfregou sobre a fotografia. Virou-o então para ele, mostrando uma manchinha preta, lambeu-o novamente, esticou-o até o seu rosto, tentando introduzi-lo entre seus lábios. Ele repeliu sua mão com um gesto brusco, como o da mulher do carrinho de bebê um pouco antes.

— Na minha opinião — disse ela —, Stabilo Boss. Ótima qualidade por sinal, superdurável. Sabia que é proibido adulterar a carteira de identidade? Veja só.

Sem largar a carteira, vasculhou na bolsa e pegou uma caixinha de metal, da qual retirou uma gilete.

— Pare — disse ele.

Foi a vez de ela afastar a mão dele e começar a raspar o bigode da fotografia. Petrificado, ele a observava removendo minúsculas partículas fuliginosas de seu rosto invertido, raspando até que o espaço compreendido entre sua boca e seu nariz ficasse não cinzento como o resto da foto, mas de um branco granuloso, encarquilhado.

— Pronto — concluiu —, agora ficou direito.

Ele pegou de volta a carteira de identidade, consternado. Ela tinha arrancado do grão da imagem seu bigode, uma aba do nariz, um pedaço da boca, e, claro, aquilo não provava nada acerca do rosto que a foto reproduzia antes de ser mutilada. Quase lhe disse isso, mas lembrou-se de sua decisão de entrar no jogo dela, pelo menos até segunda-feira, não contrariá-la. Nota dez, no fim das contas, que ela tivesse visto um bigode, confessado que desconfiava que ele o desenhara com caneta. Num certo sentido, isso era até melhor, melhor que o retrocesso ao tema do psiquiatra, que plagiava sua atitude: pelo menos ela aceitava trair-se, rompia a simetria capaz de impingir que era ela a razoável, a contemporizadora, a conciliadora...

E, como sempre, como se lesse em seus pensamentos, ela pegou sua mão e disse:

— Desculpe. Errei.

— Vamos embora.

Permaneceram silenciosos dentro do carro. Não obstante, num certo momento ela roçou em sua nuca, repetindo com uma voz quase inaudível: "Desculpe." Ele relaxou o pescoço, esposando a palma de sua mão, mas nenhum som foi capaz de sair de seus lábios. Talvez o atormentasse a ideia de que ela mutilara ou destruíra todas as suas fotos, todas as provas tangíveis que não o testemunho dos amigos, pouco confiável. Se isso ainda não tivesse sido feito, precisava apressar-se para deixá-las em local seguro, nem que fosse apenas para o dossiê do psiquiatra. Percebia que após uma breve resignação ela tentava retomar a dianteira, preparava uma ofensiva para devolvê-lo à posição de réu, posição daquele que deve fornecer as provas, e, se ela jogava tão franco, se ela se revelava, isso significava que preparara sua retaguarda, confiscara as provas em questão. Embora decerto isso já fosse inútil, gostaria de ter sido o primeiro a entrar no apartamento, de não tê-la deixado sozinha, fora louco de ausentar-se. Restava-lhe uma esperança: se, defronte ao prédio, antes de ele ir estacionar o carro no estacionamento, ela manifestasse o desejo de subir primeiro, então ele poderia dizer não, você fica, retê-la à força caso necessário. Mas ela não falou nada, desceu até o estacionamento com ele, sinalizando que o mal estava feito. Pensar que ela está louca, repetia consigo, não lhe querer mal, amá-la como tal, ajudá-la a sair dessa...

Foi obrigado a controlar-se, à porta do apartamento, para lhe dar passagem. Depois de pagar esse tributo à boa educação, desistiu de agir como se não procurasse nada e, após ter percorrido com o olhar as prateleiras, a mesa de centro, o tampo da cômoda, abriu uma a uma as gavetas da escrivaninha, que, puxadas descuidadamente, emitiram um estalido de lenha seca.

— Onde estão as fotos de Java?

Ela o seguira, mantinha-se de pé à sua frente, encarando-o. Nunca, nem quando faziam amor, ele vira em seu rosto tal expressão de desconcerto.

— De Java?

— De Java, sim. Eu queria ver as fotos de Java. Por nada — esclareceu, sem nenhuma esperança de ser levado a sério.

Ela se aproximou, pegou seu rosto entre as mãos, num gesto que ela devia, que ele devia ter feito mil vezes e que agora ela queria carregar de convicção, de súplica eficaz, desvencilhar do peso morto que a rotina lhe conferia.

— Meu amor... — ela murmurou. Sua boca tremia, como se o maxilar fosse se soltar. — Meu amor, juro, não existem fotos de Java. Nunca fomos a Java.

Ele pensou que aquilo já era esperado, que também não podia deixar de vir. Ela agora soluçava, como na véspera, como na antevéspera, como amanhã, e não pararia mais: todas as noites uma cena parecida, todas as noites fazer amor para se reconciliar, tentar esquecer tudo na tépida quietude dos corpos, todas as manhãs adotar uma espontaneidade artificial e todas as noite recomeçar, já que era impossível, sem uma trégua, agir como se nada estivesse acontecendo. Sentia-se cansado, só pensava em acelerar o ciclo, mergulhar na noite, apertá-la nos braços, e já a apertava, acalentava suas lágrimas, acalmava seu coração, doente de amor e de mágoa. Os espasmos frenéticos de seu corpo diziam-lhe que ela não mentia, que acreditava de verdade, naquele momento, jamais ter ido a Java e que sofria em demasia com isso para dissimular o fato. Tudo bem, como queira, não tinham ido lá, tudo bem, nunca usara bigode, tudo bem, maquiara sua foto, tudo bem para tudo contanto que ela se acalmasse, parasse de chorar, nem que fosse por um instante. Ambos pediam misericórdia, ambos dispostos a sacrificar tudo, a negar a evidência, a comprar a paz a todo preço, mas ela continuava a chorar, continuava a tremer, e, atrás dela, na parede, beijando seus cabelos, ele via a grande manta tecida à mão que haviam trazido de Java. Dane-se a manta, dane-se Java, dane-se tudo, pare, pare, pare meu amor, repetia ele carinhosamente, mais uma vez, como sempre.

O telefone tocou, a secretária foi acionada. Ouviram a voz plácida, quase risonha, de Agnès recitando a mensagem, enquanto ela soluçava em seus braços, depois, em seguida ao sinal sonoro, a de Jérôme, que disse: "O que está acontecendo, você pode me explicar? Ligue de volta", e desligou. Agnès desvencilhou-se e foi se encolher no sofá.

— Você acha que estou louca, é isso? — murmurou.

— Acho — disse ele, agachando-se à sua altura — que alguma coisa saiu fora dos trilhos, e vamos descobrir o que é.

— Mas acha que sou eu? Fale.

Um momento de silêncio.

— Você ou eu ou outra coisa — ele respondeu sem convicção. — Seja o que for, descobriremos. Pense que é como quando estamos drogados, chega uma hora que acaba.

Ela chorava mais mansamente, aos arquejos.

— Sei que errei, lá no restaurante.

— Eu teria feito o mesmo. Não a censuro por nada.

Perguntou-se se ela pensava: "ainda felizes!", mas ela disse apenas: — Estou com sono — e se levantou. Depois, recompondo-se, foi até o quarto, voltou com a cartela de soníferos e, assim como na antevéspera, estendeu-lhe dois comprimidos.

— Prefiro ir sozinha — acrescentou.

Ele a seguiu com os olhos, e, quando ela fechou a porta, ocorreu-lhe a ideia, aterradora, de que haviam feito amor pela última vez na outra noite. Quase ao mesmo tempo, receou que ela tivesse guardado os outros soníferos para ingeri-los de uma tacada e quis recuperá-los. Arriscava de ela pensar a mesma coisa a seu respeito, mas, paciência, bateu na porta, entrou sem esperar resposta e apanhou a cartela deixada sobre a mesa de cabeceira. Ela estava deitada na cama, ainda vestida. Vendo-o fazer aquilo, adivinhou imediatamente, sorriu, disse "precavido, hein", depois acrescentou: — Sabe, tenho medo de que precisemos disso amanhã também. — A vontade dele era sentar na beirada da cama, prolongar um pouco aquela intimidade dolorosa, mas compreendeu que era inútil e saiu puxando a porta atrás de si.

Sem fazer barulho, pôs-se a vasculhar a sala, à procura de fotografias que pudessem ter escapado a Agnès. Constatando a tolice de tê-la deixado sozinha o dia inteiro, não alimentava ilusões quanto ao resultado de suas buscas. Além disso, o acesso ao quarto onde ela dormia, se é que dormia, lhe havia sido vedado. No fim de um momento, teve certeza de que as fotografias das férias em Java, as de outras férias, as de seu casamento, todo o capital de imagens e recordações amealhado em cinco anos de vida em comum desaparecera, ou melhor, fora escamoteado, mais provavelmente destruído. Restavam, naturalmente, objetos testemunhais: a manta de Java, determinado bibelô que ele lhe dera de presente, na verdade tudo que o recinto continha e que estava associado ao passado que ela parecia querer apagar. Mas essas provas não tinham o mesmo valor, claro que ele sabia: é sempre possível afirmar que é a primeira vez que vemos um objeto, ao passo que uma fotografia é irrefutável. Nem tão irrefutável assim, uma vez que a absurda estratégia de Agnès consistia precisamente em refutar tal testemunho, em dizer branco onde todo mundo via preto, sem sequer, às vezes, dar-se o trabalho de pintar de branco os objetos litigiosos. Essa posição era, obviamente, insustentável. O problema, infelizmente, não era confundir Agnès, mas curá-la. Não bastava atacar os sintomas, opor-lhe a evidência, cumpria extirpar a raiz da doença, certamente profunda, ramificada, talvez há anos corroendo o cérebro da mulher que ele amava. Lembrou-se de uma reportagem, vista por acaso na tevê, sobre uma cidadezinha do Sudoeste que tirava dos hospícios o grosso de seu orçamento. Não se tratava, como a princípio se julgara, de uma experiência psiquiátrica de ponta, visando reinserir os doentes na vida social, mas de uma simples medida econômica. A diária hospitalar do louco médio custava caro demais à Previdência Social, os moradores da região precisavam de dinheiro, destinavam-lhes então uma verba bem modesta, algo em torno de 600 francos por mês, para confinar um, dois, três doentes incuráveis, porém mansos, nas cabanas, espécie de galpões, onde lhes serviam uma sopa na hora das refeições. Cuidavam também, era o principal procedimento, para que tomassem seus remédios e davam um jeito de auferir um pequeno lucro com a verba de manutenção. Os loucos pareciam sossegados, seus anfitriões nada descontentes com essa renda de aluguel, que tinha a vantagem de pingar todos os meses, infalivelmente, e não corria o risco de secar, pois seus pensionistas não saíam de lá até a morte. Cada um tinha sua ocupação, um dos doentes, fazia vinte anos, escrevia repetidamente a mesma frase pomposa e sem sentido, outra ninava bonecas de plástico, mudava suas fraldas a cada duas horas, declarava-se feliz... Ao ver a reportagem, ele pensara, é horrível, claro, mas da mesma forma que achamos horrível a fome na Etiópia, sem imaginar Agnès sentada nos degraus de uma cela, no fundo do jardim, repetindo com uma voz tranquila que seu marido nunca usara bigode, e ao longo dos anos repetindo sempre a mesma coisa, tornando-se uma mulher madura, uma velha. Imaginava-a, sabe Deus por quê, num vestido de menina. E ele, gradativamente, teria se desligado dela, o amor transformado em compaixão, em remorso. Naturalmente, ela não iria para um daqueles centros para doentes indigentes, ele arranjaria uma casa de repouso bem luxuosa, mas daria na mesma: com o tempo, a indiferença se instalaria, ela viraria um fardo para ele, um peso na consciência, jamais aplacada pela certeza de que, não obstante, ele dava tudo de si, ia visitá-la todos os meses, pagava mensalmente sua pensão, e, quando ela morresse, sem admiti-lo intimamente, ele ficaria aliviado... Não conseguia se livrar daquela imagem de Agnès velha, delirando mansamente, num vestido de menina. Oh não, não, pensava ele, com um nó na garganta. Não, claro que não era tão grave, não àquele ponto. Ela receberia cuidados, seria salva. Houve uma época em que a ex-mulher de Jérôme ia da anorexia à depressão nervosa e terminara dando a volta por cima. Estranho, inclusive, que, tendo passado por isso, Jérôme não tivesse compreendido antes, desde o telefonema de conspiradora que Agnès possivelmente lhe dera, ou até mesmo antes, muito antes; talvez, para se proteger, ele se recusasse a enxergar essas coisas. Precisava telefonar para ele, em todo caso, explicar-lhe tudo, pedir-lhe conselho. Pegar a recomendação de um psiquiatra sério, o que tirara Sylvie do buraco.

A melhor coisa teria sido descer, imediatamente, telefonar de uma cabine para não haver o risco de Agnès flagrar a conversa. Por outro lado, repugnava-lhe deixá-la sozinha, mesmo por cinco minutos. Desenrolando o fio, levou o telefone para a cozinha, prometendo-se falar baixinho. Aliás, não teria conseguido pronunciar determinadas palavras em voz alta. Discado o número, deixou tocar demoradamente: Jérôme não estava ou tinha desconectado. Ele desligou com precaução, como se aquilo pudesse abafar o sinal. Amanhã, planejou, ao mesmo tempo em que se perguntava em que momento, uma vez que estava decidido a não se afastar de Agnès e que de fato a melhor solução era aproveitar-se do sono dela. Sua margem de manobra se veria reduzida.

Retornou à sala arrastando o telefone e sentou-se no sofá, de tal forma desamparado que não sabia direito o que fazer nas próximas horas. Ninguém telefona para um psiquiatra no meio de uma noite de sábado, o SOS Médecins não seria de nenhuma utilidade... não, teria de esperar segunda-feira, e a perspectiva de tudo que podia acontecer até lá o assustava, como se, longamente gestada, a loucura de Agnès ganhasse impulso, correndo o risco de em poucas horas crescer como os nenúfares, que dobram incessantemente de volume nas demonstrações geométricas. Pegou em sua carteira o documento de identidade retificado, assustando-se também ao pensar que era a única foto sua de que ainda dispunha. Não, impossível: ela devia pelo menos ter poupado seu passaporte, e depois restava sempre o recurso de pedir a amigos fotografias nas quais ele aparecia, não deviam faltar. Da mesma forma como contamos carneirinhos, ele começou a fazer uma lista das imagens dele que pudessem estar circulando e que estariam acessíveis. Enquanto acendia um cigarro, o último do maço comprado à tarde, lembrou-se de um incidente ocorrido três dias antes, na Pont-Neuf. Por inadvertência, entrara no campo visual de uma foto, no instante preciso em que um turista japonês, tirando o retrato da mulher contra um fundo de Notre-Dame, clicava no disparador. Em geral, tomava cuidado para evitar esse tipo de indelicadeza, aguardava que a foto fosse batida para passar, ou então passava por trás do fotógrafo; uma vez chegara a levar o escrúpulo a ponto de parar para não entrar no campo visual de um binóculo. Desculpara-se na Pont-Neuf, o japonês fizera um gesto dizendo que não era grave, e ele teria adorado, agora, possuir essa foto, acidental, ou outras tiradas ao longo de sua vida sem que ele sequer percebesse, sem que fosse seu objeto, como se o caráter fortuito de sua presença reforçasse sua autenticidade. Mas acima de tudo a do japonês, batida quarta ou quinta-feira, a última provavelmente em que estava de bigode... Em último caso, podia publicar um anúncio num jornal de Tóquio, pensou sem ironia. Mais sensatamente, recorrer a fotos tiradas por amigos, ou do acervo de seus pais, ou às que os órgãos de governo deviam ter cópias e os laboratórios, negativos. Da mesma forma, porém, era impossível ter pronto acesso a elas. Aquela noite só lhe restava contemplar a foto eletrônica da carteira de identidade, raspada com gilete, lambida para suprimir imaginários vestígios de caneta hidrográfica...

Seu pensamento se deteve, ele franziu as sobrancelhas, depois, lambendo o dedo, passou-o sobre a foto, sobre a mancha mais escura correspondente aos ombros de seu paletó. Seu indicador continuou limpo. Manifestamente, refletiu, fotografias não transpiram. O teste, entretanto, denunciava a premeditação de Agnès, na qual não pensara na hora: sabendo muito bem que a raspagem com gilete não significava absolutamente nada, ela a fizera preceder do teste do dedo molhado, mais conclusivo, e, para que assim o fosse, devia ter obrigatoriamente, previamente, esfregado o dedo na hidrográfica.

Ela está louca, disse em voz baixa, completamente louca. De uma loucura perversa, que além de tudo é malfazeja. E não era culpa dela, tinha de ajudá-la. Ainda que ela tentasse furar-lhe os olhos, de verdade, e não em uma foto, ele teria que se proteger e, ao mesmo tempo, protegê-la. Era isso o mais terrível, não tanto o fato de que ela quisesse suprimir o passado, seu bigode, ou Java, mas que todas aquelas manobras fossem dirigidas contra ele, calculadas, visando amotiná-lo contra ela para que ele não pudesse, não quisesse mais acudi-la. Para que terminasse por abandoná-la, desanimado. A metáfora do nadador experiente que nocauteia, para o seu bem, o candidato ao suicídio voltava a rolar dentro de sua cabeça, mas resserenou-o menos do que à tarde no café. Perguntou-se se ela dormia efetivamente: não a vira tomando os soníferos. Na ponta dos pés, foi até a porta do quarto, que abriu de modo que ela não rangesse, lutando para afastar uma imagem atroz, ainda mais atroz que a da velhinha com roupa de boneca: Agnès acordada, sentada de tailleur na cama, que previra cada um de seus gestos, esperava-o com um sorriso de triunfo demoníaco, babando, como a garota possessa do filme *O exorcista*. Mas ela parecia dormir serenamente. Ele aproximou-se do corpo enroscado sob as cobertas, o corpo da mulher que ele amava, temendo surpreender o brilho de um olho aberto, à espreita.

Não.

Permaneceu vários minutos em pé, varando com os olhos a luz difusa vinda da sala, depois saiu, nem por isso sossegado. Passou a noite deitado no sofá, as mãos cruzadas atrás da cabeça, sem dormir. Ensaiava os planos estipulados à tarde, decidido a pautar-se por eles apesar da intensa exaltação da noite: entrar no jogo de Agnès, ligar para Jérôme, sem que ela soubesse, ligar para um psiquiatra, e reconfortava-o imaginar como superaria as dificuldades de execução desse plano, como, sem deixá-la sozinha, poderia isolar-se para telefonar. Num certo momento, o sinal vermelho da secretária eletrônica, que eles tinham esquecido de consultar ao chegarem, chamou sua atenção. Ouviu as mensagens, o som no volume mais baixo, o ouvido grudado no alto-falante. Jérôme, visivelmente preocupado, depois seu pai, que como toda semana os lembrava do almoço do dia seguinte, um assessor de imprensa que queria falar com Agnès, novamente Jérôme — a vez em que não haviam atendido. Ele anotou o nome do assessor de imprensa, apagou as mensagens. Cochilou um pouco antes do amanhecer, consciente de que não dormia havia dois dias, de que não se escanhoara, sequer a barba, e de que precisava estar bem preparado fisicamente para enfrentar o que vinha pela frente.

O telefone tocou no momento de seu sonho em que ele se perguntava se o certo era falar bigode ou bigodes. Alguém que ele não conseguia identificar respondia que ambos eram admitidos, como calça ou calças, depois dava uma risadinha seca sugerindo-lhe que era de fato uma observação de psiquiatras e que não demorariam a cair em cima dele com histórias de castração. Essa coincidência fez com que a voz de Jérôme, na outra ponta da linha, não o surpreendesse e recuperasse instantaneamente a lucidez.

— Então, vai me explicar o que está acontecendo?

— Um segundo, não desligue.

Para que Agnès não ouvisse, cogitava fechar a porta do quarto, aberta naquele momento, mas percebeu, dando uma espiada, que ela não estava mais lá. Nem na cozinha, nem no lavabo, nem no banheiro, que ele inspecionou às pressas.

— Agnès não está na sua casa? — perguntou num rompante, pegando de volta o aparelho.

— Não, por quê?

Hesitou um segundo entre correr, para qualquer lugar, à sua procura e aproveitar-se de sua ausência para conversar com Jérôme. Optou pela segunda alternativa, convencido de que precisava ser rápido a fim de não ser surpreendido com seu retorno. Se é que retornaria, se é que não estava morta ou trancada num armário, a espioná-lo.

— Escute — disse ele, com uma voz cuja nitidez espantou-o. — Agnès não anda nada bem. Por acaso você conhece um psiquiatra sério?

Silêncio na outra ponta da linha, depois:

— Acho que sim. O que ela tem?

— Ela ligou para você, não foi? Anteontem?

— Não — disse Jérôme.

— Ela não telefonou para lhe dizer... — Hesitou.

— Para me dizer o quê?

— Para lhe dizer — atirou-se no precipício — que eu nunca tinha usado bigode.

Novo silêncio.

— Não compreendo — Jérôme terminou por dizer.

Novo silêncio.

— Sejamos claros — ele continuou —, será que não notou que raspei meus bigodes?

Curiosamente, alarmou-se com o uso que acabava de fazer do plural. Jérôme riu baixinho, como no sonho.

— Nem seus bigodes, nem seu bigode. É isso que está errado?

Agarrou-se no braço do sofá. O carrossel passou a girar ao contrário, precisava pará-lo, descer a todo custo. Com esse intuito, manter a calma.

— É isso, sim — conseguiu articular. — Está no escritório?

— O que você acha...

— Então pergunte a Samira.

— Samira está no café, mas fique tranquilo, posso responder eu mesmo. E você, eu gostaria que me explicasse a situação.

— Jura que Agnès ou outra pessoa qualquer não lhe pediu para me dizer isso?

— Para dizer que você usa bigode?

— Não, que eu nunca usei um. Escute, Jérôme, independentemente do que ela lhe disse, você tem que me contar. É grave. Sei que parece absurdo, mas não se trata de uma piada.

— Admita que é difícil acreditar em você, mas, já que assim quer, juro solenemente que Agnès não ligou para mim e que você não usa bigode. Quer dizer, um pouco, desde ontem. Aliás, comentei ontem com você.

Ele abandonou o tom jocoso, sua voz se recompôs:

— Se entendi direito, Agnès e você estão convencidos de que você usava bigode. É isso?

— Só eu — ele confessou, quase feliz de se render, de responder às perguntas como um colegial a um professor que conhece a resposta, que o corrigirá caso esteja errado.

— E Agnès?

— Agnès afirma que não.

Pensou em falar em Java, mas Jérôme continuou:

— Preste bem atenção, se isso não for uma armação...

— Não é uma armação.

— Então, realmente, acho que tem alguma coisa errada. E não é com Agnès. Você tem trabalhado muito ultimamente...

— Você também.

— Eu também, mas não tenho alucinações, até segunda ordem. Acho que você está atravessando uma espécie, talvez não de depressão, mas de ausência, e que deve efetivamente consultar um psiquiatra. Posso recomendar um. Como Agnès reagiu?

— Agnès?

Ouviu a chave girando na fechadura da porta de entrada.

— Acho que é ela chegando — disse precipitadamente. — Ligo de volta.

— Não, passe o telefone para ela — ordenou Jérôme.

Mas ele desligou.

— Trouxe croissants — disse Agnès ao entrar. — Está sol. Quem era?

Ela ouvira o clique.

— Ninguém — ele murmurou, sem fitá-la. O telefone voltou a tocar. Ele quis desligar, mas ela tomou-lhe a frente. Ele sabia que era Jérôme.

— Sim — disse Agnès —, pois é, você caiu do céu... Não... Sei perfeitamente... Claro que sim, sei perfeitamente...

Ela sorria enquanto falava, como se tudo entrasse nos eixos. Quando ele quis confiscar-lhe o aparelho, ela tapou-o firmemente com a mão e dirigiu-se a ele:

— Pode me arranjar alguma coisa para escrever?

Ele obedeceu, trouxe uma caneta e um bloco, que ela pegou acariciando-lhe a mão na passagem.

— Sim — ela prosseguiu —, como...? Sylvain o quê...? Estou anotando.

Com o aparelho entre o queixo e o ombro, escreveu no bloco: Sylvain Kalenka.

— Com dois K? — A seguir, um número de telefone.

— Hoje? Mesmo sendo domingo...? Ótimo... Jérôme, você foi espetacular, obrigada. Ligo de volta.

Desligou. Agora, a continuação, ele pensou.

— Vou fazer um café — ela anunciou.

Ele seguiu-a até a cozinha, observou-a na tarefa, recostado na soleira da porta. Seus gestos eram precisos, eficientes. O sol batia no ladrilho.

— Então sou eu? — ele disse finalmente, olhando para o chão.

— Tenho a impressão de que sim.

Ela não conseguia dissimular o alívio. Como se agora, desde o telefonema de Jérôme, tudo se esclarecesse, estando prestes a se resolver. Ele estava louco, ponto final, faria um tratamento. E sentia-se aliviado também, num certo sentido, com a perspectiva de se deixar levar, de se entregar nas mãos de Agnès, de Jérôme, do psiquiatra Sylvain Kalenka, a quem perdoava antecipadamente os ares de especialista, as observações sobre o plural bigodes, calças, o complexo de castração.

A cafeteira apitou, ela jogou o filtro na lata de lixo, esvaziada na véspera, depois colocou as xícaras na bandeja, que levou para a sala. A gordura já transpirava no saquinho de croissants, na mesa de centro.

Porém, ele pensou que, se era assim, por que a arbitragem de Jérôme se revestia de tamanha importância para ela? Durante os dois dias de seu delírio, ela devia saber onde pisava. Ela não pudera conhecer as desconfianças que explicavam, no caso dele, as atitudes perturbadoras, contraditórias, de Jérôme e Samira, da mulher do carrinho de bebê; ela deveria estar segura desde o início, aferrando-se, confiante, a uma linha de conduta. A qual, não obstante, não cessara de alterar. Ele também, visivelmente, mas ele estava louco. Se um louco põe-se a negar a evidência, cabe a ele trazer provas do que sustenta e, como não as possui, atacar as que o desmentem, tergiversar. Ao contrário, a reação normal do interlocutor de mente sadia é opor-lhe, com assiduidade e convicção, testemunhos fáceis de reunir. Confrontá-lo com terceiros, mostrar-lhe fotografias. Ora, entre o telefonema noturno para Véronique e o momento em que Jérôme, por iniciativa própria, interferia, ela aparentemente não consultara ninguém. E, em vez de fazer uso das fotos, ocultara-as. Indubitavelmente, na atitude dele, estivesse louco ou não, tudo se sustentava. Na de Agnès, não. Mas talvez fosse a loucura que, justamente, o levasse a pensar assim...

Ela estendeu-lhe uma xícara de café, que ele devolveu à bandeja sem adoçar.

— As fotos — ele disse.

— Que fotos?

Ela deu um gole no café, lentamente, olhando-o por cima da curva da xícara.

— As de Java.

— Nunca estivemos lá.

— Então de onde vem aquilo?

Apontou para a manta que cobria a parede. Lembrava-se nos mínimos detalhes da longa sessão de barganha na aldeia, do prazer que ela demonstrara quando finalmente fecharam o negócio, e até de algumas palavras de indonésio que tinham aprendido durante a viagem: "selamat siang, selamat sore, terimah kasih...". Mas, claro, existem casos de loucos que em seu delírio falam línguas das quais nada sabiam.

Ela respondeu com uma voz inalterada, como se recitasse uma lição, como se ele já tivesse feito a pergunta cinco minutos atrás:

— Foi Michel quem trouxe e nos deu de presente.

— Então, outras fotos.

— Você faz questão?

Ela balançou a cabeça, como se estivesse se recriminando por dar bola para uma criancice, mas levantou-se e foi até o quarto, de onde voltou com umas fotos coloridas, que colocou no chão, perto da bandeja. Pelo menos, não as destruíra. Ele passou-as uma a uma, sem fazer nenhum esforço para se lembrar dos lugares, das circunstâncias em que as fotos haviam sido tiradas: no campo, na casa dos pais de Agnès, em Guadalupe... Das de Java, naturalmente, nem sinal, mas em todas que tinha nas mãos estava de bigode. Estendeu-lhe uma.

— Quero apenas ouvi-la dizer que não estou de bigode nessa fotografia. Depois, acabou.

Ela suspirou.

— Fale — insistiu. — Que pelo menos fique claro.

— Não, você não está de bigode nessa fotografia.

— Nem em nenhuma outra?

— Nem em nenhuma outra.

— Ótimo.

Jogou a cabeça para trás, na beirada do sofá, fechou os olhos. Era incontestável, só lhe restava a terapia. E, num certo sentido, ele compreendia que ela tivesse escondido as fotos, para evitar que ele coçasse a ferida. No lugar dela... Mas ainda na véspera, ele estava no lugar dela, convencido de que ela estava doente, ela, não ele. E ela, durante todo esse tempo, ainda agorinha, sustentava exatamente os mesmos argumentos: ele está louco, mas eu o amo, vou ajudá-lo a sair dessa. E sentia-se amado, por sua vez, com uma espécie de raiva.

— Se quiser, podemos ir almoçar na casa de seus pais... — ela disse calmamente.

— Prefiro não ir, você tem razão — ele respondeu, sem abrir os olhos.

— Vou ligar para eles.

Ouviu-a pegar o telefone, falar com sua mãe, e admirou a desenvoltura que ele sabia fingida, embora o fim da incerteza o aliviasse. Ela alegou que ele tinha um trabalho importante para terminar para o dia seguinte, que passaria o dia no escritório, de onde certamente ligaria para ela. Ele ruminou que sua mãe talvez ligasse para o escritório, à toa, só para lhe dar um alô, e que era bom avisar a Jérôme, ou pedir a Agnès que o fizesse. Mas não, era inútil, Jérôme tinha suficiente presença de espírito para não dar um fora. Perguntou-se o que pensavam, todos eles, Jérôme, Samira, Serge, Véronique, a respeito do que lhe acontecia. Quanto menos gente souber, melhor para todo mundo. Evitar que o assunto transpirasse, criar um cordão de isolamento: já pensara nisso.

Lembrou que Agnès convidara Serge e Véronique para aparecerem à noite. A despeito de um telefonema intrigante, decerto eles não sabiam de nada. A perspectiva do jantar, de ter de vigiar-se incessantemente para não deixá-los com a pulga atrás da orelha, assustava-o mais ainda.

— Já que está aí — ele disse —, não gostaria de desmarcar com Sergue e Véronique? Eu prefiro.

Nenhuma resposta. Ele repetiu a pergunta, certo de que ela não protestaria. Em seu estado, a necessidade de solidão era uma evidência. Agnès mantinha-se atrás dele, de pé, perto do sofá; a neutralidade forçada de sua voz alertou-o, mas, na realidade, tão logo seu silêncio se prolongara, ele compreendera.

— Desmarcar o quê?

Tudo se desagregava. Ele fez um esforço para articular, enfatizando as sílabas:

— Serge e Véronique Scheffer, nossos amigos. Que você convidou para virem aqui hoje à noite. Na casa de quem jantamos na quinta-feira, quando tudo começou. Serge é funcionário no Ministério do Meio Ambiente, Véronique está matriculada no Langues'O, eles têm uma casa de campo na Borgonha, fomos lá várias vezes, foi lá inclusive que você destrambelhou a calefação. São nossos melhores amigos — concluiu, num sopro.

Ela agachou-se à sua frente, as mãos nos seus joelhos, e começou a balançar a cabeça da esquerda para a direita, num gesto de negação singularmente mecânico. Ao mesmo tempo dizia "não", primeiro murmurando, depois cada vez mais alto, ele achou que ela teria uma crise de nervos e quase a esbofeteou intempestivamente, mas ela se acalmou, contentando-se em mordiscar os lábios olhando para o carpete.

— Não conhece Serge e Véronique, é isso?

Ela balançou a cabeça.

— Então com quem passamos a noite de quinta?

— Ora, nós dois, sozinhos — ela balbuciou. — Fomos ao cinema...

— Que filme assistimos?

— *Perigo no coração.*

— Onde foi isso?

— Em Montparnasse, não me lembro mais em que cinema.

Ela rodava obstinadamente a colher na xícara vazia. Arrebatado pela lógica policialesca de suas perguntas, quase pediu que ela lhe mostrasse os ingressos, mas, claro, ninguém guarda ingressos de cinema, nem durante a sessão, nunca há fiscalização. Temos que guardar tudo, sempre, não desprezar nenhuma prova. Como a tribo animista, na aldeia onde haviam comprado a manta: a tradição estava morrendo, mas antigamente, pelo que haviam dito, os moradores recolhiam ciosamente seus sabugos de unha, excrementos, fios de cabelo, pelos cortados, tudo que fazia parte deles e lhes permitisse entrar no paraíso em toda a integridade, não mutilados...

A pista do cinema não levava muito longe. Tinha certeza de não ter visto *Perigo no coração*, apenas manifestado tal intenção, aleatoriamente, confiando numa resenha. Pressentiu que a partir daquele momento tudo se aceleraria, que toda pergunta que fizesse, ou até mesmo sem pergunta, qualquer observação relativa a um passado comum ameaçava provocar uma nova avalanche. Perderia os amigos, o emprego, a rotina de seus dias... e a hesitação torturava-o: seria preferível dar continuidade à investigação, descobrir a extensão do desastre, ou fazer-se de avestruz, calar-se, não falar mais nada que resultasse em nova perda?

— O que faço na vida? — arriscou.

— Você é arquiteto.

Pelo menos, isso se salvara.

— Jérôme existe então? Foi ele quem ligou agorinha para dar o endereço do psiquiatra?

— Sim — ela admitiu. — O doutor Kalenka.

— E você — ele continuou, animado por aquele sucesso — trabalha mesmo na assessoria de imprensa da editora Belin?

— Trabalho.

— Seu nome é de fato Agnès?

— É.

Ela sorriu, afastando a franja que escondia seus olhos.

— Você telefonou mesmo para os meus pais dez minutos atrás para dizer que não iríamos almoçar?

Ele percebeu sua hesitação.

— Para sua mãe, telefonei.

— Mas iríamos almoçar na casa dos meus pais, como todos os domingos, você confirma isso?

— Seu pai morreu — ela disse. — Ano passado.

Ele permaneceu boquiaberto durante um minuto, catatônico, admirado que lágrimas não corressem, e a catástrofe subitamente era de outra natureza: sofria menos, dessa vez, ao constatar uma nova perda de memória, por mais atroz que ela fosse, ao saber da morte de seu pai, ao saber que não o veria mais, que, na realidade, não o vira de um ano para cá. Lembrava-se, porém, do almoço do último domingo. E até de sua voz, na véspera, na secretária eletrônica. Voz que ele apagara.

— Sinto muito — murmurou Agnès, colocando timidamente a mão no seu ombro. — Também não estou bem — e ele não sabia se ela não estava bem em virtude da morte de seu pai, do sofrimento asfixiante que ele sentia por isso, ou em virtude do que acontecia naquele momento, entre eles. Teve um calafrio, pediu para que ela retirasse a mão, cujo contato, de uma hora para outra, exasperava-o. Também gostaria que ela retirasse o que dissera, como se ela houvesse matado seu pai ao dizê-lo. Minutos antes, ele ainda vivia.

— Não faz muito tempo — ele grunhiu —, você disse: "na casa de seus pais", e não "na casa de sua mãe".

Ela respondeu que não, categórica, balançou novamente a cabeça, e pareceu-lhe que o catálogo de gestos e atitudes entre eles reduzia-se de maneira drástica: balançar a cabeça, fechar os olhos, passar a mão no rosto... Eram gestos corriqueiros, mas que se repetiam com insistência, esmagando todos os outros como as paredes de um quarto que se aproximassem até aprisionar seu ocupante e esmigalhá-lo. E o movimento se acelerava: Serge e Véronique, as férias em Java, de que Agnès, na antevéspera, ainda se recordava, haviam se evaporado em vinte e quatro horas. Agora, poucos minutos eram suficientes para engolir seu pai, mal ele lhe dera as costas, sem que o espaço de uma noite, de uma ausência, houvesse separado o instante em que Agnès, ele tinha certeza, dissera "seus pais", "quer que eu ligue para os seus pais?", daquele em que seu pai fora riscado do mapa. O horror acontecera à sua vista, sem que ele pudesse fazer nada, e estava prestes a recomeçar. Ele gostaria de fazer outras perguntas, refazer inclusive aquelas que o haviam reconfortado minutos antes, mas não ousava mais, convencido de que esses ganhos iriam lhe escapar se os apostasse novamente, de que então não seria mais arquiteto, Agnès não seria mais Agnès, diria chamar-se Martine ou Sophie, e não ser mais sua mulher, não saber o que fazia ali... Era imperioso não perguntar mais nada, fugir da tentação daquela montanha-russa, até a chegada do psiquiatra. Para sobreviver. Não telefonar mais para sua mãe, não checar mais nada, interromper um interrogatório de que o doutor Kalenka se encarregaria, era seu ofício, vasculharia no seu passado, lhe faria um resumo... Agora o cansaço prevalecia, e uma espécie de desânimo resignado. Levantou-se, mal se aguentava nas pernas.

— Vou tentar dormir um pouco. Por favor, ligue para o psiquiatra.

78

Foi para o quarto, fechou a porta atrás de si. Sem que pudesse exprimi-lo, a sensação de rarefação dos gestos possíveis obsedava-o, julgava já ter feito aquilo; claro que fizera, passar da sala ao quarto, e centenas, milhares de vezes, mas aquilo não era igual, antes não havia a vertigem de carrossel descontrolado, em rota de colisão, voltando na outra direção sem que ele pudesse nem descer nem respirar. Isolando-se assim, pretendia dar liberdade de ação a Agnès: que ela telefonasse para Jérôme ou ainda para o psiquiatra Sylvain Kalenka sem sentir-se vigiada. Organizasse uma conjuração de amigos para salvá-lo. Ao mesmo tempo, precisava dormir, recuperar, redescobrir um pouco de lucidez para abordar a consulta nas melhores condições possíveis. Desistir de tudo, não pensar mais naquilo, nem que fosse por poucas horas. Dormir. Agnès o acordaria suavemente quando estivesse na hora de ir para a consulta, como na sua infância, quando, tiritando de febre, era levado de carro ao médico, enrolado num cobertor, semi-inconsciente. Embora clínico geral, o médico de família praticara diversas vezes a separação de irmãos siameses e essa extravagante especialidade o fez merecedor da simpatia de seu pai, que sempre falava dele dizendo "um grande luminar"... A voz de seu pai instalava-se no seu ouvido, lembrava-se das frases ouvidas recentemente, e o pensamento de que tais frases só poderiam ter sido pronunciadas dentro de sua mente conturbada faziam-no contorcer-se, na impossibilidade de chorar. Tomou uma drágea de sonífero, sem água, depois metade de outra, para ter certeza de dormir. Então se despiu e deitou, nu, na cama, que ainda conservava a marca do corpo de Agnès. Afundou a cabeça no travesseiro, murmurou o nome de Agnès, várias vezes. O sol espargia-se através das venezianas, não se ouvia barulho algum a não ser o de uma máquina de lavar, longe, bem longe, a bater em algum lugar no prédio. O lento e preguiçoso giro da roupa, observado através da escotilha, era uma imagem tranquilizadora. Gostaria, de forma análoga, de lavar, enxaguar infindavelmente seu cérebro doente. Agnès, como ele na véspera, sem dúvida não sairia de casa, cuidaria dele zelando para não perturbar o seu sono. Gostaria também de que um leve rumor, de quando em quando, lhe assinalasse sua presença, e, não ouvindo nada, teve medo de que ela tivesse se ido, ou que não existisse mais, ela tampouco. Aí não lhe restaria mais nada. A angústia fez com que se levantasse, entreabrisse a porta. Ela continuava sentada no sofá da sala, o busto ereto, os olhos fixando a tela à sua frente. O rangido da porta fez com que virasse a cabeça, ele viu que ela chorava.

— Por favor — ele disse —, não desapareça. Você, não.

Ela respondeu apenas:

— Não. Durma — sem nisso insinuar uma intenção especial, e era melhor assim. Fechou novamente a porta, foi se deitar.

Dormir, agora, não pensar em mais nada. Ou, uma vez que não havia como não pensar em alguma coisa, para dormir, ruminar que em breve, muito em breve, estaria nas mãos da ciência. E então saberia o que tinha. Como seria o doutor Kalenka? O imaginário popular representava tradicionalmente o médico da alma sob os traços de um senhor de certa idade, sapiente e de cavanhaque, dotado de um áspero sotaque da Europa Central, e, como o imaginário popular é quase sempre falso, no mínimo anacrônico, ele o imaginava inversamente como um sujeito forte, pragmático, com pinta de apresentador de televisão, ou melhor, de jovem policial, como eles são agora: paletó desestruturado, ou jaqueta, e gravata de tricô. Imaginar seu traje, no detalhe, o ajudaria a dormir. Mas o que era ele, precisamente? Psiquiatra, psicanalista, psicoterapeuta? Sabendo que os psicanalistas não eram obrigatoriamente médicos, esperava que Sylvain Kalenka fosse psiquiatra: num caso como o dele, não era bom negócio topar com um sujeito que pretendesse fazê-lo falar, contar sua infância dois anos a fio, balançando a cabeça e ao mesmo tempo fazendo cara de achar aquilo interessante, e sim com um adepto de tratamentos mais radicais, um francoatirador eficiente, diplomado, que no fim de quinze minutos dissesse, sem hesitação: pronto, é isso, sua doença tem tal nome, trate-se com tal remédio, sei do que estou falando, o senhor não é o primeiro. As expressões tranquilizadoras "amnésia parcial ou passageira", "depressão nervosa", "descalcificação" dançavam em sua cabeça, onde continuava a ressoar o "grande luminar" respeitoso de seu pai. E Jérôme, certamente, não teria recomendado um charlatão, nem um pequeno luminar. Mas, por mais "grande luminar" que fosse, seria possível que o doutor Kalenka não ficasse desconcertado frente a um paciente persuadido de usar bigode durante dez anos, de ter passado férias em Java, de ainda ter o pai, amigos com tais nomes, ao passo que sua esposa lhe explicaria pacientemente que não, que ele sempre fora glabro, que nunca tinham ido a Java, que seu pai morrera ano passado e que ele ficara abaladíssimo? Talvez inclusive devesse procurar aí a origem de sua crise, uma crise retardatária, mais violenta ainda na medida em que longamente incubada.

Riu de nervoso, tomado pela apreensão clássica do doente que, na sala de espera do médico, teme ver desaparecer os sintomas que se preparava para lhe mostrar. E se, a sós com o doutor Kalenka, tudo voltasse ao normal, se porventura ele se lembrasse bruscamente de nunca ter usado bigode, de ter enterrado o pai fazia um ano? E se, ao contrário, examinando as fotos, Kalenka desse-lhe razão, visse o bigode e o julgasse louco porque ele se curvava ao ponto de vista de Agnès, admitindo uma aberração que um simples relance bastava para dissipar? Então seu pai estaria vivo, ele poderia lhe telefonar, explicar o que estava acontecendo com Agnès... Debatia-se, frouxamente agora, entre a convicção de que acalentar aquele sonho era perigoso, doentio, e a de que o prazer que extraía dele o ajudaria a pegar no sono. De onde vinha, afinal de contas, aquela insegurança? Das afirmações de Agnès e Jérôme? Refletindo sobre isso, sentia engendrar-se uma espécie de excitação, a do detetive confrontado com um enigma aparentemente insolúvel e descobrindo de repente que, desde o início, aborda-o de um ângulo falso, que uma brusca mudança de perspectiva irá, ele a sentia próxima, revelar-lhe sua chave. Que hipóteses, com efeito, examinara? Em primeiríssimo lugar, estava louco. E isso, enfim, ainda que as aparências depusessem contra ele, ele sabia claramente que não. Sintoma de loucura, claro, pode-se sempre dizer isso, mas não, não, suas recordações eram por demais precisas. Logo, seu pai vivia, seus amigos existiam, ele raspara o bigode. Admitindo isso, segunda hipótese: Agnès estava louca. Impossível, os outros não teriam entrado no seu jogo. No início, sim, talvez, acreditando numa farsa, mas depois não, não Jérôme, quando ficara claro que o caso ia além de tais proporções inofensivas. Terceira: Agnès estava definitivamente aplicando um trote, excedera-se e garantira sua cumplicidade. Mesma objeção: ela teria interrompido a farsa ao ver que o negócio desandava. Além disso, por causa de Sylvie,

Jérôme não brincava com esse tipo de coisas e, de toda maneira, assoberbado, seu interesse era que o seu sócio fosse trabalhar no escritório, não que se enclausurasse em casa julgando-se demente. Restava uma quarta, que ele não cogitara até o momento. Era de que se tratava de uma coisa diferente de um trote, ainda que de mau gosto, uma coisa bem mais grave, que cumpria encarar de frente, pelo menos a título de hipótese: um plano dirigido contra ele, visando enlouquecê-lo, levá-lo ao suicídio ou ser confinado numa cela acolchoada.

Soergueu-se na cama, temendo repentinamente, após ter ansiado por isso, que o sonífero fizesse efeito. Tomara uma dose cavalar, não dormia, ou quase isso, havia 48 horas, e mal comera, sentindo-se muito fraco. Entretanto, ainda que se movesse numa espécie de ganga pegajosa, seu pensamento ganhava em acuidade, avançava como a ponta de um estilete, rasgando o nevoeiro, parecia-lhe ouvi-lo ranger ao construir seu raciocínio. Absurdo, é óbvio, inverossímil, tão absurdo e inverossímil como esses filmes policiais cujo suspense esconde falhas estruturais, como *As diabólicas*, ou *Com a maldade na alma*, em que os conspiradores, enquanto encenam suas aparições pseudossobrenaturais, entretêm-se tranquilizando sua desafortunada vítima e dizendo-lhe: "Você está muito cansada, querida, descanse, vai passar." Exatamente o que lhe diziam, ou melhor, o que ele dizia para si mesmo. E se porventura alguém houvesse apostado nisso, na certeza de que ideia tão absurda e inverossímil tinha apenas uma chance em um milhão de lhe passar pela cabeça? *As diabólicas*, que ele se lembrasse, se inspirava numa notícia criminal verídica... E, prova de que não era absurda, a ideia quase não lhe ocorrera, ia dormir confiante, abandonar-se a uma quimera. Mas seus olhos se descerravam, precisava ficar acordado, não largar a presa, examinar calmamente o problema partindo do princípio de que, se existisse apenas uma única explicação, por mais monstruosa que fosse, ela era obrigatoriamente a correta. Repetiu o inventário de seus argumentos. Não estava louco, primeiro ponto pacífico. Agora, tirando Serge e Véronique, que poderiam ter sido cooptados para a farsa, tirando Samira, que Jérôme pudera condicionar, quem restava? Agnès e Jérôme, Jérôme e Agnès. Combinação clássica; o marido, a mulher e o amante, inútil procurar mais longe. Objeção: se houvesse um caso entre eles, ele teria percebido, teria havido indícios. Mas não, não obrigatoriamente, o plano repousava inteirinho em sua cegueira. Outra objeção: Agnès poderia ter pedido o divórcio. Ele teria sofrido com isso, de maneira atroz, mas ela era livre, ele não podia segurá-la, e não havia nenhuma herança envolvida, nada que justificasse um anseio de enviuvar de sua parte. Entretanto, esta é uma objeção que podemos opor à maioria dos crimes passionais, e as pessoas os cometem mesmo assim. A ideia de que Agnès, sua mulher, e Jérôme, seu melhor amigo, conspiravam contra ele não podia prevalecer senão ao preço de um terremoto mental insano, mas, além de exprimir um lugar-comum, esse terremoto, uma vez deflagrado, explicava tudo. Admitida tal motivação, os fatos se encaixavam. Serge e Véronique, na primeira fase, eram cúmplices sem o saberem, julgavam participar de um trote típico de Agnès, e em seguida eram eliminados. Não fisicamente, por certo, simplesmente sendo expulsos do jogo, bem como impedindo-o de se comunicar, a todo custo. Uma vez levada a cabo essa preparação psicológica, Jérôme entrava em cena, não saía mais, assumia as rédeas, isolava-o insidiosamente dos demais, assumindo o papel do amigo devotado, sempre presente quando as coisas degringolam, concentrando nele toda a sua confiança. E puxava da cartola o doutor Kalenka. Não, é claro, um psiquiatra de verdade recrutado para o complô, mas um segundo cutelo, encarregado de terminar de semear a confusão em seu espírito. Ou então, o que era mais verossímil, pois vale tudo para cometer um crime perfeito, não existia nenhum doutor Kalenka. Agnès, em breve, ou amanhã, o levaria a um apartamento, possivelmente num andar alto, não haveria placa na porta, ou quem sabe uma placa falsa, por perfeccionismo, e a porta daria para o vazio, para um canteiro de obras, Jérôme estaria num canto, o empurraria, concluiriam que ele atravessava uma fase de depressão, que se suicidara. Não, isso não se sustinha de pé, muito pouca gente estava informada da pretensa depressão, faziam-se necessárias mais testemunhas para inocentá-los, supondo que se tornassem suspeitos, ora toda a estratégia deles visava afastar possíveis testemunhas... Essa falha do raciocínio irritou-o. Depois, pensou que o objetivo não era tanto fazê-lo passar por louco mas o enlouquecer de verdade, e esperar que fosse internado, ou então que se suicidasse. Desse ponto de vista, a coisa se sustentava melhor. Era inclusive indefensável. Bastava que Agnès, a sós com ele, persistisse em negar suas recordações e certezas, em provocar novos terremotos fingindo-se apavorada, e que Jérôme a ajudasse intervindo nos momentos psicológicos. Ninguém o impedia de se comunicar com ninguém, era ele que, atordoado, não ousava mais fazê-lo. E caso o fizesse, telefonasse para seu pai, ou para Serge e Véronique, fosse visitá-los, a confiança que ganharia com isso seria destruída na mesma noite por Agnès. Ela o tomaria nos braços, repetindo calmamente que seu pai estava morto, teria uma crise de nervos; Jérôme, como por encanto, telefonaria nesse momento, confirmaria, descreveria o enterro e aquilo seria como a mulher do carrinho de bebê, uma iniciativa tola, uma tentativa tão vã quanto as rabanadas furiosas de um peixe apanhado na rede. Até mesmo uma acareação, por exemplo um jantar com Agnès e seu pai, não teria nenhuma serventia, uma vez que estivessem em casa, enfim sós. Ele se perguntaria sem parar se estava perdendo o juízo, se via fantasmas, se lhe mentiam e por quê, era ao mesmo tempo muito mais sutil e mais simples que *As diabólicas*. Em poucos dias, aquele trabalho de solapamento daria frutos. Ele já se entrincheirava, desistia da verificação mais fácil, não ousava mais perguntar nada a ninguém. Em poucos dias, com diplomacia, sem violência, nenhuma, e até mesmo sem cumplicidade externa, Agnès e Jérôme o teriam efetivamente persuadido de sua loucura, sorrateiramente enlouquecido. E se os acusasse, mostrasse que os desmascarara, seria uma prova a mais, já via seus rostos incrédulos, estupefatos. Deixavam que ele executasse todo o trabalho, pirasse sozinho. E, por conseguinte, agora que ele matara a charada, a iniciativa era sua, restava-lhe contra-atacar, no próprio terreno deles, arquitetar um plano tão mirabolante quanto o deles para enredá-los em sua própria armadilha.

Por outro lado, ele talvez estivesse sendo rápido demais ao eliminar o risco de uma agressão física. A cabala era de tal forma sofisticada, deviam ter planejado tão bem seu desdobramento, que, naqueles cinco minutos desde que a pressentira, um elemento decisivo poderia ter escapado. Era bem possível que o golpe de misericórdia estivesse iminente, absolutamente imprevisível, e que ele estivesse elaborando tarde demais o raciocínio capaz de enfrentá-lo. Logo, das duas, uma: ou deixava que ele viesse, comportava-se como se não tivesse entendido nada, acompanhava sensatamente Agnès ao suposto doutor Kalenka, e corria então um risco muito maior, já que não se dava conta de suas dimensões. Ou debandava, derrubava de uma vez aquele frágil castelo de cartas e garantia uma posição de retirada. Sentia-se bastante lúcido para compreender que a insônia, o sonífero, talvez também drogas que lhe houvessem ministrado, eram suscetíveis de afetar seu juízo, seus reflexos, logo que a solução da prudência se impunha. Pelo menos enquanto recobrava forças, montava seu plano de defesa com a cabeça descansada. Dito isto, decerto iludia-se esperando surpreendê-los: a trama, mais uma vez, estava muito bem amarrada para que a hipótese de sua fuga não estivesse prevista. Inclusive, era isto o mais assustador: saber que o que ele só descobria agora, e, mesmo assim, ainda por alto, eles o tinham programado havia vários dias, semanas, meses talvez, estando preparados para todas as eventualidades. Cumpria portanto, prioritariamente, reduzir aquela vantagem, e no momento não interessava se desbaratasse todo o plano deles ou se escolhesse apenas uma de suas modalidades possíveis. Era preciso fugir, então. Imediatamente, não importa como, a qualquer preço. Ele não tinha senão a sala a atravessar para alcançar a entrada. Nenhum barulho, desde o seu recolhimento no quarto, chamara sua atenção: Agnès então estava sozinha, só teria ela pela frente e paciência se ela percebesse que ele entendera tudo. Levantou-se, titubeou, sua cabeça ia e vinha sobre os ombros, como a de uma marionete. Aspirou uma golfada de ar e viu-se no dever de se vestir. Cueca, meias, calça, camisa, paletó, finalmente os sapatos, por sorte despira-se no quarto. Fechou os olhos por um instante, para se concentrar, com a impressão de estar num filme de guerra, prestes a deixar um reduto para se precipitar no descampado, sob uma rajada de balas. Inútil dar uma de displicente e dizer que ia comprar cigarros, era melhor atacar.

Inspirou uma última vez, uma grande golfada, abriu a porta e atravessou a sala correndo, sem olhar à sua volta. Só percebeu Agnès quando se virou para abrir a porta da entrada: ela ainda estava sentada no sofá, abria a boca para gritar, mas ele já estava no corredor do prédio, na escada, engolindo os degraus de quatro em quatro, o sangue latejava em suas têmporas, mal ouvia a voz de Agnès, debruçada no corrimão, chamando-o, berrando seu nome, ele já corria pelo hall, pela rua, paciência, estava sem as chaves do carro, correu sem parar até o cruzamento Duroc, o coração na boca, havia pessoas nas varandas dos cafés, despreocupadas, tranquilas, era uma tarde primaveril de domingo. Investiu pela escada do metrô, pulou por cima das catracas, continuou a correr até a plataforma, que alcançou no instante em que a composição chegava. Embarcou, desceu duas estações adiante, na Motte-Picquet. Por causa da dor no baço, que se manifestava com atraso, retornou ao ar livre com um passo de velhote, todo curvado. Perguntou-se se Agnès tentara ir atrás dele ou se telefonara imediatamente para Jérôme. Deu uma risadinha ao imaginá-la comunicando que havia uma dificuldade. Mas talvez também ela estivesse rindo, ruminando que tudo corria como planejado.

Sob a ponte do metrô de superfície, procurou uma cabine com os olhos, por trocado nos bolsos do paletó, encontrou a ambos, a dor no baço passara. A cabine, sorte grande, funcionava. Discou o número de seus pais. Ocupado. Esperou, tentou de novo, deixou tocar indefinidamente, ninguém atendeu. Pensou, enquanto isso, em ligar para a polícia, mas não dispunha de argumentos suficientes, ririam na cara dele. E, acima de tudo, queria ver o pai. Não para se certificar de que estava vivo, isso ele sabia, mas simplesmente para vê-lo, falar com ele, exatamente como se acabassem de trazê-lo de volta à realidade, após lhe haverem anunciado sua morte por engano, num acidente de avião no qual nem todas as vítimas teriam sido identificadas ainda. Como continuavam sem atender, resolveu ir até o bulevar Émile-Augier. Checou se tinha dinheiro suficiente consigo para pegar um táxi, dirigiu-se ao ponto no cruzamento da rue du Commerce e atirou-se no banco. Se os seus pais não estivessem em casa, ele os esperaria até que voltassem, no corredor do prédio. No corredor, não. Jérôme e Agnès deviam estar deliberando, adivinhando que ele iria para lá, e o encurralariam facilmente. Já via a ambulância estacionada em frente ao prédio, os enfermeiros musculosos a quem eles diriam para ignorar seus protestos; podiam até, vendo sua presa escapar-lhes, partir para o tudo ou nada, fazer uso de meios extremos, precipitar as coisas, gerando tamanha confusão que ele se veria numa camisa de força e, muito em breve, doido varrido. Materialmente, entretanto, havia poucas probabilidades de que chegassem à casa de seus pais antes dele. Se eles estivessem ausentes, ele se refugiaria num café, em La Muette, telefonaria a intervalos regulares até que atendessem.

O táxi atravessara o Sena, contornava a Maison de la Radio para entrar na rue de Boullainvilliers. Olhou-se no retrovisor; pálido, os traços esgarçados, uma barba de três dias coçando a cara. Dois dias, corrigiu mentalmente. Dois dias sem dormir, e entupido de soníferos, aguentava bem o rojão.

— Qual é o número? — o motorista perguntou, ao chegar a La Muette.

— Digo quando for para parar.

Merda, pensou, não se lembrava mais do número. O número do prédio de seus pais, onde passara toda a infância. Isso acontecia muito no caso de amigos, era perfeitamente capaz de encontrar prédios cujo número jamais soubera, mas no caso de seus pais... Aquilo era absurdo. O cansaço, os soníferos, perdas parciais de memória... O táxi percorria lentamente o largo bulevar em curva, ele reconhecia as grades, no meio, delimitando a ferrovia pela qual passava o trenzinho, as altas fachadas burguesas, restauradas. Em sua infância, eram encardidas de sujeira; ele se lembrava da reforma, dos andaimes e tapumes que, durante um mês, talvez mais, vedaram as janelas, privando-os de uma luz que não era o menor ornato de sua elevada posição...

O andar. Também não se lembrava mais qual era o andar.

— Pare — ele disse.

Pagou, saiu, as mãos úmidas. Refletiu. Uma coisa era certa: seus pais moravam do lado direito do bulevar Émile-Augier, para quem vem de La Muette, uma vez que não havia lado esquerdo: o lado esquerdo chamava-se bulevar Jules Sandeau. E ele também sabia a senha da porta da rua. Sua vontade foi anotá-la, para ter certeza de não esquecê-la, mas não tinha nada consigo para escrever e não se atrevia a parar um transeunte. De toda forma, não passava ninguém. Circulou pela calçada. Não podia sequer afirmar que os prédios eram todos iguais, havia diferenças, ainda que datassem da mesma época, impossível não encontrar o certo, morara ali dez anos, voltava uma vez por semana, e além do mais era arquiteto. Quando chegou próximo à avenida Henri-Martin, percebeu que de toda forma tinha passado do ponto e fez meia-volta redobrando a atenção. Apesar disso,

viu-se em La Muette. Entrou numa cabine, sorte não ter esquecido o número de telefone naquele meio-tempo. No momento em
que discava, ouviu uma sirene de ambulância não muito longe,
sua mão apertou o aparelho, ninguém atendia. E seus pais, ele
sabia, não constavam do catálogo, inclusive vangloriavam-se de
terem pago para isso. Desvairado, continuou suas buscas, percorreu novamente o bulevar parando a cada porta. Não se ouvia mais a ambulância, mas o número da senha, que ele repetia
mentalmente receando misturá-lo com o do telefone, tornara-se
completamente supérfluo. Quase todos os prédios possuíam te-
clados idênticos: os nove primeiros algarismos, depois duas ou
três letras. Digitou assim mesmo, em desespero de causa, em
vários deles, tocou para chamar uma zeladora que o mandou
passear dizendo que não existia ninguém com aquele sobreno-
me, o seu, no prédio, e viu-se na avenida Henri-Martin. Refez o
trajeto na outra calçada, puro desperdício, uma vez que não era
sequer o bulevar Émile-Augier. Passou por uma mulher que parecia sua mãe, mas também não era sua mãe. Por essa catástrofe,
nem Jérôme nem Agnès podiam ser responsabilizados, mas apenas seu cansaço, talvez também uma droga que lhe haviam feito
ingerir, ou então já tinham alcançado pleno êxito, já enlouquecia
definitivamente.

De volta a La Muette, sentou-se num banco e tentou
chorar, esperando assim acalmar os nervos, recobrar uma lucidez que sentia enfraquecer. Estava no meio de Paris, num bairro
sossegado, numa tarde de primavera, e queriam enlouquecê-lo,
matá-lo, e ele não tinha aonde ir. Precisava fugir, depressa, antes que eles chegassem. Sabia que seu distúrbio seria suficiente
para confirmar tudo o que dissessem, caso decidissem confiná-lo
sumariamente, sem perda de tempo. E se ele se antecipasse? Se
fosse procurar a polícia, ou um hospital, abrindo o jogo? Mas a
perspectiva, justamente, de abrir o jogo, de despejar aquilo que,
aos olhos de qualquer pessoa sensata, não podia consistir senão
numa rede de absurdos, de ver o policial à sua frente, de telefonar para Agnès pedindo que viesse buscá-lo... Não, isso não
era possível. Nenhum refúgio, ninguém a quem se confiar. Se
tivesse uma amante, uma vida dupla... mas sua vida era ligada
à de Agnès, seus amigos eram os dela, ela possivelmente os ins-
truíra, telefonar para um deles equivalia a entregar-se a um de

seus perseguidores, a atirar-se na boca do lobo. Precisava fugir, depressa, deixar para trás seu pai talvez moribundo — por que pensava isso? —, alcançar um porto seguro. Um hotel? O perigo era equivalente, fariam buscas nessa linha, seria capturado ao acordar. Para mais longe, colocar distância, tempo, entre ele e aquele pesadelo. Deixar a cidade, o país, sim, era a única solução.

Mas, como? Tinha cinquenta francos no bolso, nem talão de cheque, nem passaporte, nem cartão de crédito. Teria que passar novamente no apartamento. Riu: se, indo para um hotel, um dos quinhentos ou mil hotéis de Paris, julgava atirar-se na boca do lobo, passar em casa, era o quê, viável? Ridículo, a não ser que... A não ser que tivessem planejado esperá-lo em qualquer lugar, menos lá, se lançando à sua procura, e bastasse telefonar para certificar-se de que estavam ausentes. Na situação deles, nenhuma chance de atenderem. Enfim, as chances eram pequenas, era um risco a ser corrido. Levantou-se, antes de partir quis fazer uma última tentativa no sentido de encontrar o prédio de seus pais, mas não, premido pelo tempo, chamou um táxi, deu como destino o cruzamento Duroc. Seu plano, em sua simplicidade, parecia-lhe luminoso, fazendo-o quase rir.

Ao chegar à destinação, correu até o café da esquina, observando distraídamente que a população da varanda diminuíra. A tarde aproximava-se do fim, esfriava. No balcão, pediu para telefonar, o garçom disse que o telefone era de uso exclusivo dos consumidores.

— Então faça-me um café, o mais asqueroso possível, e beba-o à minha saúde.

O sujeito, com cara de tacho, estendeu-lhe uma ficha, ele deixou uma cédula no balcão e desceu ao subsolo regozijando-se de sua tirada, que ele julgava atestar a segurança de seus reflexos. A cabine cheirava mal, ele procurou seu número no catálogo, discou-o. Agnès atendeu imediatamente, mas ele previra a possibilidade, não deixaria se desconcertar, ao contrário.

— Sou eu — disse ele.

— Onde você está?

— Em La Muette. Na casa... na casa da minha mãe. — Riu intimamente, era uma boa réplica. — Venha imediatamente.

— Mas você enlouqueceu. Você tem consulta daqui a uma hora com o doutor Kalenka, na avenida du Maine.

— Justamente. Pegue o carro e venha me buscar. Estou no café da esquina, em La Muette. Vou esperar.

— Mas...

Ela se calou. Ele podia ouvi-la refletir na outra ponta da linha. Respirar, em todo caso.

— Tudo bem — disse ela. — Mas, por favor, não saia daí.

— Não, espero.

— Te amo — ela gritou, enquanto ele desligava.

Ele murmurou: "Vagabunda", deu um soco na divisória da cabine e subiu às pressas ao rés do chão, posicionando-se atrás de uma coluna, de onde, sem risco de ser detectado do lado de fora, veria o carro passar. Devido à contramão, ela não podia evitar o cruzamento. Enquanto ela estava a caminho, ele voltou ao balcão e pediu outra ficha. Arrependia-se um pouco de ter sido antipático com o garçom; se porventura ele recusasse, seu plano se veria vagamente comprometido. Mas o sujeito não pareceu sequer reconhecê-lo e, apertando a ficha em sua mão úmida, ele voltou a seu posto de observação. Como esperado, viu o carro passar e parar no sinal. De onde estava, a despeito do reflexo no vidro, reconhecia o vulto de Agnès, sem entretanto poder captar sua expressão. Quando ela virou no bulevar dos Invalides, ele desceu novamente ao subsolo, discou novamente o número, deixou tocar, em vão. Na pressa, ela se esquecera de acionar a secretária. E Jérôme não estava lá. No pior dos casos, se estivesse e não atendia, sentia-se capaz de lhe quebrar a cara.

Saiu do café e correu até a sua casa, ruminando que duas horas antes corria exatamente na direção oposta, que era então um fugitivo e que agora controlava a situação, que manobrara como um general para penetrar livre de risco no campo do adversário. Ninguém no apartamento. Arrojou-se até a escrivaninha, abriu a gaveta onde ficava seu passaporte, que recolheu, bem como seus cartões de crédito: American Express, Visa, Diner's Club. Encontrou até dinheiro vivo. Agnès não deveria ter negligenciado aqueles detalhes, é assim, pensou com satisfação, que se frustram os planos mais bem elaborados. Quis deixar um bilhete sarcástico, "passei vocês para trás" ou algo do gênero, mas não atinou com a fórmula. Próximo ao aparelho de telefone, viu o controle remoto junto à secretária eletrônica, enfiou-o no bolso, depois deixou o apartamento. Antes mesmo de alcançar o cruzamento, viu um táxi e deu como destinação o aeroporto de Roissy. Tudo corria bem, como um assalto minuciosamente preparado. Perdera completamente o sono.

O trânsito fluía, chegaram sem problemas à marginal, depois à via expressa. Durante o trajeto, divertiu-se em descartar, em nome da lógica e da verossimilhança, os obstáculos capazes de impedir sua partida. Supondo que, ao descobrir o sumiço do passaporte e dos cartões de crédito, Agnès e Jérôme farejassem sua intenção, jamais teriam tempo de detê-lo antes de seu embarque no avião. Quanto à possibilidade de passarem suas coordenadas para a polícia, era uma providência fora de seu alcance. Quase se arrependia de estar tão à frente deles, privando-se do espetáculo de suas silhuetas minúsculas correndo pela pista enquanto o avião decolava, da fúria que sentiriam ao vê-lo escapar por um triz. Perguntou-se quanto tempo precisaria esperar para partir, conseguir um lugar num voo cuja destinação lhe era indiferente, contanto que fosse longe. O fato de chegar sem bagagens, de poder escolher qualquer destino, proporcionava-lhe uma espécie de embriaguez, uma impressão de liberdade soberana que julgava reservada aos heróis de cinema e que mal era alterada pelo temor de que, na vida, aquilo não se desse com tanta facilidade. Mas afinal não havia nenhuma razão para isso. E essa exaltação aumentou mais ainda quando o motorista perguntou "Roissy 1 ou 2?": sentiu-se senhor de um poder de escolha planetário, livre para decidir a seu bel-prazer, naquele exato momento, se preferia voar para a Ásia ou para a América. Na realidade, não sabia muito bem a que regiões do mundo, ou a que companhias, correspondiam os terminais do aeroporto, mas essa ignorância entrava na ordem natural das coisas, não sentia nenhum embaraço diante disso e deixou escapar fortuitamente "Roissy 2, por favor", afundando de novo no assento, completamente despreocupado.

A seguir, foi tudo muito rápido. Consultou o monitor com as partidas: concedendo-se uma margem de uma hora, o tempo de comprar a passagem, podia escolher entre Brasília, Bombaim, Sydney e Hong Kong, e, como num passe de mágica, havia lugar para Hong Kong, não era necessário nenhum visto, a atendente no guichê não pareceu surpresa, disse apenas que era o tempo exato para o registro da bagagem. "Não tenho bagagem!", declarou altivamente, erguendo os braços, um pouco decepcionado, todavia, por ela não parecer mais perplexa. O controle de passaportes não ofereceu outros problemas e o vaivém indiferente do funcionário entre sua fotografia de bigode e seu rosto em vias de readquirir um dissipou suas últimas apreensões: tudo em ordem. Menos de uma hora após sua chegada a Roissy, cochilava no terminal de embarque. Alguém, um pouco mais tarde, tocou em seu ombro e falou que estava na hora, ele estendeu seu cartão de embarque e caminhou até sua poltrona, onde, tão logo se sentou, ajustado o cinto, dormiu novamente.

Tocaram-lhe novamente no ombro, na escala no Bahrein. Levou alguns instantes recordando-se onde estava, sua destinação, do que fugia, e sem entender direito deixou-se arrastar pelo fluxo dos passageiros com cara de sono que um regulamento qualquer obrigava a descer, embora não mudassem de avião, para aguardar numa sala de trânsito. Era uma longa galeria cortada por uma fileira de lojinhas reluzentes onde se vendiam produtos isentos, dando, de um lado, para a pista do aeroporto, do outro, para uma extensão em que o olho não se localizava direito porque estava de noite, as luzes da sala refletiam-se nos vidros, e também porque não havia nada para ver senão construções baixas, na direção do horizonte, certamente outras dependências do aeroporto. A maioria dos homens e mulheres que cochilavam nos bancos usava trajes árabes, possivelmente aguardando outro avião. Ele sentou afastado, dividido entre a vontade de voltar a mergulhar no sono, retornar ao seu lugar mais tarde, como um zumbi, dormir até Hong Kong sem mais perguntas e a sensação difusa de que precisava fazer um balanço da situação e de que, passada a excitação da partida, isso não seria fácil. A ideia de estar no Bahrein, ao norte do golfo Pérsico, fugindo de um complô urdido por Agnès, parecia tão descabida que todos os seus pensamentos, ainda confusos, tendiam menos a examinar a situação do que a se certificar de sua realidade. Levantou-se e foi ao toalete, onde passou água fria no rosto e mirou-se demoradamente no espelho. A porta se abriu às suas costas, outro passageiro entrou, e ele se apressou em recolocar no bolso o passaporte que acabava de pegar para apresentá-lo ao espelho, comparar. Depois voltou à sala de trânsito, caminhou por um momento para clarear as ideias, serpenteando entre as duas fileiras de bancos que separavam o bloco de módulos do *free shop* pelo qual fingia interessar-

-se, observando as etiquetas das gravatas, os *gadgets* eletrônicos, até que uma vendedora se aproximasse, dissesse "May I help you, Sir?", e ele batesse em retirada. Ao sentar novamente, percebeu na cratera de um cinzeiro de pé um maço de cigarros Marlboro, vazio e, o que lhe chamou a atenção, desmembrado de uma maneira que lhe pareceu familiar, embora um esforço fosse necessário para lembrar o que aquela desconstrução evocava. Lembrou: dois ou três anos antes, circulara um boato em Paris, talvez em outro lugar, ele não fazia ideia, de origem tão misteriosa quanto essas histórias sem pé nem cabeça que nascem, circulam e depois desaparecem sem que nunca saibamos quem pôde lançá-las, e esse boato afirmava que as indústrias Marlboro tinham um pacto com a Ku Klux Klan, cuja publicidade clandestina elas promoviam por meio de certos símbolos identificatórios incorporados ao desenho do maço. O que era demonstrado apontando-se, em primeiro lugar, que as linhas que separavam os espaços vermelhos dos espaços brancos formavam três K, um lado cara, o outro coroa e um na faixa superior, depois que o fundo da embalagem interna ganhara o ornato de dois pontos, um amarelo, o outro preto, o que significava: "Kill the niggers and the yellow." Fato ou não, essa explicação desempenhara durante um certo tempo a função de um jogo recreativo e viam-se frequentemente, nas mesas dos cafés, maços desmontados atestando que alguém apresentara o número. Esses vestígios foram se tornando gradativamente mais raros, porque os iniciados, muito numerosos, não encontravam mais ninguém para iniciar, porque haviam se cansado, mas sobretudo porque o truque nem sempre funcionava. Agnès, que, na época, não perdia uma oportunidade de realizar a demonstração, chegava a extrair de seus fracassos cada vez mais numerosos em encontrar os pontos amarelo e preto a prova inatacável da autenticidade do boato: como o segredo da mensagem se espalhara, os caciques da Marlboro haviam segundo ela desistido de fazê-la circular dessa forma, restando então descobrir para onde a haviam deslocado. Por desencargo, examinou o maço com atenção, mas sem sucesso, levantou-se e foi comprar um no *free shop*, pago com seu cartão American Express. Fumou um cigarro, depois outro. Defronte de seu banco, no planisfério enxameado de relógios indicando a hora em diferentes regiões do mundo, faltava inexplicavelmente a Espanha, substituída por um mar de um azul intenso que se estendia dos Pireneus a Gibraltar. Eram 6h14 em Paris.

Às 6h46, no mesmo fuso horário, uma voz feminina difundida pelos alto-falantes com uma ligeira microfonia solicitou aos passageiros com destino a Hong Kong que se dirigissem ao avião. Houve um arrastar de pés em direção à luz amarela, um homem despertado em sobressalto colocou óculos escuros para procurar à sua volta um cartão de trânsito que caíra debaixo do banco. Um pouco mais tarde, as luzes piscaram nas janelinhas, os tetos da cabine se apagaram. Os passageiros enrolavam-se em cobertores com padrões escoceses, vermelho e verde, que eles retiravam de embalagens de plástico. Alguns, para ler, acendiam suas luzinhas, era noite, em pleno céu, ele não dormia, e aquilo também era o real.

O avião pousou em Hong Kong no fim da tarde. Ele permaneceu sentado enquanto à sua volta os passageiros se agitavam, recolhendo suas bagagens de mão, e a comissária catava os fones de plástico abandonados nos assentos, e desceu por último, a contragosto. Acostumara-se à vida em câmera lenta da cabine; a série regular das refeições, filmes e anúncios no alto-falante não havia turvado completamente sua lucidez, mas não lhe oferecia nenhuma resistência, um pouco como um quarto no qual se estivesse estipulado que batêssemos sem parar a cabeça contra a parede e que teriam forrado, por uma questão de humanidade, com um revestimento de borracha. Sorriu, meditando no significado desse pensamento, que lhe ocorrera sem nenhum esforço: em resumo, simplesmente antecipando um refúgio, aspirava à cela acolchoada, sem admiti-lo nem julgar-se louco por isso. E, a partir de agora, tudo nos conformes, expunha-se no descampado.

Um vapor de calor embaçava as silhuetas envidraçadas dos prédios que se desenhavam por trás das dependências do aeroporto. Viajando sem bagagem, conseguiu passar com agilidade pelos guichês da alfândega e o controle de passaportes e viu-se no saguão da entrada, cercado por pessoas correndo, empurrando carrinhos, agitando cartazes, apalpando-se com veemência, falando altíssimo, uma sílaba rouca, a outra cantante, ele não entendia nada, naturalmente. Tirou o paletó, jogou-o no ombro. O que fazer, agora? Comprar uma passagem de volta? Telefonar para Agnès e pedir-lhe perdão? Sair do aeroporto, andar em linha reta até que acontecesse alguma coisa? Permaneceu imóvel no empurra-empurra, depois, como se tais atitudes fossem tão obrigatórias quanto as formalidades de desembarque, entrando num ciclo de gestos que cumpria executar em sequência e que portanto postergavam o momento de tomar uma decisão, foi de guichê em guichê até encontrar o da American Express e trocou, em dólares de Hong Kong, o equivalente a 5 mil francos. Distribuiu-os pelos bolsos da calça, apertada nas coxas. Depois, a conselho do funcionário, que ele interrogara em inglês, foi a uma agência de turismo e reservou um quarto num hotel de categoria mediana, escolhido num catálogo. Deram-lhe um vale para o trajeto de táxi, o que se verificou útil, pois o motorista não entendia inglês. O carro enveredou por um dédalo de ruas apinhadas, ladeadas por arranha-céus já antigos, decrépitos, espetados por varais de roupa e aparelhos de ar condicionado que gotejavam a ponto de formar poças nas calçadas arrebentadas por britadeiras. Alguns desses prédios pareciam em vias de demolição sem por isso terem sido evacuados, outros estavam em construção, em toda parte tapumes protegiam canteiros de obras, altos andaimes de bambu, betoneiras por entre as quais pedestres e carros passavam com os rádios aos berros, no ritmo de um engarrafamento paradoxal cujo filme teria sido projetado em *fast forward*. O táxi desembocou finalmente numa avenida mais larga e deixou-o em frente ao hotel King, onde ele tinha reserva e onde a recepcionista o fez preencher uma ficha e o acompanhou ao seu quarto, no 18º andar. O frio gerado pelo ar-condicionado, uma grande caixa embutida numa parede mofada, o fez descobrir que suava abundantemente. Tentou regular o aparelho, que, após ele ter girado um botão, engasgou e depois se transformou em poderoso fole, acabando por interromper toda manifestação de atividade, de maneira que ele ouviu o alarido da rua. Atrás de uma persiana metálica, a janela era selada. Com a testa apoiada no vidro, observou por um momento a circulação aos seus pés, depois, com a volta do calor, tomou uma chuveirada empurrando teimosamente a cortina de plástico que vinha grudar nele. Enrolado numa toalha felpuda, voltou ao quarto, deitou na cama e cruzou os braços atrás da cabeça.

Pronto. E agora?

Agora, ou permanecia deitado naquela cama até que aquilo passasse, mas sabia que não passaria, ou regressava imediatamente ao aeroporto, instalava-se num banco até o primeiro avião para Paris, mas não tinha coragem para tal, ou decidia que, assim como precisara de um teto para dormir, agora precisava de mudas de roupa, uma escova de dentes, uma navalha, descia para comprar tudo isso e via-se, num curto lapso de tempo, na mesma posição, deitado na cama, perguntando-se: e agora?

Ficou sem se mexer, sem contar o tempo, até o anoitecer. Então decidiu ligar ao menos para Agnès. Tinha telefone no quarto, mas não conseguiu nem obter uma linha direta — de toda forma, ignorava o código da França — nem falar com a recepção. Vestiu-se novamente, suas roupas cheiravam a suor, e desceu ao saguão. O recepcionista, que falava inglês, aceitou fazer a ligação para ele, mas, após um tempo bem longo, surgiu do escritório situado atrás do balcão dizendo que ninguém atendia. Admirado de que Agnès, ausente de casa, não tivesse deixado a secretária ligada, insistiu para que o sujeito fizesse outra tentativa, que não deu em nada, e saiu.

Nathan Road, a grande e barulhenta avenida para a qual dava seu hotel, era iluminada como os Champs-Élysées por ocasião do Natal, a circulação efetuava-se sob arcos de lanternas rutilantes representando dragões. Caminhou sem destino em meio à multidão compacta e indiferente e ao cheiro um pouco enjoativo da culinária no bafo, às vezes peixe defumado. À medida que avançava, as lojas se tornavam mais luxuosas, vendiam sobretudo material eletrônico isento, e vários turistas faziam suas compras. Na ponta da avenida, que ele terminara de percorrer, uma grande praça dava para a baía, do outro lado da qual se estendia um fulgurante caos de arranha-céus escalonados no flanco de uma montanha cujo cume se perdia na névoa noturna. Lembrando-se das fotos que vira nas lojas, pensou que aquela cidade espetacular era Hong Kong e perguntou-se então onde estava. Aproveitando-se, mais uma vez, do fato de poder confessar uma ignorância que nada tinha de inusitado, fez perguntas a uma europeia de short, tipo mochileira, que devia ser holandesa ou escandinava, mas que não se furtou a responder: "Here, Kowloon", e o nome era-lhe vagamente familiar, devia tê-lo lido em algum lugar. Compreendeu, examinando o mapa desdobrado pela mochileira, que parte da cidade ficava na ilha, diante dele, a outra no continente, um pouco como Manhattan e Nova York, e que ele escolhera seu hotel na porção continental, Kowloon portanto. Uma linha de ferry ligava as duas margens, e as pessoas, aparentemente, usavam-na como um metrô. Misturando-se na multidão, dirigiu-se até a estação, comprou um bilhete, esperou o ferry atracar no cais, os passageiros descerem, e entrou quando o funcionário liberou o embarque.

Entusiasmou-se de tal forma com o trajeto que, ao chegar do outro lado, pensou em não desembarcar, retornar na outra direção sem sair do lugar, e, como o funcionário fez-lhe sinal para descer, obedeceu, mas comprou imediatamente outra passagem e recomeçou. Após três idas e vindas, familiarizado com a manobra, compreendeu que, em vez de comprar um tíquete a cada vez, era mais rápido e prático enfiar uma moeda de 50 *cents* numa fenda, que acionava a roleta automática, e assim o fez, quando comprou seu último tíquete, a receber de troco uma provisão de moedas suficientemente abundante para não deixar mais a barca antes do horário do fechamento, do qual não procurou se informar. Descobriu em seguida outra particularidade do ferry, que era sua completa reversibilidade: a frente era o ponto em cuja direção ele ia, a traseira, o de que ele se afastava, mas, fora d'água, teria sido impossível distinguir a proa da popa. Até mesmo os encostos dos assentos corriam por fendas laterais, de maneira que pudessem ser orientados na direção desejada, e, espontaneamente, com um giro da mão, as pessoas os invertiam a fim de se voltar na direção oposta a seus predecessores. Quando se ia para Hong Kong, todo mundo, mesmo com a cara enfiada no jornal, fazia face a Hong Kong, e da mesma forma para Kowloon. Esse costume, que lhe pareceu óbvio na sequência, ele percebeu graças a um incidente: acabava de entrar novamente na barca e, por coincidência, voltava a ocupar o lugar que possivelmente abandonara dois minutos antes. Erguendo a cabeça, deu-se conta de que esquecera o gesto de inverter o encosto, ficando, portanto, solitário, abandonado, na contracorrente, encarando todos os outros passageiros. Estes, em todo caso, pareciam não dar a mínima para aquilo, nem sequer o trio de colegiais de soquetes brancas que ele esperava ver prendendo o riso; olhavam para ele sem ironia nem animosidade, como se ele fora um elemento da paisagem urbana da qual a barca se aproximava. Ficou acanhado por um instante, mas num abrir e fechar de olhos a indiferença geral proporcionou-lhe uma sensação de paz e ele interrompeu o gesto de revés que esboçava e permaneceu no lugar, chegando a rir da situação. Sozinho contra todos, sozinho a sustentar que tinha um bigode, um pai, uma memória espoliada, mas ali, aparentemente, tal singularidade não era notada, tudo que exigiam dele era que desembarcasse do ferry uma vez no cais, com liberdade para reembarcar pagando o tíquete. Ocorreu-lhe a ideia, louca mas arrebatadora, de que poderia perfeitamente ficar em Hong Kong, não dar mais notícias, não esperar nenhuma de Agnès, de seus pais, de Jérôme, esquecê-los, esquecer a carreira e arranjar uma coisa qualquer para fazer ali, ou em qualquer outro lugar, em todo caso num lugar onde não o conhecessem, onde ninguém se interessasse por ele, onde nunca saberiam se ele tinha ou não usado bigode. Virar a página, recomeçar do zero, velho e inútil bordão dos ressentidos do planeta, pensou, exceto que seu caso era um pouco diferente. Supondo que ele voltasse e que em vez de o colocarem no hospício concordassem tacitamente em passar a borracha, em recomeçar tudo como antes, no escritório e em casa, a vida talvez recomeçasse, mas para sempre envenenada. Envenenada não apenas pela lembrança desse episódio, mas principalmente pelo temor constante de suas sequelas, o risco de ver o horror ressurgir no meio de uma conversa. Uma alusão inocente a lembranças comuns, a uma pessoa ou objeto, e bastaria ver Agnès empalidecer, morder os lábios, observar um silêncio prolongado para saber que, pronto, tudo recomeçava, o universo voltava a se desagregar. Viver assim, em campo minado, avançar às apalpadelas na expectativa de novos desmoronamentos, ser humano algum seria capaz de suportar. Compreendia que, muito mais que a hipótese ridícula de um complô contra ele, fora aquela perspectiva que o impelira à fuga. Em sua exaltação da véspera, mal se dava conta disso, mas era evidente: tinha que sumir. Não obrigatoriamente do mundo, mas em todo caso do mundo que era o dele, que ele conhecia e que o conhecia, uma vez que as condições de vida nesse mundo estavam doravante solapadas, gangrenadas por efeito de uma monstruosidade incompreensível, e que ele precisava ou desistir de compreender, ou enfrentar entre os muros de um hospício. Não estava louco, o hospício horrorizava-o, restava então a fuga. A cada nova travessia, exaltava-se mais, constatava que escolhera a única saída possível e que apenas um instinto de conservação quase inconsciente mas enérgico dissuadira-o, no aeroporto, de comprar outra passagem para Paris, voltar a jogar-se na boca do lobo. Seu lugar não era entre os seus, pensava, consciente de fazer vibrar uma corda de sentimentalidade heroica que reforçava sua determinação, assim como as metáforas concernentes às borrachas, inúteis de passar quando o único recurso é mudar o papel, ou até mesmo o caderno. Já antevia, porém, que seria difícil manter aquela exaltação, a qual tinha tudo para morrer por si só, depois que deixasse o ferry. O mundo, naquele momento, resumia-se àquele leve marulhar, à luminescência da água escura, ao rangido dos cabos de aço, ao retinir dos portões que se abriam para o desembarque de uns, o embarque de outros, àquele vaivém imutável e organizado ao qual ele se entregava, inalcançável, no calor da tarde. Mas não podia passar o resto da vida no ferry que ligava Kowloon a Hong Kong, parar ali, naquela imagem, como se parassem o filme em que Carlitos, perseguido pelos tiras de dois estados contíguos, saltitava eternamente como um pato, com um pé em cada lado da fronteira. Após essa imagem, há um *fade in*, depois a palavra fim aparece na tela, não existe, na vida, equivalente a esse fim em aberto. Não obstante, sim: era possível parar. Com os cotovelos na amurada, na interina popa da barca, observava desde a partida o poderoso rastro de espuma, seguia com o olho a curva efervescente até a hélice, cuja trepidação podia quase sentir sob o assoalho do convés. Bastaria desistir, era fácil. Em poucos segundos, seria esmigalhado pelas pás zumbidoras. Ninguém teria tempo de intervir, os passageiros do convés, pouco numerosos àquela hora, gritariam, se agitariam, fariam o ferry parar e, no melhor dos casos, o que encontrariam? Nacos de charque misturados a imundícies do porto, peixes mortos, engradados, farrapos de roupas. Talvez o controle remoto da secretária eletrônica, seu passaporte, procurando bem. Enfim: não iriam dragar a baía toda de Hong Kong para identificar um turista desconhecido. Nada o impedia aliás, para dar o toque final, de destruir seu passaporte antes de pular, eliminando assim todo vestígio de sua passagem. Mas não, preenchera a ficha do hotel. O cruzamento de informações, na verdade, seria facílimo: dois dias depois, o cônsul da França em Hong Kong teria o privilégio de comunicar o acidente à sua família. Imaginava-o nitidamente ao telefone, se é que era por telefone que cumpriam aquele pesaroso dever. E Agnès, na outra ponta da linha, rilhando os dentes, pupilas dilatadas... Mas seria menos horrível, para ela, pesando na balança, do que esperar semanas, meses, anos sem notícias, esquecer pouco a pouco, por força das coisas, sem jamais saber o que acontecera. Apenas recordar, pelo resto da vida, aqueles três dias de horror, as frases pronunciadas ao telefone durante sua última ligação, supostamente de La Muette. Ela gritara "Te amo" antes de desligar, e ele pensara "Cadela" ou "Vagabunda", odiara-a, ao passo que ela era sincera, amava-o... A lembrança daquele último grito, condenado a permanecer sem eco, comoveu-o às lágrimas. Não ousando berrar, escandiu em voz baixa: "Eu te amo, Agnès, eu te amo, só amo você...", e isso também era verdadeiro, mais verdadeiro ainda na medida em que a detestara, mostrando-se indigno da confiança que ela não cessara de lhe dispensar. Ela nunca roera a corda. Teria dado tudo para tê-la novamente nos braços, apertar seu rosto, repetir "é você", ouvi-la de viva voz e nunca mais deixar de acreditar nela. Acontecesse o que acontecesse, mesmo contra toda a evidência, mesmo que ela encostasse um revólver na sua testa, no instante em que ela apertasse o gatilho, em que seu cérebro espirrasse para fora de seu crânio rachado, ele pensaria: "Ela me ama, eu a amo, e só isso é verdade."

Três dias antes, ou quatro, considerando o fuso horário, ele fizera amor com ela pela última vez.

O ferry, talvez em sua vigésima viagem, atracou do lado de Kowloon, e, em vez de ele sair entre os últimos, como passara a fazer, pulou para o passadiço, disposto a pegar um táxi para o aeroporto e voltar imediatamente. Porém, ao subir a escada metálica, o contato em seu punho fechado da moeda de 50 *cents* que ele comprimia planejando a próxima travessia fez com que afrouxasse o passo. Revirou a moeda entre os dedos, hesitando em tirar cara ou coroa, mas na verdade já tomara sua decisão. Mais uma vez, diante do botão automático, enfiou 50 *cents* pela fenda, desceu lentamente a escada oposta àquela que acabara de subir e aguardou em frente ao portão, antes que o ferry terminasse de se esvaziar. Impossível voltar, uma nova tentativa seria completamente vã. Pegaria o rosto de Agnès nas mãos, faria um carinho, e depois? E depois seria a mesma coisa, mais dolorosa ainda após a esperança de uma redenção. Ou talvez Agnès lhe dissesse no seu retorno: "Quem é o senhor?" Ele berrasse: "Sou eu, sou eu, te amo", e a doença tivesse piorado em sua ausência, ela não o reconhecesse mais, sequer se lembrasse que ele existira.

104

Durante essa travessia, não desgrudou os olhos do rastro de espuma e chorou. Chorou por Agnès, por seu pai, por ele mesmo. Prosseguiu com as idas e vindas. Na água, às vezes um turbilhonamento mais forte fazia-o jurar parar da próxima vez, pegar um táxi, um avião, pelo menos dar um telefonema, mas no terminal de embarque continuava a procurar sua moeda. O funcionário, vez por outra, fazia-lhe um acenozinho com a mão, manifestando uma simpatia perplexa. Arranjou mais dinheiro trocado, comprando um Sprite do qual bebeu uns goles, depois despejou a garrafa entre os pés.

Por fim, o que ele temia se produziu. Quando desembarcou, do lado de Hong Kong, um cadeado trancava o portão de embarque. Com um gesto de interrogação impotente, apontou-o para o funcionário, que respondeu, rindo: "To-morrow, to-morrow", e mostrou sete dedos, provável horário de abertura.

E agora? pensou, sentando-se nos degraus úmidos do píer.

Agora, em último caso, podia regressar ao hotel, na margem oposta. Provavelmente seria fácil encontrar uma pequena embarcação que aceitasse fazer uma corrida de táxi, mas isso não lhe apetecia. Tampouco lhe apetecia aventurar-se na cidade que se erigia atrás dele, cujas luzes se refletiam na água oleosa da baía. Então, permanecer no píer, esperar o dia raiar e reembarcar no ferry? Recomeçar no dia seguinte, e nos dias subsequentes? A despeito do absurdo desse plano, nenhum outro lhe ocorria e ele se surpreendia calculando seus recursos materiais, fazendo contas. Se não arredasse pé da barca das sete da manhã à meia-noite, pernoitando no píer, por quanto tempo seria capaz de resistir? A travessia custava 50 *cents*, ele fazia cerca de quatro por hora, ou seja, 2 dólares a hora à razão de 17 horas por dia, isso representava 34 dólares por dia ou mais, pois talvez houvesse cancelamentos. Somando seis dólares de alimentação, hambúrgueres, sopas ou massas baratas, sobrevivia com 40 dólares de Hong Kong por dia, cerca de 40 francos se bem compreendera a taxa de câmbio. Multiplicados por 365 dias, 14.600 francos por ano, nem mesmo os 15 mil que ele recebia por mês em Paris e apenas o dobro do orçamento destinado à manutenção dos loucos do Sudoeste. Bastaria, de tempos em tempos, sacar dinheiro graças a um de seus cartões de crédito para que sua condicional, nesse ritmo, fosse praticamente ilimitada. Só que passado um tempo o banco estranharia; Agnès decerto comunicara seu desaparecimento aos serviços responsáveis por seus cartões de crédito, não demoraria a descobrir seu rastro. Imaginava-a desembarcando em Hong Kong, histérica de preocupação, encontrando-o no ferry, e ele então lhe explicaria calmamente que a vida ficara difícil para ele, que somente a tolerava naquelas condições, viajando no ferry ao longo do dia, que somente àquele preço recuperava a serenidade e que, se ela o amava, a única coisa a fazer por ele daí para frente consistia em livrá-lo de seus cartões de crédito, transferir anualmente o dinheiro necessário, ou seja, cerca de 15 mil francos, para uma conta num banco local, e deixá-lo em paz. Ela iria chorar, beijá-lo, sacudi-lo, mas terminaria por ceder, o que mais fazer? De tempos em tempos, amiúde no início, cada vez menos na sequência, ela faria a viagem até Hong Kong, viria encontrá-lo em seu ferry, conversaria calmamente com ele segurando-lhe a mão, evitando pronunciar certas palavras. Kowloon-Hong Kong, Hong Kong-Kowloon, com o tempo ela se habituaria a vê-lo vivendo daquela forma. Talvez não estivesse sozinha, talvez houvesse reconstruído sua vida. Ao homem que a acompanhasse e que permaneceria discretamente no cais, ela explicaria tudo, mostraria aquele mendigo apalermado, que virara uma espécie de mascote excêntrica para os usuários do ferry, logo mencionada nos guias turísticos, *The Crazy Frenchman of the Star Ferry*, e diria: "É isto o meu marido." Ou então não contaria nada a ninguém, seus amigos continuariam a ignorar a razão de suas peregrinações solitárias pela Ásia. E ele, o marido, balançaria lentamente a cabeça. No fim do dia, ela tentaria persuadi-lo a acompanhá-la a seu hotel, uma noite pelo menos, e ele diria não, sempre com ternura, estenderia sua esteira de palha no píer, nunca teria passado daquele ponto, só conheceria da cidade o curto caminho que o separava do banco, aonde iria mensalmente renovar sua provisão de moedinhas. Absurdo, claro, pensava, mas o que se pode esperar de diferente de um homem a quem aconteceu o que me aconteceu? Pesando tudo, preferia aquilo à internação, à loucura sob custódia e passada a cadeado por um doutor Kalenka qualquer e sua horda de enfermeiros musculosos. Preferia viver no ferry do que nos hospícios do Sudoeste, onde terminaria por soçobrar, após todo um percurso de tratamentos sofis-

106

ticados e casas de repouso de primeira. Pois era este, de fato, no fim, o destino que o aguardava caso regressasse à França. Sabia--se, porém, em seu juízo perfeito, mas a maioria dos loucos alimenta a mesma convicção, nada os faria se desdizer, e ele não ignorava que aos olhos da sociedade uma desventura como a sua só podia significar demência. Ao passo que, na verdade, agora via claro, as coisas eram mais complexas. Não estava louco. Agnès, Jérôme e os demais, tampouco. Apenas a ordem do mundo sofrera uma desestruturação ao mesmo tempo abominável e discreta, que passara desapercebida de todos exceto dele, o que o colocava na situação da única testemunha de um crime, a qual por conseguinte deve ser eliminada. De toda forma, no seu caso, mesmo que mais nada se produzisse de suspeito, nem por isso as coisas reentrariam nos eixos, sendo preferível, definitivamente, em vez do hospício, a condicional, repetitiva, monótona, mas livremente escolhida, da vida no ferry. Nunca mais voltar, repelir a tentação, permanecer evacuado como a testemunha a ser eliminada pela Máfia. Tinha que explicar essa necessidade a Agnès: seu desaparecimento não era uma veleidade, mas uma exigência vital; era preciso que, de longe, sem procurar revê-lo, ela o ajudasse a sair--se o menos mal possível. Que pusesse fim às buscas encetadas, não bloqueasse seus cartões de crédito, mais tarde lhe enviasse dinheiro para garantir sua subsistência. Agora, como ela receberia tais instruções? E ele, em seu lugar, como reagiria? Admitiu com amargura que provavelmente faria o impossível para repatriá-la, contra sua vontade, entregá-la aos melhores psiquiatras, e isso era justamente o que não convinha fazer. Ela havia de se curvar, compreender. Sentado nos degraus, diante das luzes de Kowloon, dos gigantescos letreiros Toshiba, Siemens, TDK, Pepsi, Ricoh, Citizen, Sanyo, cujo ritmo de piscadas agora sabia de cor, tentava construir frases, encontrar o tom certo para facilitar o esforço sobre-humano de não ver em sua exigência um atestado extra de loucura, mas, ao contrário, uma reação racional, pensada. O bigode, seu pai, Java, Serge e Véronique, tudo isso não tinha mais importância, não adiantava nada repisar, só tinha importância agora a atitude material a adotar diante dessa guinada irremediável. Ela precisava compreender, o que seria difícil, e ajudá-lo, mas ele também precisava resistir. Não podia subestimar a vitalidade descontrolada de sua mente, ignorar que o que ele pensava naquele instante não pensaria mais dentro de dois dias, ou duas horas. A evidência absoluta de suas conclusões cegara-o na mesma proporção quando julgava Agnès e Jérôme culpados. Agora sabia que se enganara, finalmente enxergava claro, mas dali a pouco, para que se iludir, seu cérebro recomeçaria a oscilar, a correr de um para-choque a outro. Bastava pensar que nunca mais faria amor com Agnès para que a máquina infernal já despertasse, para que se sentisse tentado a abandonar todas as suas resoluções, regressar, apertá-la nos braços imaginando que a vida recomeçaria. O ferry lhe agradava, lhe agradara de cara porque oferecia uma moldura para suas hesitações pendulares, porque bastava ter moedas suficientes para acompanhar o movimento, hesitar, rebelar-se, mas nem por isso agir. Pois uma vez escolhida a única atitude racional, ou seja, fugir para o fim do mundo, todo o problema residia em adotá-la, não se mexer mais, não agir mais, não executar de outra forma senão em pensamento o movimento inverso. Fora do ferry que o mantinha sob custódia, o mundo não opunha suficiente resistência às suas veleidades. Teria sido preciso poder queimar as pontes, colocar-se numa situação material ou física de tal ordem que o retorno lhe fosse proibido para sempre. Ora, ainda que jogasse fora seus cartões de crédito e seu passaporte, bastava atravessar o umbral do consulado para em breve vir a ser repatriado. Como não podia emparedar aquelas portas de saída, nada lhe garantia que sua determinação não cederia, que uma onda mental mais forte não destronaria sua atual convicção para substituí-la por outra, e quem sabe fazê-lo sorrir do que então consideraria uma mania. Nenhuma potência no mundo era capaz de vaciná-lo contra essa instabilidade, nem sequer o ritmo tranquilizador das travessias de barca, das quais pressentia que logo se cansaria. Pelo menos os loucos do Sudoeste, ou dos hospícios, tinham como aliado o torpor causado pelos remédios: que acertava o relógio, circunscrevia o movimento, como um ferry interior jamais cansado de ir e vir, placidamente, dentro de seus cérebros anestesiados. O motor não emperrava mais, carburava à base de pílulas, drágeas, comprimidos diários, mais confiáveis que as moedas de 50 *cents* porque havia sempre alguém para ministrá-los. Lembrava-se inclusive da confissão de uma aldeã explicando ingenuamente ao repórter que a vantagem, com essas doenças, residia em que elas eram incuráveis, logo na garantia de mantê-los enquanto estivessem vivos, recebendo até sua morte o modesto pecúlio raspado de sua manutenção. Quase os invejava por serem assim eximidos de toda responsabilidade, inalcançáveis.

Mais tarde o céu desanuviou, rumores, primícias de agitação perturbaram a calma noturna do píer. Ele vislumbrou movimentos na sombra. Um homem de short e camiseta, a alguns metros dele, desenhava uma mancha clara, ondulante, lançava os braços para a frente, para trás, agachava-se, levantava-se. Surgiram outros. Um pouco por toda a parte, ao longo do cais, vultos cada vez mais nítidos contorciam-se lentamente, calmamente, quase em silêncio. Ele ouvia respirações profundas e regulares, às vezes uma articulação estalando, uma frase lançada a meia-voz, à qual respondia então outra frase em eco, marcada por uma expressão que lhe parecia jovial. Um velhinho de jogging, que acabava de se aproximar dele para fazer sua ginástica, dirigiu-lhe um sorriso amável e, com um gesto, convidou-o a imitá-lo. Ele se erguera, executava desajeitadamente os movimentos que o velho lhe mostrava, sob as risadas contidas de duas mulheres gordas, concentradas em tocar os dedos do pé com a ponta dos dedos da mão, numa cadência lentíssima, sem precipitação. Ao cabo de um minuto, riu por sua vez, explicou a seus companheiros de exercício que não estava acostumado, que ia parar. O velho disse "good, good", uma das mulheres imitou um aplauso, e, sob os olhares não isentos de ironia, afastou-se, subiu uma escada e logo se viu sobre uma passarela de cimento que prolongava uma esplanada circundada por bancos. Em toda parte, ginastas de todas as idades executavam sem pressa seus movimentos. Ele se estendeu sobre um dos bancos, dando as costas para a baía. O terminal do ferry, visível abaixo da balaustrada, continuava interditado por uma corrente. Por cima dele, uma pequena pérgula construída com módulos tubulares azul-claros emoldurava um prédio bem alto, cujas janelas redondas pareciam parafusos, e outro ainda inacabado, revestido até meia altura por vidros espelhados. Os andares superiores desapareciam sob os andaimes de bambu e os tapumes verdes. Entre esses dois blocos, guindastes e pedaços de outros prédios destacavam-se da massa verde-escura do Pico, cujo cume, por mais alto que erguesse os olhos, não conseguia ver, perdido numa névoa cintilante. O sol já fustigava os vidros, as placas metálicas, os módulos, um tumulto industrioso começava a subir do porto, e, pela primeira vez, a ideia de estar em Hong Kong proporcionou-lhe uma espécie de excitação. Permaneceu deitado por mais meia hora, admirando o sol nascer em todos os reflexos erigidos pela cidade. Quando se voltou para a baía, reconheceu seu ferry, evoluindo lentamente, entre cargueiros e juncos, acompanhou com os olhos sua esteira de espuma até o terminal de Kowloon, e, vendo-o tomar o caminho de volta, era como se estivesse a bordo. O retorno ao vaivém inspirava-lhe uma sensação de segurança tão grande que se surpreendeu, pensando: afinal de contas, não tenho pressa. Pensou também que de manhã tudo era mais fácil.

Levantou-se e caminhou pelo calçadão, onde a pacífica ginástica matinal já dava lugar ao movimento mais desorganizado e urgente das pessoas correndo para o trabalho. Às vezes, entretanto, em pleno tumulto, burocratas de terno interrompiam sua marcha, descansavam suas pastas e passavam vinte ou trinta segundos a alongar os braços, dobrar os joelhos, flexionar o torso, subitamente na paz. Ninguém prestava atenção nele. Através da multidão agora compacta, desembocou num pátio, ao pé do prédio em construção do qual percebeu que os andares inferiores, terminados, já acomodavam escritórios. Um banco: sorriu, lembrando-se do seu projeto de vida no ferry. Mais adiante, uma agência dos correios, ainda fechada: prometeu a si mesmo voltar lá mais tarde, para telefonar para Agnès. Enfim, refletiria, talvez o melhor fosse uma extensa carta.

Ao sair da passarela, desceu a larga avenida na qual ela emendava e que não se podia atravessar de outra forma, e percorreu a calçada apinhada. Já fazia muito calor. No momento preciso em que se dava conta disso, o suor esfriou sobre seus ombros, ele estacou, como se os pés se enraizassem no tapete vermelho desenrolado sobre a calçada, e compreendeu que passava em frente a um hotel cujo ar-condicionado espalhava um microclima até a rua. Vestiu o paletó, entrou. O hall estava glacial, era de repente um outro mundo. Poltronas de couro, mesas de vidro fumê, samambaias, o conjunto cingido por uma *loggia* e butiques de luxo, as paredes decoradas com baixos-relevos em bronze evocando um aglomerado de fusíveis queimados e por um afresco hediondo com motivos vagamente asiáticos. Uma tabuleta indicava a direção de vários restaurantes e de um *coffee shop*, onde ele resolveu, abotoando o paletó, tomar um café da manhã.

Comeu e bebeu com apetite, depois pediu que lhe trouxessem alguma coisa para escrever. Diante da folha de papel, no entanto, ruminando a primeira frase da carta a Agnès, percebeu que seus receios da noite tinham fundamento, e de maneira tal que lhe inspiravam uma espécie de incredulidade retrospectiva. Seu plano de passar o resto da vida na linha entre Kowloon e Hong Kong, seus cálculos orçamentários, acima de tudo o fato de ter considerado essa solução a única alternativa à internação num hospício do Sudoeste pareciam-lhe, como previsto, tão irrisórios agora quanto a suspeita de uma conspiração urdida por Agnès contra ele. No naufrágio de suas ponderações noturnas, prenhes de uma determinação à qual no entanto jurara respeitar, subsistia ao mesmo tempo a preocupação com o resultado de seu retorno. O dia claro e o discreto retinir dos talheres no *coffee shop* do hotel Mandarin evacuavam o assunto do bigode e suas consequências para uma zona de dúvida, quase de esquecimento, mas ao mesmo tempo em que o tranquilizava, sua presença naquele *coffee shop* fazia-o se lembrar de que fora ele quem causara eventos irredutíveis, que transpusera uma fronteira e ultrapassara talvez um ponto de não retorno. Para ele, em virtude de permanecer sem resposta, a pergunta deslocara-se do "por quê?" para o "como?", mas esse "como", a partir do momento em que não se tratava mais de colocar um pé depois do outro, moedas numa fenda, comida na boca, começava por sua vez a oscilar, despojava-se de sua substância de palavra que supostamente desemboca numa linha de conduta para não ser mais senão um ponto de interrogação, um "e daí?", um "e agora?", cujos efeitos paralisantes só podiam ser enfrentados golpe a golpe, estabelecendo-se objetivos imediatos, obstáculos inofensivos que ele se regozijava de superar porque escondiam, mobilizando sua atenção por um tempo, o obstáculo gigantesco da escolha entre partir e ficar. Por ora, tudo continuava em aberto. Mas, caso escrevesse a Agnès, precisava tomar uma decisão. Ou então contentava-se em tranquilizá-la, em dizer não se preocupe, estou passando por uma crise, em breve mando notícias mas precisas. Adiar mais uma vez. Sendo assim, era melhor telefonar, que ela pelo menos soubesse que estava vivo e não mandasse procurá-lo.

Desistindo provisoriamente da carta, usou todavia papel timbrado do hotel para anotar os números de telefone de seu apartamento, de seus pais e do escritório, a fim de ter certeza de não esquecê-los. Meteu a folha dobrada em quatro no bolso interno do paletó, e, após ter pago a conta do café, dirigiu-se às cabines telefônicas, que ele percebera numa reentrância do lobby. Um funcionário forneceu-lhe o código da França e ele o anotou igualmente. Depois discou sucessivamente os três números, mas ninguém atendeu. Segundo seus cálculos, eram onze horas da noite em Paris, o que explicava o silêncio no escritório, mas não entendia direito, mais uma vez, por que Agnès, ao sair, não ligara a secretária. Se tivesse feito isso, ele poderia, graças ao controle remoto, escutar as mensagens recentes, fazer uma ideia da atmosfera que reinava em sua ausência. Com a condição, não obstante, de que o bipe continuasse a funcionar àquela distância. Já se fizera a pergunta, quando haviam comprado o aparelho: haveria um limiar além do qual o impulso sonoro deixaria de agir? A priori, não existia razão para isso. E, de resto, ele podia informar-se facilmente quanto a esse ponto: não faltavam lojas de material eletrônico em Hong Kong. A resposta, dito isto, não alteraria em nada a situação enquanto Agnès não houvesse reconectado a secretária. Certamente ela terminaria por fazê-lo, a menos que estivesse enguiçada, ou então... Sorriu sem entusiasmo: a menos que Agnès lhe garantisse, quando se falassem, se é que ainda se falariam um dia, que nunca haviam tido secretária eletrônica. Claro, lembrava-se perfeitamente da forma do aparelho, da época em que o compraram, das milhares de mensagens gravadas, apagadas, entre as quais a de seu pai lembrando-lhes o almoço dominical; naturalmente podia alisar com o dedo, no bolso, as arestas metálicas do controle remoto, mas o que isso provava? Rediscara mais uma vez o seu número, deixara tocar. Sem largar o fone de onde continuava a esperar o apito monótono, sacou o pequeno aparelho, leu com atenção as instruções gravadas na sua superfície: "1) Disque seu número de telefone. 2) Antes de iniciar sua comunicação, coloque o dispositivo de controle remoto sobre o microfone de seu aparelho e envie o sinal durante dois a três segundos. 3) A fita Mensagem inicial para, a fita Recados é rebobinada e você toma conhecimento das mensagens gravadas..." Mecanicamente, roçou no botão instalado sobre a superfície do controle remoto e apertou-o sem levantar o dedo até que a estridência fraca mas contínua do bipe agredisse insuportavelmente os ouvidos de um chinês brutamonte que, ocupando a cabine vizinha, pôs-se a socar o vidro com veemência. Como se desembriagado, relaxou a pressão, guardou novamente o controle remoto no bolso, desligou e saiu. Mais que o silêncio na outra ponta da linha, a inutilidade de um acessório graças ao qual esperava poder estudar o terreno, surpreender as reações provocadas por sua fuga, irritava-o. Sentia-se impotente, traído: supondo que a própria existência da secretária não fizesse parte do logro, junto com seu bigode, seu pai, seus amigos, seria possível que Agnès a houvesse deliberadamente desligado ao constatar o desaparecimento do controle remoto? Que tivesse sacrificado uma oportunidade de ter notícias suas só para privá-lo do uso do bipe? Onde estava ela? O que fazia? O que pensava? Continuava a falar, comer, beber, dormir? A realizar os gestos da vida cotidiana, a despeito daquela insuportável incerteza? Lembrava pelo menos que ele desaparecera? Que existira?

No espelho gravado que revestia a parede, por trás da fileira de cabines, ele pudera, escutando o ressoar dos toques sem resposta, observar-se à vontade: paletó amassado, quente demais, camisa encardida de sujeira e suor, cabelos desgrenhados e barba de três dias. Resolveu, para acalmar-se, comprar uma muda de roupa. Atravessou o lobby e se dirigiu a um largo com lojas luxuosas em volta, onde, sem se apressar, escolheu uma camisa leve, dotada de amplos bolsos no peito, que o dispensariam de usar um paletó, uma calça de brim, um par de cuecas, sandálias de couro, enfim um elegante nécessaire de barba, o lote saiu-lhe por um preço exorbitante mas ele se lixava para isso, e, pensando bem, decidiu inclusive transferir seu quartel-general para o hotel Mandarin. O fato de se comprometer com despesas vultosas lhe dava a impressão de tomar uma decisão. Além disso, como não tinha nada de especial para fazer em Kowloon, aquela mudança o afastaria um pouco das tentações do ferry. Também não tinha o que fazer "on the Hong Kong side", mas, enfim...

* * *

113

Claro, espaçoso, confortável, seu novo quarto comportava duas camas de solteiro, a janela dava não para a grande avenida paralela ao cais, mas para uma rua transversal cujos vidros selados e duplos filtravam a barulheira. Assim que o atendente saiu, ele se despiu, tomou uma chuveirada e fez a barba, manipulando com precaução a navalha dobrável, com a qual não tinha prática. O bigode recuperava sua forma, e esse crescimento despertou nele a esperança absurda de que o retorno a seu aspecto anterior resultasse no desaparecimento e mesmo na anulação retrospectiva de todos os mistérios gerados por sua atitude. De uma tacada, ele recobraria sua integridade, física, mental, biográfica, não restaria um traço da desordem. Ele voltaria de Hong Kong, piamente convencido de ter feito uma viagem de negócios, a serviço do escritório, teria em sua pasta, pois compraria uma, documentos atestando seu trabalho, contatos que fizera. Agnès o receberia carinhosamente no aeroporto, saberia o horário exato de sua chegada. Não se lembraria de nada, ele também não, a ordem voltaria a reinar. Nenhuma incoerência se produziria na sequência, o mistério se dissiparia por si só, na verdade nunca teria nascido. Eis o que de melhor podia acontecer e, pensando bem, não era nem mais nem menos impossível do que o que acontecera. Podia inclusive, cogitou, dar uma mãozinha às potestades que, após terem zombado dele, consentiriam em repor tudo no lugar. Ajuda-te e o céu te ajudará... Sim, mas ajudar-se, no seu caso, significava reunir documentos provando a veracidade e utilidade de sua viagem de negócios, ligar para Jérôme para forjar uma história que justificasse sua viagem inesperada, pedir-lhe para preparar psicologicamente Agnès para acreditar que sonhara, em suma recomeçar a farsa, voltar a dar provas de loucura, praticamente o mesmo que chamar para si próprio uma ambulância que o recolhesse na saída do avião... Não, apenas o céu, se é que era possível chamar isso de céu, estava em condições de ajudá-lo: não se tratava, de jeito nenhum, de burlar a realidade, mas de realizar um milagre, fazer com que não houvesse acontecido o que acontecera. Passar a borracha naquele episódio de suas vidas, e em suas consequências, mas também passar a borracha no vestígio da borracha e no vestígio desse vestígio. Não burlar, não esquecer, mas não ter mais nada que burlar ou esquecer, caso contrário, a memória retornaria, inelutavelmente, os destruiria...

Não, a única ajuda a seu alcance, se quisesse atrair a misericórdia do céu, era deixar o bigode renascer, cuidar dele, confiar nesse remédio. Deitado na cama, passava o dedo em seu lábio superior, acariciava a penugem ressuscitada, sua única chance.

Mais para o fim da tarde, fez nova tentativa de telefonar para Agnès e seus pais, sem maior sucesso. Depois vestiu suas roupas novas, enrolou, sem poder fazer bainha, a barra da calça e distribuiu o que possuía nos bolsos traseiros e do peito: o passaporte, os cartões de crédito, o dinheiro vivo, a folha de papel com os números de telefone. Hesitou em levar consigo o controle remoto e, como ele pesava, terminou por enfiá-lo entre o potinho e o pincel no estojo de couro contendo o nécessaire de barba, que deixou no banheiro. Saiu e, atravessando as passarelas por cima das avenidas, dirigiu-se à estação das barcas. O céu estava nublado, o calor úmido. Reconhecendo-o, o empregado do ferry agitou os braços em sinal de boas-vindas, mas ele desembarcou em Kowloon e só pegou a barca de volta meia hora mais tarde, após ter fechado sua conta no hotel King e resgatado o que restava de seu maço de cigarros. Curiosamente, não fumara, não lhe passara pela cabeça, desde sua chegada a Hong Kong.

De volta à ilha, caminhou sem rumo, tentando acompanhar os cais, o que se verificou impossível devido às inúmeras ruas impossíveis de atravessar, aos canteiros de obras, aos tapumes nos quais em vão procurava brechas a fim de vislumbrar a baía. Pela disposição dos anúncios publicitários, no topo dos arranha-céus que o rodeavam, reconheceu bairros que, da estação de barcas, na noite precedente, haviam lhe parecido bem afastados do centro. Num outro hotel de luxo, o Causeway Bay Plaza, tentou novamente telefonar, mas continuava sem ninguém atender. No início da noite, voltou de táxi ao Mandarin, bebeu um Singapore Sling no bar, depois subiu ao quarto para se ver no espelho do banheiro e escanhoar-se novamente, como um convalescente certificando-se de suas forças. Quanto mais lisas suas bochechas, mais sobressaía a barra já escura de seu lábio superior. Sabia que a noite, como sempre, seria penosa, que ideias contraditórias, obstinadas, excludentes, promoveriam um assalto ao seu cérebro, que gostaria sucessivamente, certo de não mudar mais, de voltar ao ferry, correr para o aeroporto e atirar-se pela janela, e que a ginástica consistia em não fazer nada disso, de maneira a reencontrar-se vivo pela manhã, o bigode ressuscitado, tendo se contentado em sonhar com atitudes irremediáveis. Temia acima de tudo, sob efeito de uma nova mania, raspar o bigode e em seguida ter de recomeçar tudo do zero. Pressentiu uma série de dias e noites ritmada pela alternância das sessões de barba e da expectativa de um novo germinar, em vão eternizada na espera, na indecisão, ou melhor, na série de decisões antagônicas. As ideias negras voltavam, o que naturalmente estava previsto, a solução era resistir. Resistir, nada além disso.

Pensou em encher a cara, mas era perigoso demais. Após ter ligado para Paris mais uma vez, preocupado com o que diria se excepcionalmente Agnès atendesse, desceu à procura de uma farmácia onde pudesse arranjar soníferos, mas quando achou uma aberta, quando explicou o que queria com grande auxílio de mímicas ridículas, mãos cruzadas sob um travesseiro e roncos poderosos, a vendedora compôs um semblante de reprovação e fez-lhe entender que exigiam receita. Jantou sem fome, macarrão e peixe, num restaurante ao ar livre, caminhou por um longo tempo para se cansar, entrou num bonde. Com o cotovelo apoiado numa janela sem caixilhos, no segundo andar, fumando cigarro atrás de cigarro apesar da proibição, que ninguém respeitava, observou o desfile das fachadas dos prédios, das luzes, dos anúncios, dos bairros que se sucediam, animados ou desertos, os bondes que vinham na direção contrária, tão próximos que precisava, todas as vezes, retirar precipitadamente o cotovelo. Relentos de fritura, de peixe, eram tragados pelas janelas. A linha atravessava a ilha no comprimento, paralelamente ao porto, e, quando no ponto final sentiu-se tentado a partir no sentido oposto, obrigou-se a descer. Se quisesse esgotar as possibilidades de vaivém oferecidas pelos transportes públicos da cidade, restava o metrô, para o dia seguinte, depois o plano inclinado que dava acesso ao cume do Pico. Em seguida, não teria mais senão que recomeçar, ou então ir e voltar de uma parede a outra do quarto. Ocupar alternadamente ambas as camas de solteiro, perguntar-se se era preferível dormir com o bigode por cima ou por baixo dos lençóis, encontraria sempre simulacros que traduzissem fisicamente a indecisão de que padecia e da qual não obstante decidira fazer sua política. Provisoriamente, ironizou, até que uma ideia nem sequer nova o reduzisse a pó. No geral, porém, a despeito de

116

surtos pontuais que não mais o surpreendiam, estacionava numa espécie de calma indiferente, um progresso, apesar de tudo, com relação à véspera. Provisório, repetia ao caminhar, provisório.

Viu-se diante do hotel quase por acaso, perto das duas da manhã, e fez a barba pela terceira vez no dia. Pela quinta vez em seguida, compôs os números de telefone anotados na folha de papel e, como insistiam em não atender, discou outros, aleatoriamente, disposto a acordar qualquer parisiense desconhecido a fim de certificar-se de que pelo menos a cidade continuava existindo. Alguns desses números, cujos algarismos ele formava a esmo, não deviam ter titular, mas então ele teria ouvido: "Não há assinante para o número que o senhor discou, queira consultar o catálogo ou a central de informações..." Ligou também para as informações, o 12, o rádio-relógio, uma cooperativa de táxis, a recepção do hotel, para confirmar o código, o que durou uma boa hora, durante a qual acendeu um cigarro no outro. No estojo de barbear, pegara o controle remoto da secretária, que conservava na mão como um fetiche sem uso, e a onda de pânico que ele sentia se aproximar o minou pouco a pouco: não era mais apenas seu passado, suas recordações, mas Paris inteira que era tragada pelo abismo escavado em seu rastro. E se fosse ao consulado no dia seguinte? Iriam dizer, sem dúvida alguma, que as linhas telefônicas funcionavam às mil maravilhas, chegariam inclusive, caso necessário, a dar-lhe provas disso, mas os números que ele desejava acessar continuariam a não responder. "É porque não tem ninguém em casa, tente outra vez", concluiria logicamente o solícito cônsul, aquele mesmo que, talvez, viesse a informar a Agnès o seu trágico falecimento — e ela, oportunamente, atenderia sem piscar.

Ligou o televisor do quarto, tirou o som e cochilou aos arrancos, todo vestido. Ao abrir os olhos, nauseado com o cheiro de cigarro apagado, chineses elegantes mexiam os lábios na tela muda. Mais tarde, caubóis cavalgaram por uma serra, sem dúvida recriada na Espanha — se é que a Espanha não havia sumido, como parecia insinuar o planisfério do Bahrein. Possivelmente os canais de Hong Kong ficavam no ar a noite inteira, como nos Estados Unidos, mas talvez o dia seguinte dissesse que não, que os programas terminavam à meia-noite... A obsessão pelo inverificável voltava para torturá-lo, ele se revirava na cama, pegava às apalpadelas o telefone na mesa de cabeceira. Num dado momento, para ouvir uma voz, discou algarismos sem o código, espremendo o controle remoto entre seus dedos petrificados, e acordou alguém, em Hong Kong provavelmente, que zurrou sem que ele entendesse nada. Ele desligou, levantou-se, fêz mais uma vez a barba, deitou novamente. Ao amanhecer, de olhos abertos, saiu, vagou pelas ruas tomadas por atletas matinais, embarcou novamente no ferry, e, para visível satisfação do funcionário, sempre o mesmo, não saiu de lá o dia inteiro. O rendilhado dos mastros na baía, o voo estrepitoso das aves rodopiando no céu nublado, os rostos, o cheiro de graxa, a cintilação dos prédios, o afluxo de percepções agora familiares arrebataram-no. Quando se sentia tentado pelo disparate de dirigir-se ao consulado, ou ao aeroporto, esperava que aquilo passasse, e, dali a pouco, passava. Fumava muito, maço na mão. Bronzeava-se, ruminando que devia comprar uns óculos escuros, e se perguntou, sem dar muita importância à questão, em que momento retirara do bolso do paletó os que utilizara, dias atrás, para imitar um falso cego no bulevar Voltaire. Na realidade, naquele momento vestia o paletó que agora jazia, embolado, na parte de baixo do armário de seu quarto. E, após ter retirado os óculos escuros no café de la République e os recolocado no bolso, não se lembrava de os ter pego novamente, nem no Jardin de la Paresse, nem no apartamento, nem em Roissy. A fim de situar esse fato banal, fazia um esforço para reconstituir no detalhe as 24 horas anteriores à sua partida, mas a inutilidade desse esforço não o afetava, uma espécie de torpor privava de toda finalidade atos que sorrateiramente invadiam o irreal, a bruma de uma lenda da qual ele não era mais o herói. Com a mesma indolência, sufocava os planos ou especulações de longo prazo sobre seu futuro, tais como temporada prolongada no ferry, escapada aventurosa pelos portos do mar da China, visita de inspeção a Java, retorno ao domicílio conjugal: tudo tornava-se indiferente, questões outrora afiadas como navalhas perdiam o gume, a urgência de escolher ou não se esvanecia.

No meio do dia, o funcionário veio dar-lhe um tapinha nas costas, e, num inglês aproximativo, disse que se ele quisesse poderia não desembarcar no terminal, acertar com ele uma soma antecipada, para suas idas e vindas. Inspirada pela simples gentileza ou pelo chamariz de um ganho fraudulento, a proposta foi recusada por ele, que explicou que, para ele, entrar e sair fazia parte do prazer da viagem, e isso era verdade, seu único pensamento era contar suas moedinhas. Só interrompeu seu vaivém o tempo de engolir espetinhos de frango na brasa, de pé diante de uma vitrine onde se liquidavam também vídeos populares, depois passar novamente no hotel Mandarin, onde pegou seu nécessaire de barba, que utilizou um pouco mais tarde no banheiro sórdido do ferry. O funcionário, quando seu serviço não o mobilizava, vinha às vezes puxar conversa com ele, chamava sua atenção para tal detalhe da paisagem, dizia "nice, nice", e ele aprovava. Caiu um temporal no início da tarde, o ferry adernou drasticamente. Os passageiros, ao desembarcarem, abrigavam-se sob jornais impressos em vermelho e preto. A noite chegou, última travessia, e ele se viu como dois dias antes, zanzando no calçadão iluminado pelos lampadários foscos que, embutidos no cimento, piscavam sob o céu sem estrelas. Percorrendo o cais, chegou a outro terminal, este ainda aberto, deixou-se cair num banco, diante de um homem de uns sessenta anos, rubicundo, que usava tênis e terno de brim amarelo e não demorou a puxar conversa. "Oh, Paris...", comentou, após a resposta ao seu ritual "Where are you from?". Pela pronúncia, era de um lugar que tanto podia ser "Austrália" quanto "Nazareth". "Nice place", acrescentou, sonhador. Ele esperava a barca que, à 1h30, partia para Macau, onde morava havia dois ou dez anos. Era interessante, Macau? Nada mau, repousante, disse o homem, mais tranquilo que Hong Kong. E era fácil arranjar um lugar na barca? Fácil.

Calaram-se, embarcaram ambos quando a barca chegou. Era obrigatório pegar um colchãozinho, e, entre o dormitório, para cinquenta, a cabine de primeira classe, para quatro, e a suíte vip, para dois, seu companheiro aconselhou-o a pegar a suíte vip, que dividiria com ele. O que ele fez, mas não a dividiu, permanecendo no convés, nécessaire de barba nas mãos, a contemplar o mar escuro, as luzes da cidade afastando-se, depois somente o mar.

Às vezes o vento trazia, decerto provenientes do dormitório, cacos de vozes estridentes, risadas e sobretudo um retinir de dominós batidos com grande estrépito sobre mesas de ferro. Pensou fugazmente que teria preferido fazer aquela travessia noturna com Agnès, passar o braço ao redor de seus ombros, pareceu-lhe ouvir, misturada a uma nova salva de dominós, a campainha monótona do telefone tocando em vão, num apartamento vazio. Tirando do nécessaire o controle da secretária eletrônica, aproximou-o do ouvido, enviou o sinal apertando o botão, depois, quando cansou, estendeu a mão por cima da amurada e abriu lentamente os dedos, enquanto continuava a apertar o botão. Em virtude da trepidação do motor, do barulho das ondas contra o casco, não ouvia mais o bipe na ponta de seu braço e entendeu menos ainda, naturalmente, o desaparecimento do aparelho quando abriu a mão. Compreendeu apenas que não telefonaria mais, rasgou a folha de papel com os números. E, quando um pouco mais tarde voltou a pensar em Agnès, aquilo havia se distanciado muito para que a ausência do corpo apertado contra o seu, da voz risonha, excitada pela aproximação do inferno do jogo, fosse outra coisa que não uma miragem adelgaçada, inconsistente, carregada e logo dissipada pelo ar tépido, por uma lassidão que não vinha mais se chocar contra nada.

A barca atracou de manhãzinha numa espécie de subúrbio industrial enxameado de prédios em construção cercados por andaimes de bambu. Na saída da estação, motoristas de táxi empurravam-se para chamar a atenção dos passageiros, chineses em sua maioria, e, no momento em que ele se preparava para aceitar o serviço, seu companheiro da véspera, que desembarcara depois dele, aproximou-se oferecendo-se para conduzi-lo à cidade. Atravessaram uma passarela por cima de uma pista com várias faixas, separadas por muretas que — como em Hong Kong — só podiam ser transpostas de dez em dez quilômetros, e chegaram a um estacionamento onde os aguardava um poeirento jipe Toyota. Durante o trajeto, o australiano — se é que era um de fato — desculpou-se por não poder hospedá-lo, dando a entender que problemas com mulheres perturbavam seu lar, mas recomendou-lhe, em vez do hotel Lisboa, para onde o teria levado qualquer táxi a fim de receber uma comissão, pegar um quarto no hotel Bela Vista, mais típico e mais calmo, e cujo terraço elogiou em especial. Poderiam inclusive encontrar-se lá à noite, para tomarem um trago.

Meia hora mais tarde, depois que o sujeito o deixou no hotel, ele estava sentado no terraço em questão, os pés sobre as colunas chapiscadas a cal da sacada colonial, embalado por uma carreira de ventiladores de teto ornamentados, sob as quatro pás, com quatro pequenas luminárias brotando de argolas de vidro aramado, ainda acesas apesar do sol ofuscante. O mar da China estendia-se à sua frente, ocre por entre as colunas, brancas e verde-pastel, que sustentavam o teto entalhado e encardido. Na recepção, entregaram-lhe, junto com a chave do quarto, desconfortável mas imenso e fresco, um prospecto poliglota a respeito de Macau, onde ele lera que "a água dos quartos dos hotéis é geralmente fervida, menos por medida de segurança e mais para atenuar o gosto do cloro. Todo mundo, porém, turistas e moradores, prefere seguir os costumes locais e substituir a água pelo vinho". Confiando nisso, pedira no café da manhã uma garrafa de vinho verde, cujo gargalo saía de um enorme balde de gelo. Esvaziou-a sem pensar em nada, salvo na vaga satisfação que lhe proporcionava a temperatura, depois, titubeante, foi para o quarto, cujas janelas davam uma para o terraço e a outra, instalada acima da porta, para um espaçoso corredor que cheirava a lençol ainda úmido, como numa lavanderia. Desligou o ar-condicionado, geringonças parecidas com um aparelho de televisão, cujas bundas opulentas e enferrujadas eriçavam a fachada malconservada do hotel. Pensou em fazer a barba, mas desistiu, sentindo-se embriagado deitou-se na cama após ter aberto a janela e dormiu. Acordou meio zonzo várias vezes, quis se levantar, fazer a barba, voltar para o terraço ou visitar os cassinos de que o australiano lhe falara, no carro, como sendo a principal atração local, como o Crazy Horse importado de Paris, mas seus projetos misturavam-se a sonhos confusos, à certeza também de que se preparava um tufão. O vento agitava os galhos de uma árvore que batia contra a janela aberta, ele ouvia chuva e borrasca, mas tudo não passava do ar-condicionado que resfolegava e gotejava, ele o havia desregulado ao tentar desligá-lo.

Mais tarde, escanhoou-se diante de um espelho equilibrado sobre a bancada da pia — por uma razão ou por outra, não o haviam prendido na parede, e tudo parecia funcionar daquele jeito no hotel, ao deus-dará. Depois saiu, as pernas trôpegas, passeou pelas ruas flanqueadas por sobrados caiados, cor-de-rosa ou verdes como confeitos. Frequentadas por chineses, todas essas ruas eram chamadas de rua do Bom Jesus, estrada do Repouso ou coisas do gênero, havia igrejas em estilo barroco e grandes escadarias de pedra, prédios modernos, também, à medida que se ia para o Norte, onde ele desembarcara, fragrâncias de incensos e peixe frito, um clima pueril de mansa decrepitude, de ressaca há muito amainada. Sentiu certa angústia num dado momento, absurda em cidadezinha tão pequena, de estar perdido, e repetiu várias vezes o nome de seu hotel a um policial chinês cujo rosto terminou por se iluminar, e que declarou, balançando a cabeça: "Very fast", sem que fosse possível saber se isso significava que se podia chegar lá bem rápido, se era preciso correr bem rápido para chegar lá ou então que era muito longe, "very far". Para que pudesse voltar a perguntar o caminho a não anglófonos, o policial caligrafou o endereço em caracteres chineses na tampa de uma caixa de fósforos que ele acabava de comprar junto com um maço de cigarros locais. O resultado era aproximadamente este:

mas não teve oportunidade de utilizar esse auxílio, e, caminhando a esmo, viu-se à beira-mar, em frente ao seu hotel, que, um pouco afastado da cidade, parecia um velho ferry no estaleiro. Passou o fim da tarde e a noite no terraço, onde um baixo-relevo em bronze representando Bonaparte na ponte de Arcoli era encimado pelos dizeres: "There is nothing impossible in my dictionary", aproximação, ele supôs, do adágio segundo o qual impossível não consta do dicionário francês, embora o fato de isso ter sido declarado em inglês, e para ilustrar a efígie de um inimigo histórico, tivesse lhe parecido no mínimo desconcertante. Comeu depressa, pratos que lhe evocavam a cozinha brasileira, e bebeu muito, esperando que isso o ajudasse a dormir, e tinha razão.

Dois dias se passaram dessa forma. Dormia, fumava, comia, bebia vinho verde, passeava na quase ilha e completava, na verdade sem vontade, o que devia ser um circuito turístico. Circulou pelos cassinos: o luxuoso, do hotel Lisboa, e o cassino flutuante, onde o estrépito dos dominós imergia-o num aparvalhamento que se dissipava lentamente depois que ele saía. Dormiu ao sol em jardins públicos, percorreu a fronteira da China Popular, visitou o museu dedicado a Camões, e, sentado sob uma árvore, sorriu maravilhado diante da lembrança espantosamente precisa do romance de Júlio Verne em que o geógrafo Paganel gaba-se de aprender espanhol estudando com afinco a epopeia desse poeta português do Grande Século. Exceto para pedir suas refeições, não falava com ninguém; o australiano, decerto às voltas com suas complicações domésticas, não apareceu para o encontro que marcara no terraço. Às vezes, na periferia de sua consciência entorpecida, revolviam-se embriões de pensamentos ameaçadores, concernentes a Agnès, a seu pai, à relativa proximidade de Java, às buscas empreendidas para descobrir seu rastro, ao futuro que o esperava. Mas bastava-lhe balançar a cabeça, fechar demoradamente os olhos ou tomar uns goles de vinho para dispersar imagens cada vez mais exangues, esvaziadas de substância, logo fantasmas tão pouco temíveis quanto um aparelho de controle remoto afogado no mar da China, quanto uma impressão perturbadora mas fugaz de déjà vu. Não voltou a fazer nova tentativa para telefonar, contentando-se em caminhar no sol em meio ao cheiro do peixe defumado e do suor que impregnava suas roupas, em alternar com longas sestas seus passeios sem destino. Duas vezes por dia, contudo, escanhoava-se, retocando para uso próprio o epigrama segundo o qual o *farniente* consiste em escutar sua barba crescer. Escutava o bigode, meio que distraído, saboreando eventualmente, deitado num banco, a ideia abstrata e agora inócua de ter escapado. Essas ideias eram vertiginosas.

No terceiro dia, foi à praia. Não havia praias em Macau, mas uma ponte recém-construída ligava a península a duas pequenas ilhas, onde, segundo o afável recepcionista do hotel Bela Vista, era possível tomar banho de mar. Uma van, saindo do hotel Lisboa, fazia o trajeto três vezes por dia, mas ele preferia ir a pé e se pôs a caminho em torno das onze da manhã. Caminhou contemplando o cimento, às vezes a água que o cercava, sozinho na ponte, por onde quase não passavam carros. Um deles parou, o motorista abriu a porta, mas ele declinou educadamente, nada o apressava. Almoçou peixe, de frente para o mar, num restaurante da primeira ilha, chamada Taipa, voltou perto das duas horas e percorreu a trilha ocre até que num plano inferior avistasse uma praia de areia escura, cujo acesso era uma trilha íngreme. Alguns carros estacionados e motocicletas japonesas indicavam que não estaria só, mas isso não o incomodava. Havia gente, de fato, sobretudo jovens chineses, que jogavam handebol em meio a gritos animados. As aves também gritavam. Fazia calor. Antes de cair na água, pediu um refrigerante e fumou um cigarro numa birosca cujo telhado de palha era circundado por alto--falantes expelindo canções populares americanas, entre as quais reconheceu *Woman in love* de Barbara Streisand. Em seguida, tirou a roupa, embolou-a, pôs as sandálias sobre o montinho e entrou sem pressa na água morna, quase opaca. Nadou por alguns minutos, dava pé até longe, depois voltou para a praia e, sem se levantar, permaneceu deitado de barriga para cima, na fronteira difusa entre a areia úmida e as marolas quebrando no seu flanco. A maré baixava, ele seguiu o movimento recuando sobre os cotovelos, de frente para a praia. A luminosidade fazia suas pálpebras arderem, as quais ele entreabria de vez em quando para se certificar de que suas roupas não tinham sumido. Vinte

128

metros adiante, outro ocidental, mais ou menos da sua idade, chapinhava na mesma posição. Num dado momento, estava cochilando, ouviu subitamente uma voz pronunciando bem alto palavras inglesas e abriu os olhos, olhando à sua volta, perplexo e um pouco preocupado, pois julgava estarem dirigindo-se a ele. E era com efeito o outro banhista branco que, virando na sua direção, repetia, gritando para encobrir o barulho das ondas: "Did you see that?" Embora mal distinguisse seus traços, percebeu que não era nem inglês nem americano e certificou-se de que não estava acontecendo nada de especial na praia: nada, apenas os adolescentes que continuavam a arremessar a bola, e um rapaz de short, chinês também, que se afastava com passos miúdos, com um walkman preso no cinto do calção de banho. "What?", ele disse por dizer, e o outro, ainda deitado na água, desviou-se rindo, gritando a plenos pulmões: "Nothing, forget it!" Ele fechou novamente os olhos, aliviado pela conversa terminar ali.

Mais tarde, saiu da água, vestiu-se sem se enxugar e fez o caminho na direção oposta. A van que retornava a Macau parou junto a ele na estrada, dessa vez, cansado, aceitou entrar, sentando atrás. Pela irritação de sua pele, compreendeu que exagerara no sol e antecipou com prazer o contato dos lençóis frescos, um pouco ásperos, sobre a pele queimada. Quando o ônibus atravessava zonas sombreadas, ele tentava captar seu reflexo nos vidros cobertos de poeira e insetos mortos. Tinha os cabelos grudados pelo sal, o bigode atravessava seu rosto como uma risca preta, mas isso não fazia mais muito sentido para ele. Não estava preso a nenhum plano, a não ser o de tomar um banho, quando chegasse de volta ao hotel, e se instalar no terraço, de frente para o mar da China.

Sua chave não estava no quadro onde sempre a deixava. O recepcionista, um velho chinês cujo torso magro sobrava numa ampla túnica de náilon branco, disse, sorrindo: "The lady is upstairs", e ele sentiu um calafrio percorrer suas costas queimadas.

— The lady?

— Yes, Sir, your wife... Didn't she like the beach?

Ele não respondeu, hesitando, atônito, diante do balcão bem-encerado. Depois subiu lentamente a escada, da qual haviam retirado o tapete, decerto para lavá-lo. Os trilhos de cobre, reunidos num feixe jazendo ao longo da parede, refletiam matizes de sol poente. Partículas de poeira dançavam no raio oblíquo que entrava pela janela escancarada, no segundo andar. A porta de seu quarto, no fim do corredor, não estava fechada. Empurrou-a.

Deitada na cama, na mesma luz dourada, Agnès lia uma revista, *Time* ou talvez *Asian Week*, disponíveis na recepção. Usava um vestido de algodão curtinho, parecido com uma camiseta bem larga. Suas pernas nuas e bronzeadas destacavam-se no lençol branco.

— Então — ela disse, ouvindo-o entrar —, comprou finalmente?

— O quê?

— Ora, a gravura...

— Não — ele terminou por responder, num tom de voz que lhe pareceu normal.

— O cara não quis abaixar o preço?

Ela acendeu um cigarro, puxou o cinzeiro publicitário para a cama.

— Exatamente — ele disse, olhos estáticos no mar emoldurado pela janela. Um cargueiro passou no horizonte. Do bolso da camisa, tirou um maço de cigarros, acendeu um por sua vez, mas ele estava úmido, provavelmente molhara-os ao trocar de roupa na praia. Tragou em vão o filtro amolecido, depois esmagou-o no cinzeiro, roçando a mão na perna semiflexionada de Agnès, e disse:

— Vou tomar um banho.

— Vou depois de você — ela respondeu, enquanto ele entrava no banheiro, deixando a porta aberta. Depois acrescentou: — Pena a banheira ser tão pequena...

Ele deixou a água correr, reclinado na borda da banheira, pequena de fato, permitindo apenas sentar, e visivelmente não a dois. Aproximando-se da pia, viu na bancada duas escovas de dentes, um vidrinho meio vazio de pasta gengival made in Hong Kong, vários potes de cremes de beleza, produtos de tirar maquiagem. Quase derrubou um ao erguer da bancada sobre a qual repousava ligeiramente inclinado o espelho retangular, que ele recolocou na mesma posição, apoiado na parede, na borda da

banheira. Certificando-se de que estava bem escorado, despiu-
-se, pegou seu nécessaire de barba, colocou-o ao lado do espelho
e entrou na água morna. O banheiro era iluminado apenas por
uma janelinha, quase uma claraboia; reinava ali uma luz aquá-
tica, penumbrosa e repousante, afinada com o pingo da gota-
-d'água que, a intervalos regulares, se soltava do ar-condicionado
avariado. Estava frio, a vontade era fazer a sesta. Imerso na água
até a cintura, sentado no degrau, dispôs o espelho à sua frente, de
maneira a poder ver seu rosto. O bigode estava bem cheio agora,
como antes. Alisou-o.

— Vamos novamente ao cassino hoje à noite? — perguntou Agnès, com uma voz preguiçosa.

— Você que sabe.

Mexeu demoradamente o pincel no potinho, besuntou
de espuma o bigode e as bochechas, passando a navalha com
cuidado. Depois, sem hesitar, atacou o bigode. Sem tesoura, o
trabalho de desbaste levou tempo, mas a navalha dobrável cor-
tava bem, os pelos caíam na banheira. Para ver melhor o que
fazia, pegou o espelho e colocou-o sobre suas coxas, de maneira
a poder debruçar o rosto por cima. A quina espetava um pouco sua barriga, sobre a qual tinha que apoiá-lo. Aplicou uma
segunda camada de espuma, escanhoou mais rente. Ao fim de
cinco minutos, estava novamente glabro, e esse pensamento não
lhe inspirou nenhum outro, era simplesmente uma constatação:
fazia a única coisa a ser feita. Mais espuma, os flocos se solta-
vam e caíam seja na água, seja na superfície do espelho, que ele
limpou várias vezes com a mão em régua. Voltou a escanhoar
a área do bigode, tão rente que pareceu descobrir desníveis até
então insuspeitados sobre essa fina faixa de pele. Em contrapartida, não observou nenhuma diferença de cor, embora seu rosto
estivesse bronzeado pelos dias curtidos no sol, mas isso talvez se
devesse à penumbra que reinava no banheiro. Abandonando por
um instante a navalha, mas sem dobrá-la, pegou com as duas
mãos o espelho, aproximou-o do rosto, tão perto que sua respiração formou um pequeno vapor, e instalou-o novamente no
colo. Atrás da janela do banheiro, atravessados, ele podia ver ra-
mos de folhagem e até uma nesga de céu. Afora a gota pingando
do ar-condicionado e as páginas que Agnès folheava, não ouvia
nenhum barulho vindo do quarto. Precisaria se virar e espichar

131

o pescoço para espiar pela porta entreaberta, mas não o fez. Em vez disso, pegou novamente a navalha, continuou a retocar o lábio superior. Passou-a uma vez sobre as faces da mesma forma que, com a boca mergulhada no sexo de Agnès, ele se afastava só para lhe beijar a virilha, depois retornou ao lugar antes ocupado pelo bigode. Agora já havia estudado suficientemente a área para ser capaz de apoiar a lâmina na exata perpendicular de sua pele e obrigou-se a não fechar os olhos quando, sob esse peso, sem que houvesse inclinado a navalha, a carne cedeu e se abriu. Ele acentuou a pressão, viu o sangue correr, mais preto que vermelho, mas isso também era efeito da luz. Não foi dor, que ele se admirava de ainda não sentir, mas o tremor de seus dedos crispados sobre o cabo de chifre que o obrigou a prosseguir sua incisão lateralmente: a lâmina, como ele esperava, penetrava com mais facilidade. Repuxou o lábio, para deter o filete escuro, do qual entretanto algumas gotas respingaram sobre sua língua, e essa careta causou um desvio ainda maior da trajetória. Sentia dor agora e compreendeu que seria temerário se esmerar por mais tempo, então atacou sem ligar para a precisão dos golpes, trincando os dentes para não gritar, sobretudo quando a lâmina atingiu a gengiva. O sangue gotejava na água escura, sobre seu peito, sobre seus braços, sobre a louça da banheira, sobre o espelho, que ele limpou novamente com sua mão livre. A outra, ao contrário do que ele receava, não fraquejava, parecia soldada na navalha e ele apenas tomava a precaução de nunca afastar a lâmina de sua pele dilacerada, cujos retalhos, escuros como pequenos nacos de carne estragada, caíam com um barulho flácido sobre o espelho, em cuja superfície deslizavam lentamente para enfim mergulhar na água, entre suas pernas tensionadas pela dor, os pés crispados contra as paredes da banheira, esticados como que para empurrá--las enquanto ele continuava, lacerava em todos os sentidos, de cima para baixo, da esquerda para a direita, conseguindo a despeito de tudo não esfolar senão um pouquinho o nariz e a boca, ao passo que o borbotão de sangue o cegava. Mas ele mantinha os olhos abertos, concentrava-se numa porção de pele que a lâmina escavava sem jamais perder o contato, o mais difícil era não gritar, resistir sem gritar, sem perturbar em nada a calma do banheiro e do quarto, onde ouvia Agnès virar as páginas da revista. Temia também que ela fizesse uma pergunta à qual, os maxilares

132

apertados como um torno, não pudesse responder, mas ela permanecia silenciosa, apenas virava as páginas, num ritmo talvez um pouco mais rápido, como se estivesse se cansando, enquanto a navalha agora atacava o osso. Não enxergava mais nada, podia apenas imaginar o brilho nacarado de seu maxilar em carne viva, uma coisa nítida e luzidia no caldo escuro dos nervos seccionados, salpicado de fulgurâncias, turbilhonando diante de seus olhos que ele julgava não fechar, ao passo que cerrava as pálpebras, cerrava os dentes, retesava os pés, contraía cada um de seus músculos a fim de suportar as ardências da dor, de não perder consciência antes de concluir o trabalho, sem discussão possível. Seu cérebro, como se independente, continuava a funcionar, a se indagar até quando funcionaria, se conseguiria antes que o braço voltasse a cortar para além do osso, a empurrar ainda mais longe, no fundo de seu palato empapado de sangue, e, quando compreendeu que sufocaria inexoravelmente, que jamais conseguiria terminar daquela maneira, puxou a navalha, temendo que lhe faltassem forças para levá-la ao pescoço, mas alcançou-o, ainda estava consciente, e, embora o gesto fosse frouxo e a contração hirta de todo o seu corpo se retirasse do braço, golpeou, sem enxergar nada, sem sequer sentir, abaixo do queixo, de uma orelha a outra, concentrado até o último segundo, dominando o refluxo, o sobressalto das pernas e da barriga sobre a qual o espelho se rachava, tenso e apaziguado pela certeza de que agora tudo terminara, entrara novamente nos eixos.

Biarritz — Paris
22 de abril — 27 de maio de 1985

A colônia de férias

1

Mais tarde, durante muito tempo, até agora, Nicolas tentou se lembrar das últimas palavras que seu pai lhe dirigira. Ele havia lhe dito adeus na porta do chalé e repisara as recomendações de prudência, mas Nicolas sentia-se tão constrangido com sua presença, tão ansioso para vê-lo ir embora, que não o escutara. Detestava-o por estar ali, por atrair olhares que ele presumia sarcásticos, e se esquivara, abaixando a cabeça, ao beijo de até logo. Na intimidade familiar tal gesto teria sido alvo de censuras, mas ele sabia que ali, em público, seu pai não ousaria.

Decerto haviam conversado antes, no carro. Nicolas, sentado no banco de trás, achava difícil fazer-se ouvir por causa do barulho da ventilação, ajustada no máximo para desembaçar os vidros. Sua preocupação era saber se encontrariam um posto Shell na estrada. Por nada no mundo, naquele inverno, teria consentido em que comprassem gasolina em outro lugar, pois a Shell distribuía vales que davam direito a um boneco de plástico cuja parte de cima se levantava como a tampa de uma caixa, revelando o esqueleto e os órgãos: era possível retirá-los, recolocá-los no lugar e, assim, familiarizar-se com a anatomia do corpo humano. No verão anterior, nos postos Fina, davam colchões de piscina e botes infláveis. Em outros estabelecimentos, eram figurinhas, e Nicolas tinha a coleção completa. Julgava-se um privilegiado, pelo menos desse ponto de vista, em virtude da profissão do pai, que levava a vida na estrada e era obrigado a encher o tanque a cada dois ou três dias. Antes de cada abastecida, Nicolas verificava o itinerário no mapa, calculava o número de quilômetros e o convertia em vales que guardava no cofre-forte, do tamanho de uma caixa de charutos, cuja senha era o único a conhecer. Ganhara dos pais no Natal — "para os seus segredinhos", dissera-lhe o pai —, fizera questão de levá-lo em sua mochila. Tudo o que queria, durante a viagem, era recontar os vales e calcular quantos ainda lhe faltavam, mas a mochila estava no porta-malas e o pai havia se negado a fazer uma parada para abri-lo: aproveitariam um descanso. No fim das contas, não houve nem posto Shell nem descanso antes do chalé. Vendo Nicolas decepcionado, seu pai prometeu rodar o suficiente até o fim da colônia de férias para ele ganhar o escorchado anatômico. Se lhe entregasse os vales, encontraria o boneco quando voltasse para casa.

A última parte do trajeto foi efetuada por estradas pequenas, ainda com neve insuficiente para justificar a instalação das correntes, o que desapontou Nicolas. Um pouco antes, haviam passado pela autoestrada. Num dado momento, toparam com retenções, depois um congestionamento de alguns minutos. O pai de Nicolas, irritado, socou o volante resmungando que aquilo não era normal num dia útil de fevereiro. Do banco de trás, Nicolas via apenas seu perfil meio de lado, sua grossa nuca saindo da gola do sobretudo. Esse perfil e essa nuca exprimiam preocupação, uma raiva amarga e empedernida. Finalmente, os carros voltaram a se locomover. O pai de Nicolas suspirou, relaxou um pouco: era apenas um acidente, disse. Nicolas ficou chocado com aquele tom de alívio: como se um acidente, porque provocava um simples e breve engarrafamento, diluído com a chegada do socorro, pudesse ser considerado coisa desejável. Estava chocado, mas também ardia de curiosidade. Com o nariz grudado no vidro, esperava ver os carros sanfonados, os corpos ensanguentados sendo transportados em macas em meio ao giro das sirenes luminosas, mas não viu absolutamente nada, e seu pai, surpreso, disse que não, enfim, devia ser outra coisa. O engarrafamento desapareceu, o mistério subsistiu.

2

A viagem para a colônia de férias havia sido feita na véspera, de ônibus. Dez dias antes, porém, acontecera uma tragédia, cujas imagens foram mostradas nos noticiários da tevê: na colisão de uma carreta com um ônibus escolar, várias crianças haviam morrido queimadas de maneira atroz. No dia seguinte realizava-se na escola a reunião preparatória para a colônia de férias. Os pais receberiam as últimas instruções relativas à bagagem das crianças, as roupas a serem marcadas, os envelopes selados que elas receberiam para escrever para casa, os telefonemas que, em contrapartida, era preferível evitar, salvo em caso de força maior, a fim de que se sentissem plenamente lá onde estariam e não presos como que por uma linha ao regaço da família. Esta última instrução chocou várias mães; eles ainda eram muito pequenos... A professora, pacientemente, repetiu que era no interesse deles. O principal objetivo de um programa daquele tipo era ensiná-los a voar com as próprias asas.

O pai de Nicolas declarou então, abruptamente, que a finalidade principal da escola não era, segundo ele, isolar as crianças de suas famílias, e que ele não se acanharia em telefonar se tivesse vontade. A professora abriu a boca para responder, mas ele a interrompeu. Estava ali para levantar um problema muito mais grave: o da segurança no ônibus. Como ter certeza de que não aconteceria uma catástrofe como aquela cujas imagens todo mundo vira na véspera? Sim, como ter certeza? repetiram outros pais, que não tinham se atrevido a fazer a pergunta, mas que deviam pensar a mesma coisa. A professora admitiu que infelizmente não era possível ter certeza, podia apenas dizer que eram superexigentes com relação à segurança, que o motorista dirigia com prudência e que riscos calculados faziam parte da vida. Para terem certeza absoluta de que seus filhos não viriam a ser atropelados por um carro, os pais nunca deveriam permitir que saíssem de casa; e, aliás, nem assim eles estariam livres de um acidente com um eletrodoméstico, ou de uma simples doença. Alguns pais admiraram a pertinência do argumento, mas muitos ficaram chocados com o fatalismo com que a professora o expunha. Chegava a sorrir enquanto falava.

— Dá para ver que não são seus filhos! — vociferou o pai de Nicolas.

Parando de sorrir, a professora respondeu que também tinha um filho, e que ele tinha ido para a colônia de férias no ano anterior, de ônibus. Então o pai de Nicolas declarou preferir levar pessoalmente o filho até o chalé: pelo menos assim saberia quem estava atrás do volante.

A professora observou que eram mais de 400 quilômetros.

Paciência, estava decidido.

Mas isso não seria bom para Nicolas, ela continuou a argumentar. Para sua integração no grupo.

— Ele vai se integrar perfeitamente — asseverou o pai de Nicolas; e riu: — não vá me dizer que chegar de carro com seu papai irá transformá-lo num pária.

A professora pediu que refletisse seriamente sobre o assunto, sugeriu que consultasse a psicóloga, que confirmaria sua opinião, mas admitiu que em última instância a decisão era dele.

No dia seguinte, na escola, ela quis comentar o assunto com Nicolas, para saber de quem partira a ideia. Pisando em ovos, como sempre com ele, perguntou o que ele preferia. A pergunta encurralou Nicolas. No fundo, sabia muito bem que teria preferido viajar no ônibus, como todo mundo. Mas a decisão de seu pai estava tomada, ele não voltaria atrás, e Nicolas não queria, perante a professora e os demais alunos, parecer coagido. Deu de ombros, disse que para ele tanto fazia, que estava bom daquele jeito. A professora não insistiu: fizera o que se achava a seu alcance, e, uma vez que estava claro que não mudaria de ponto de vista, melhor não dramatizar a situação.

3

Nicolas e seu pai chegaram ao chalé pouco antes do anoitecer. Por terem chegado na véspera, os outros alunos já haviam tido sua primeira aula de esqui de manhã e agora encontravam-se numa sala ampla, no térreo, onde estavam passando um filme sobre a flora e a fauna alpinas. A sessão foi interrompida para que recepcionassem recém-chegados. Enquanto a professora, no saguão, falava com o pai de Nicolas e apresentava-lhe os dois monitores, as crianças na sala começaram a algazarra. Nicolas, na porta, observava-os sem ousar juntar-se a eles. Ouviu seu pai perguntar como a coisa se dava, o esqui, e o monitor responder, rindo, que havia pouca neve, que os guris aprendiam principalmente esqui na relva, mas que era um começo. Seu pai quis saber também se no fim do estágio eles receberiam um diploma. Um *chamois*?* O monitor riu novamente e disse: "Um floco de neve, talvez." Nicolas circulava, sorrateiramente, circunspecto. Quando finalmente seu pai foi embora, deixou-se beijar de má vontade e não saiu para se despedir do lado de fora. Do saguão, ouviu o motor diesel roncar no pátio, depois afastar-se.

A professora encarregou os monitores de restabelecer a ordem e dar seguimento à sessão de cinema, enquanto ela ajudaria Nicolas a se instalar. Perguntou onde estava sua mochila, para levá-la para o dormitório. Nicolas olhou à sua volta, sem ver a mochila. Não compreendia.

— Achei que estava aqui — murmurou.

— Tem certeza de que trouxe? — perguntou a professora.

Sim, Nicolas lembrava-se perfeitamente do momento em que a tinham colocado no porta-malas, entre as correntes e as maletas de amostras de seu pai.

---

* Certificado obtido pelo aluno de esqui após uma prova de alto nível na Escola de Esqui da França. (N. do T.)

— E quando você chegou, vocês a retiraram do porta-malas?

Nicolas balançou a cabeça, mordendo o beiço. Não tinha certeza. Ou melhor, sim: agora tinha certeza de que a tinham esquecido na hora de sair do carro. Tinham saído, depois seu pai entrara novamente e em momento algum abrira o porta-malas

— Que trapalhada — disse a professora, descontente. O carro partira fazia cinco minutos, mas já era tarde demais para alcançá-lo. Nicolas sentia vontade de chorar. Balbuciou que não tinha culpa. — De qualquer maneira, poderia ter percebido — suspirou a professora.

Vendo que ele parecia infeliz, ela desanuviou, deu de ombros e disse que era uma trapalhada, mas não grave. Improvisariam. Em todo caso, seu pai não demoraria a se dar conta. É, confirmou Nicolas, quando abrisse o porta-malas para retirar suas maletas de amostras. A professora concluiu disso que ele não tardaria em trazer a mochila de volta. Sim, sim, disse Nicolas, dividido entre o desejo de recuperar suas coisas e o receio de ver o pai retornar.

— Por acaso sabe onde ele pretende parar para dormir? — indagou a professora.

Nicolas não sabia.

Já anoitecera, o que tornava pouco provável que o pai de Nicolas trouxesse a mochila antes da manhã seguinte. Era necessário encontrar uma solução para aquela noite. A professora voltou com Nicolas ao salão onde a sessão terminara e onde se preparavam para pôr a mesa do jantar. Atravessando o umbral atrás dela, ele experimentava as penosas impressões do calouro a quem nada é familiar, do qual decerto irão zombar. Percebia que a professora fazia o que podia para protegê-lo da hostilidade e das gozações. Após ter batido palmas para exigir atenção, ela anunciou num tom brincalhão que Nicolas, como sempre no mundo da lua, esquecera sua mochila. Quem gostaria de lhe emprestar um pijama?

Como a lista fotocopiada estipulava que todos levassem três, todos achavam-se em condições de consentir nesse empréstimo, mas ninguém se ofereceu. Sem ousar olhar para o círculo de crianças formado ao seu redor, Nicolas mantinha-se junto à professora, que repetiu o apelo com certa dose de irritação.

Ouviram-se risadinhas, depois uma frase cujo autor ele não identificou, mas que foi saudada por uma gargalhada generalizada:

— Ele vai mijar nas calças!

Era uma maldade gratuita, sem dúvida impensada, mas que tinha endereço certo. Ainda acontecia a Nicolas molhar a cama, raramente, mas mesmo assim ele tinha medo de dormir fora de casa. Desde que surgira o assunto da colônia de férias, este era um de seus grandes motivos de preocupação. Primeiro tinha dito que não queria ir. Sua mãe solicitara um encontro com a professora, que a tranquilizara: ele com certeza não seria o único, e aliás aquele tipo de distúrbio costumava desaparecer em grupo; bastaria, caso necessário, colocar um pijama a mais, e uma toalhinha impermeável para proteger o colchão. Apesar dessas palavras tranquilizadoras, Nicolas acompanhara a preparação de sua mochila com ansiedade: uma vez que dormiriam em dormitórios, como ele poderia instalar a toalhinha por debaixo do lençol sem que notassem? Essa preocupação e algumas outras do mesmo gênero haviam-no torturado antes da partida, mas mesmo no pior pesadelo não teria imaginado o que lhe acontecia na realidade: ver-se privado de mochila, toalhinha, pijama, condenado a mendigar um que lhe recusavam escarnecendo-o, e isso desde sua chegada malograda, como se sua vergonha estivesse escrita na cara.

No fim, alguém disse que emprestaria um pijama. Era Hodkann. Isso também foi motivo de risada, pois ele era o maior da turma e Nicolas um dos menores, de tal forma que cabia perguntar se a finalidade da oferta não era ridicularizá-lo mais ainda. Mas Hodkann calou as zombarias declarando que quem mexesse com Nicolas se veria com ele, e todos o acataram. Nicolas dirigiu-lhe um olhar de gratidão preocupada. A professora parecia aliviada, mas perplexa, como se temesse uma armadilha. Hodkann tinha grande autoridade sobre os outros meninos, a qual exercia de maneira aleatória. Em todos os jogos, por exemplo, todos se definiam tendo ele como referência, sem saber previamente se ele iria desempenhar o papel de árbitro ou de capitão do time, fazer justiça ou violá-la cinicamente. Podia, com alguns segundos de intervalo, mostrar-se extraordinariamente cortês e extraordinariamente brutal. Protegia e recompensava seus vassalos, mas também os desgraçava sem razão, substituindo-os por outros que até então desdenhara ou molestara. Com Hodkann, nunca se sabia que valsa dançar. Era admirado e temido. Até os adultos pareciam temê-lo: a propósito, era praticamente do tamanho de um adulto, tinha voz de adulto, sem nada da timidez das crianças crescidas precocemente. Mexia-se, falava com uma desenvoltura quase incongruente. Podia ser grosseiro, mas também exprimir-se com uma distinção, riqueza e precisão de vocabulário surpreendentes para sua idade. Suas notas eram excelentes ou péssimas, e ele parecia não se preocupar com isso. Na ficha a ser preenchida no início do ano, escrevera "Pai: falecido", e sabiam que morava sozinho com a mãe. Sábado ao meio-dia, somente nesse dia, ela vinha buscá-lo num carrinho esporte vermelho. Ela não saía do carro, mas ainda assim era possível perceber que, com sua beleza agressiva, exageradamente maquiada, suas faces cavadas, sua crina de cabelos ruivos que pareciam inextricavelmente embaraçados, não era igual às outras mães de alunos. Nos outros dias, Hodkann ia à escola e voltava para casa sozinho, de bonde. Morava longe, e todos se perguntavam por que não se matriculava em uma escola mais perto de casa, mas esse tipo de pergunta, que teria sido fácil fazer a qualquer um, tornava-se impossível com Hodkann. Vendo-o afastar--se em direção ao ponto, mochila no ombro — tentavam em vão, e cada um consigo mesmo, pois ninguém ousava tocar em seu nome em sua ausência, imaginar seu trajeto, o bairro onde moravam, sua mãe e ele, seu apartamento, seu quarto. A ideia de que existia em algum lugar na cidade um local que era o quarto de Hodkann tinha alguma coisa de ao mesmo tempo improvável e misteriosamente instigante. Ninguém jamais entrara lá, e ele, por sua vez, não ia à casa dos outros. Nicolas dividia com ele essa peculiaridade, mas no seu caso ela era mais discreta, e ninguém, ele esperava, percebera-a. Era tão apagado e medroso quanto Hodkann era intrépido e autoritário. Desde o início do ano, tinha um medo terrível de que Hodkann o observasse, lhe pedisse alguma coisa, e teve pesadelos recorrentes nos quais ele o escolhia como escravo. Por exemplo, ficou preocupadíssimo quando Hodkann, como um imperador romano acometido no circo por um rompante condescendente, pôs fim ao suplício do pijama. Se o tomasse sob sua proteção, poderia igualmente abandoná-lo em seguida, ou entregá-lo aos outros, que teria excitado contra ele.

Muitos procuravam a simpatia de Hodkann, mas todos sabiam que era perigosa, e, até aquele momento, Nicolas conseguira não chamar sua atenção. Agora tudo fora por água abaixo, por culpa do pai chamara a atenção de todo mundo e constatava que seu presságio se revelava correto: a colônia de férias seria uma terrível provação.

4

A maioria dos alunos almoçava geralmente na cantina, Nicolas não. Sua mãe vinha pegá-lo, bem como a seu irmãozinho, ainda no maternal, e os três comiam em casa. Seu pai dizia que eles tinham muita sorte e que seus colegas eram dignos de pena por frequentarem a cantina, onde se comia mal e onde volta e meia explodia uma briga. Nicolas pensava como o pai, e quando lhe perguntavam, declarava-se feliz por escapar à péssima comida e às brigas. Entretanto, percebia que os laços mais fortes entre seus colegas estabeleciam-se principalmente entre meio-dia e duas horas, na cantina e no pátio coberto, onde descansavam após a refeição. Durante sua ausência, haviam atirado queijinhos na cara um do outro, sido castigados pelos inspetores, firmado alianças e, a cada vez, quando sua mãe o trazia de volta, era como se ele debutasse e devesse recomeçar do zero as relações travadas pela manhã. Ninguém, afora ele, se lembrava mais: muita coisa acontecera durante as duas horas de cantina.

Ele sabia que no chalé seria como na cantina, mas que seriam duas semanas, sem interrupção ou possibilidade de voltar para casa se a coisa se revelasse demasiado espinhosa. Percebia isso, seus pais percebiam também, a ponto de haverem indagado ao médico se ele aceitaria fornecer um atestado médico para que Nicolas não viajasse. Mas o médico se negara, garantindo que aquilo lhe faria um grande bem.

Além da professora e do motorista do ônibus, que também era o responsável pela cozinha, havia no chalé dois monitores, Patrick e Marie-Ange, que, quando Nicolas se juntou ao grupo, formavam as equipes encarregadas de pôr a mesa: uns arrumavam os talheres, os outros, os pratos etc. Patrick era aquele que, rindo, falara de esqui na relva com o pai de Nicolas. Alto, espadaúdo, tinha um rosto anguloso e bronzeado, olhos

bem azuis, cabelos compridos presos num rabo de cavalo. Marie-
-Ange, um pouco gordinha, mostrava ao sorrir um dente quebrado na frente. Ambos usavam aventais verde e roxo, e no pulso
fitinhas brasileiras feitas multicoloridas, que dão direito a um
pedido quando amarradas e não podem ser retiradas antes que
se desmanchem por si sós: nesse caso, em princípio, o pedido se
realiza. Patrick possuía um grande estoque dessas pulseirinhas,
que distribuía como condecorações àqueles com quem ficava
satisfeito. Logo após a chegada de Nicolas, ele deu-lhe uma, o
que revoltou um monte de garotos que esperavam consegui-la:
Nicolas não fizera nada para merecê-la! Patrick riu e, em vez de
dizer que o coitado do Nicolas, sem seus apetrechos, deveria ser
consolado, contou que quando sua irmã e ele eram pequenos seu
pai sempre castigava um quando o outro fazia uma besteira, e vice-versa, a fim de lhes ensinar desde cedo que existe injustiça na
vida. Nicolas agradeceu-lhe intimamente por não tê-lo colocado
na posição de queridinho choramingas e, percorrendo as mesas
para distribuir as colheres de sopa que Patrick lhe entregara, refletiu no pedido que ia formular, pensou primeiro em pedir para
não fazer xixi na cama naquela noite que se aproximava, depois
para não fazer xixi na cama durante toda a duração da colônia de
férias, depois percebeu que podia, no ponto a que chegara, pedir
que tudo corresse bem durante a colônia de férias. E por que não
para que tudo corresse bem durante toda a sua vida? Por que não
formular o pedido para que todos os seus pedidos fossem sempre
realizados? A vantagem de um pedido amplamente genérico, en-
globando todos os pedidos particulares, parecia à primeira vista
tão evidente que ele farejava a armadilha, um pouco como na
história dos três desejos, que ele conhecia sob sua forma adora-
velmente infantil, com um camponês cujo nariz se transforma
em salsicha, mas também numa versão muito mais assustadora.
     Acima da cama de seus pais, em casa, corria uma prate-
leira repleta de bonecas folclóricas e livros. A maioria tinha como
tema reparos domésticos ou cura pelas plantas, mas dois deles
interessavam a Nicolas. O primeiro, um grosso volume verde,
era o dicionário médico, que ele não ousava levar para o quarto,
temendo que dessem falta dele, sendo portanto obrigado a lê-
-lo à prestação, o coração na boca, vigiando a porta entreaberta
com o canto dos olhos. O outro tinha como título *Histórias de*

terror. A capa estampava uma mulher de costas mirando-se num espelho, e nesse espelho via-se um esqueleto fazendo uma careta. Era um livro de bolso, mais portátil que o dicionário. Sem falar nada, pressentindo que o arrancariam de suas mãos dizendo que não era para a sua idade, Nicolas o tirara dali e o escondera em seu quarto, atrás dos poucos livros que possuía. Quando mergulhava nele, deitado de bruços atravessado na cama, conservava, pronto para servir de cobertura em caso de alarme, o volume dos *Contos e lendas do Egito antigo,* onde lera dez vezes a história de Ísis e Osíris. Uma das "histórias de terror" contava como um velho casal descobre as propriedades de uma espécie de amuleto, uma pata cortada de macaco, preta, toda empalhada, capaz de realizar três desejos formulados por seu detentor. O homem, sem refletir nem aliás acreditar muito naquilo, pede certa soma de dinheiro, a que falta para ele consertar o telhado. A mulher não hesita em criticá-lo pela tolice: deveria ter pedido muito mais; desperdiçou o desejo! Passam-se algumas horas, batem à porta. É um empregado da fábrica onde o filho deles trabalha. Está transtornado, tem uma terrível notícia a comunicar. Um acidente. O filho deles ficou preso nas engrenagens de uma máquina e virou picadinho. Está morto. O diretor da fábrica pede que aceitem determinada soma para o enterro: exatamente a que o pai pedira! A mãe uiva de dor e por sua vez formula um pedido: que seu filho lhes seja devolvido! E eis que, caída a noite, vêm arrastar-se diante da porta os pedaços de seu corpo destroçado, pequenos nacos de carne sanguinolentos a saracotear na escada da entrada, uma mão decepada tentando penetrar na casa onde se entrincheiraram seus pais petrificados de pavor. Só lhes resta agora um pedido: que aquela coisa sem nome desapareça! Que morra definitivamente!

5

Cabiam seis meninos em cada dormitório, e havia um lugar sobrando no de Hodkann, que, sem pedir a opinião de ninguém, declarou que Nicolas o ocuparia. A professora autorizou: embora desconfiasse de suas reviravoltas súbitas, achava ótimo que o maior da classe protegesse assim o menor, aquele Nicolas amedrontado e mimado que lhe dava um pouco de pena. Os dormitórios eram equipados com beliches. Após Hodkann decretar que Nicolas dormiria no alto, em cima dele, Nicolas subiu a escada, vestiu o pijama emprestado se mexendo muito e arregaçando mangas e pernas. O paletó batia em seus joelhos, sobrava na cintura. Teve que ir ao banheiro segurando as calças com as duas mãos. Não tinha, por outro lado, nem meias quentes, nem toalha, nem luva de toalete, nem escova de dentes, acessórios que ninguém podia emprestar, pois todos possuíam um único exemplar deles. Felizmente, ninguém prestou atenção e ele conseguiu esgueirar-se sem se fazer notar na balbúrdia do banheiro noturno e ser dos primeiros a ir deitar. Patrick, responsável pelo seu dormitório, veio desalinhar seu cabelo dizendo-lhe que não se preocupasse: tudo correria bem. E se alguma coisa não corresse, que ele viesse falar com ele, Patrick, prometido? Nicolas prometeu, dividido entre o reconforto real que lhe proporcionava aquela segurança e a impressão penosa de que todo mundo torcia para que alguma coisa saísse errada com ele.

Quando foram todos para a cama, Patrick apagou a luz, deu boa-noite e fechou a porta. Viram-se no escuro. Nicolas achava que logo teria início uma algazarra, uma guerra de travesseiros da qual hesitaria participar, mas não. Compreendeu que todos eles aguardavam a autorização de Hodkann para falar. Este deixou o silêncio prolongar-se durante um bom tempo. Os olhos acostumavam-se à escuridão. As respirações

150

tornavam-se mais regulares, mas notava-se de toda forma uma expectativa.

— Nicolas — disse finalmente Hodkann, como se estivessem a sós no dormitório, como se os outros não existissem.

— O que é? — murmurou Nicolas em eco.

— O que o seu pai faz?

Nicolas respondeu que ele era representante comercial. Ele tinha muito orgulho dessa profissão, que lhe parecia prestigiosa, até mesmo um pouco arriscada.

— Então ele viaja muito? — perguntou Hodkann.

— Viaja — disse Nicolas, e, repetindo uma expressão que ouvira na boca da mãe —, não tira o pé da estrada.

Estava prestes a se atrever falando das vantagens que isso significava para os brindes nos postos de gasolina, mas não teve tempo: Hodkann queria saber o que o seu pai vendia, que gênero de coisas. Para grande surpresa de Nicolas, não parecia interrogá-lo para caçoar, mas porque sentia uma genuína curiosidade pela profissão de seu pai. Nicolas disse que ele era vendedor de material cirúrgico.

— Pinças? Bisturis?

— Sim, e próteses também.

— Pernas de pau? — inquiriu Hodkann, extasiado, e Nicolas sentiu, como que um sinal de alarme no fundo do peito, o risco iminente de ser alvo de chacota.

— Não — Nicolas respondeu —, de plástico.

— Ele anda por aí com pernas de plástico no porta-malas do carro?

— É, e braços, mãos...

— Cabeças? — caçoou de repente Lucas, um garoto ruivo que usava óculos e que tudo indicava ter adormecido como os outros.

— Não — disse Nicolas —, cabeças, não! Ele é vendedor de material cirúrgico, não de fantasias e máscaras!

Uma risadinha indulgente de Hodkann saudou essa tirada, e Nicolas sentiu-se subitamente orgulhosíssimo e muito à vontade: protegido por Hodkann, também podia dizer coisas gozadas, fazer piada.

— Ele mostrou essas próteses para você? — insistiu Hodkann.

— Claro — afirmou Nicolas, a quem esse primeiro sucesso infundia segurança.

— Você já experimentou uma?

— Não, isso é impossível. Como a coisa é colocada no lugar da perna ou do braço, se você já tem perna ou braço, não pode prender em lugar nenhum.

— Pois eu — disse Hodkann com uma voz serena —, se fosse seu pai, usaria você para fazer demonstrações. Cortaria seus braços e suas pernas, adaptaria as próteses e mostraria você assim para os meus clientes. Daria uma boa publicidade.

Os ocupantes da cama vizinha caíram na risada. Lucas disse alguma coisa a respeito do Capitão Gancho, em *Peter Pan*, e Nicolas teve um medo súbito, como se Hodkann terminasse por mostrar seu verdadeiro rosto, ainda mais perigoso do que ele receara. Os subalternos, servis, já começam a rir enquanto o potentado procura displicentemente na imaginação o suplício mais refinado. Mas Hodkann, percebendo o que sua frase tinha de ameaçador, corrigiu-a, dizendo com a surpreendente brandura de que era capaz:

— É só uma brincadeira, Nicolas. Não se preocupe.

Depois quis saber se no dia seguinte, quando o pai de Nicolas viesse trazer a mochila, poderiam ver aquelas famosas próteses e aqueles estojos de instrumentos cirúrgicos. A ideia deixou Nicolas embaraçado.

— Não são brinquedos, sabe. Ele só mostra para os clientes...

— Ele não mostraria se a gente pedisse a ele? — insistiu Hodkann. — E se você pedisse?

— Acho que não — respondeu Nicolas, num fio de voz.

— E se você falar que em troca ninguém baterá em você durante a colônia de férias?

Nicolas não disse nada, estava com medo de novo.

— Bom — concluiu Hodkann —, nesse caso eu me viro de outro jeito. — Passou-se um momento, então ele se dirigiu a todos e a ninguém: — Agora vamos dormir.

Ouviram seu corpanzil revirar-se na cama até encontrar uma posição confortável, e todo mundo compreendeu que já passara da hora de conversar.

6

Não se ouvia mais barulho, mas Nicolas não sabia se os outros estavam dormindo. Talvez, temendo atrair a fúria de Hodkann, fingissem, e talvez Hodkann também, para surpreender quem ousasse infringir sua ordem. Nicolas, por sua vez, não sentia vontade de dormir. Receava fazer xixi na cama e molhar o pijama de Hodkann. Ou, pior ainda, atravessar o colchão, na falta da toalhinha, e molhar o próprio Hodkann embaixo dele. O líquido malcheiroso começaria a gotejar sobre seu rosto de tigre, ele franziria o nariz, despertaria, e então seria terrível. A única solução, para evitar essa catástrofe, era não dormir. Pelos ponteiros fosforescentes de seu relógio de pulso, eram nove e vinte, levantava-se às sete e meia, e isso significava uma longa noite para se segurar. Mas não era a primeira vez, estava treinado.

No ano anterior, o pai de Nicolas levara-os, a ele e a seu irmãozinho, a um parque de diversões. Em virtude da diferença de idade, as duas crianças não se interessavam pelas mesmas coisas. Nicolas sentia-se atraído sobretudo pela casa mal-assombrada, o trem-fantasma, a roda-gigante, e seu irmão, pelos carrosséis para crianças. Seu pai tentava oferecer soluções conciliadoras e irritava-se quando eles se recusavam. Num dado momento, passaram em frente a uma roda camuflada de lagarta que descrevia um círculo no sentido vertical, a toda velocidade. Os passageiros, agarrados às barras de segurança de suas pequenas cabines, viam-se de cabeça para baixo, projetados até as alturas pela força centrífuga. Aquilo rodava muito depressa, cada vez mais depressa, ouviam-se seus gritos e eles saíam pálidos, as pernas cambaleantes, mas fascinados com a experiência. Um garoto da idade de Nicolas comentou com ele que era incrível, e seu pai, que dera uma volta com ele, dirigiu ao pai de Nicolas um sorrisinho maroto, querendo dizer que era mais do que incrível, era um calvário. Nicolas quis experimentar, mas seu pai apontou, no guichê onde se compravam os ingressos, uma tabuleta dizendo que crianças com menos de 12 anos precisavam ser acompanhadas. "Então me acompanhe", disse Nicolas. "Por favor, me acompanhe!" Seu pai, que em todo caso não parecia muito animado em ser sacolejado, recusou, distraído, alegando que não podiam nem levar seu irmãozinho, que ficaria com medo, nem deixá-lo sozinho, sem vigilância. Então, o pai do garoto que acabava de dar uma volta se ofereceu amavelmente para ficar com o irmãozinho durante os três minutos que durava a diversão. Tipo mais velho, lembrava um pouco Patrick, o monitor: usava uma jaqueta jeans e não um pesado sobretudo impermeável como o pai de Nicolas; tinha a fisionomia risonha. Nicolas olhou para ele com gratidão, depois para seu pai com esperança. Mas seu pai disse secamente ao pai do garoto que não precisava. Quando Nicolas abriu a boca para tentar dobrá-lo, ele lhe dirigiu um olhar ameaçador e apertou sua nuca como um torno para fazê-lo avançar. Afastaram-se da lagarta em silêncio, Nicolas não ousou protestar enquanto ainda estavam à vista do garoto e seu pai. Imaginava, às suas costas, seus olhares perplexos: por que haviam partido de forma tão brusca depois de uma gentileza? Quando se julgou suficientemente distante, o pai de Nicolas parou e falou severamente que quando ele dizia não, era não, e que era inútil fazer escândalo em público.

— Mas por quê? — indignou-se Nicolas, à beira das lágrimas. — O que custava?

— Quer que eu diga por quê? — perguntou seu pai, franzindo o cenho. — Você quer que eu diga? Muito bem, você já está grandinho para que lhe expliquem. Mas não precisa comentar, nem com seus colegas nem com ninguém. Foi uma coisa que aprendi com um diretor de clínica, os médicos todos estão a par, mas não querem que espalhem, para não assustar as pessoas. Não faz muito tempo, num parque de diversões igual a esse, um garotinho se perdeu. Seus pais se distraíram durante alguns instantes, e pronto. Tudo aconteceu muito rápido: saiba que é muito fácil se perder. Procuraram por ele o dia inteiro e terminaram por encontrá-lo à noite, atrás de uma lona. Ele foi levado para o hospital, viram que ele tinha um grande curativo nas costas, empapado de sangue, e então os médicos compreenderam, sabiam antecipadamente o que veriam na radiografia: o garotinho tinha sido operado, haviam retirado um rim dele. Tem gente que faz isso, imagine você. Gente má. Isso se chama tráfico de órgãos. Eles têm caminhonetes com todo o material para operar, rondam os parques de diversões, ou a saída das escolas, e raptam crianças. O diretor da clínica me disse que preferiam não alardear, mas que isso vem acontecendo cada vez mais. Só na clínica deles, teve um garoto de quem cortaram uma das mãos e outro de quem arrancaram os dois olhos. Agora você entende por que eu não quis deixar seu irmãozinho com um desconhecido?

Depois dessa história, Nicolas teve um pesadelo recorrente que se passava no parque de diversões. Na manhã seguinte ele nunca se lembrava do que ocorria, mas pressentia que sua descida carregava-o para um horror inominável, do qual corria o risco de não despertar. A carcaça metálica da lagarta erigia-se acima dos galpões do parque, e o sonho o atraía para ela. O horror estava entocado ali. Esperava-o para devorá-lo. Da segunda vez, compreendeu que se aproximara dele e que a terceira provavelmente lhe seria fatal. Seria encontrado morto na cama, ninguém compreenderia o que lhe acontecera. Então decidiu continuar acordado. Não conseguiu completamente, claro, seu sono agitado foi visitado por outros pesadelos, nos quais temia que se escondesse o do parque e da lagarta. Descobriu, nessa época, que tinha medo de dormir.

7

Na família, porém, diziam que ele puxara o pai, que dormia mal, mas em excesso, com uma espécie de sofreguidão. Quando passava vários dias seguidos em casa, depois de uma viagem, praticamente não saía da cama. Na volta da escola, Nicolas fazia seus deveres ou brincava com o irmãozinho prestando atenção para não fazer barulho. Andavam na ponta dos pés pelo corredor, sua mãe levava o indicador aos lábios a todo instante. No fim do dia, seu pai saía de pijama do quarto, barba por fazer, cara azeda e inchada de sono, os bolsos estufados por lenços embolados e cartelas cheias de remédios. Parecia surpreso, e desagradavelmente, por acordar ali, caminhar entre aquelas paredes muito próximas, empurrando a primeira porta à sua frente para descobrir um quarto de criança onde dois garotinhos, de quatro no carpete, interrompiam sua leitura ou brincadeira para encará-lo com apreensão. Ele esgarçava um sorriso, resmungava cacos de frases que falavam de cansaço, de horários malucos, de remédios que acabam com você. Às vezes, sentava-se na beirada da cama de Nicolas e ficava por um momento assim, olhos no vazio, passando a mão na barba áspera, nos cabelos desgrenhados que conservavam os vincos do travesseiro. Suspirava. Fazia perguntas insólitas, por exemplo perguntando a Nicolas em que ano ele estava no colégio. Nicolas respondia docilmente e ele balançava a cabeça, dizia que agora era sério e que ele precisava trabalhar direito para não repetir. Parecia ter esquecido que Nicolas já repetira uma vez, no ano da mudança. Um dia, ele pediu a Nicolas para se aproximar, sentar na cama ao seu lado. Passou a mão em volta da sua nuca, apertou um pouco. Era para demonstrar afeição, mas incomodava, e Nicolas virou lentamente o pescoço para se soltar. Com uma voz baixa e cava, seu pai disse: "Te amo, Nicolas", e Nicolas ficou impressionado, não porque duvidasse disso, mas porque parecia uma maneira esquisita de exprimi-lo. Como se fosse a última vez antes de uma longa separação, talvez definitiva, como se o pai quisesse que ele se lembrasse daquilo a vida inteira. Alguns instantes mais tarde, porém, ele mesmo parecia não se lembrar mais. Sua vista estava embaralhada, suas mãos tremiam. Levantara-se arfando, seu pijama borra de vinho entreabria, todo amarfanhado, e saíra às apalpadelas, parecendo não saber que porta abrir para sair no corredor, voltar ao quarto e deitar-se novamente.

8

Agora, e isso tinha pelo menos o mérito de impedi-lo de dormir, Nicolas pensava no plano anunciado por Hodkann de ver com os próprios olhos as amostras estocadas no porta-malas. Como ele faria? Talvez desse um jeito de permanecer no chalé enquanto os outros descessem à aldeia para a aula de esqui. Escondido atrás de uma árvore, espreitaria a chegada do carro. O pai de Nicolas desceria, abriria o porta-malas para pegar a mochila e levá-la ao chalé. Assim que ele virasse as costas, Hodkann se precipitaria, abriria o porta-malas por sua vez, depois as maletas de plástico preto contendo as próteses e os instrumentos cirúrgicos. Sem dúvida era este seu plano, mas ele não sabia que o pai de Nicolas fechava sempre o porta-malas a chave depois de pegar alguma coisa, mesmo se pretendesse reabri-lo minutos depois A audácia de Hodkann, porém, era tanta que dava para imaginá-lo seguindo até o chalé o pai de Nicolas e aliviando-lhe os bolsos, afanando seu molho de chaves enquanto ele conversava com a professora. Nicolas via Hodkann debruçado no porta-malas, arrombando as maletas, sentindo na gordura do polegar o gume de um bisturi, entretendo-se com as articulações de uma perna de plástico, de tal forma fascinado que esquecia o perigo. O pai de Nicolas já vinha saindo do chalé, caminhava na direção do carro. Ia surpreendê-lo num instante. Sua mão desceria sobre o ombro de Hodkann, e, em seguida, o que aconteceria? Nicolas não fazia ideia. Seu pai, na verdade, nunca ameaçara com castigos terríveis alguém que houvesse tocado em suas amostras. Entretanto, era certo que, mesmo para Hodkann, aquela seria uma situação delicada. A expressão "passar um mau bocado" martelava em sua cabeça. Sim, se fosse flagrado fuçando o porta-malas do pai de Nicolas, Hodkann passaria um mau bocado.

O interesse de Hodkann pelo seu pai perturbava Nicolas. Perguntava-se inclusive se ele não o tomara sob sua proteção para se aproximar de seu pai, ganhar sua confiança. Lembrou--se de que Hodkann, em contrapartida, não tinha mais pai. E quando esse pai vivia, o que fazia? À noite, não lhe ocorrera fazer a pergunta, e de toda forma não teria se atrevido. Era impossível deixar de pensar que o pai de Hodkann morrera de morte violenta, em circunstâncias suspeitas, trágicas, e que fora sua vida que o levara logicamente a uma morte daquelas. Imaginava-o um fora da lei, perigoso como o filho, e talvez Hodkann houvesse se tornado tão perigoso apenas para enfrentar aquilo, os riscos que corria de ser filho daquele pai. Agora, gostaria de fazer a pergunta a Hodkann. À noite, a sós com ele, isso era possível.

Era um pensamento voluptuoso, essa conversa noturna com Hodkann, e Nicolas passou um longo momento a imaginar suas possíveis circunstâncias. Sairiam ambos do dormitório, sem acordar ninguém. Conversariam em voz baixa no corredor ou no banheiro. Imaginava seus sussurros, a proximidade do corpanzil de Hodkann, e deliciava-se pensando que sob aquele poder tirânico por ele exercido também havia sofrimento, uma fragilidade que Hodkann lhe confessaria. Ele o escutaria dizer como se a seu único amigo, como se à única pessoa em quem pudesse confiar, que era infeliz, que seu pai morrera de uma maneira terrível, esquartejado ou atirado num poço, que sua mãe vivia no receio de mais dia menos dia ver seus cúmplices reaparecerem, sedentos para se vingar nela e no filho. Hodkann, tão imperioso, tão trocista, confessaria a Nicolas que tinha medo, que também era um garotinho perdido. Lágrimas escorriam sobre suas faces, ele colocava sua cabeça tão altiva no colo de Nicolas e Nicolas acariciava seus cabelos, dizia coisas carinhosas para consolá-lo, consolar aquela mágoa imensa sempre calada que subitamente explodia diante dele, só para ele, porque só ele, Nicolas, era digno dela. Hodkann dizia, entre dois soluços, que os inimigos que haviam matado seu pai e que eram tão temidos por sua mãe poderiam vir ao chalé para levá-lo. Fazê-lo refém ou simplesmente matá-lo, abandonar seu cadáver na neve de um bosque. E Nicolas compreendia que devia proteger Hodkann, encontrar um esconderijo onde ele ficasse em segurança quando aqueles homens malvados, que usavam sobretudos escuros e brilhosos, cercassem o chalé e entrassem em silêncio cada um por uma porta a fim de que ninguém pudesse escapar. Eles sacariam suas facas e golpeariam friamente, metodicamente, determinados a que não houvesse nenhuma testemunha. Os corpos seminus das crianças surpreendidas em seu sono se amontoariam ao pé das camas superpostas. Rios de sangue correriam pelo assoalho. Mas Nicolas e Hodkann estariam escondidos numa reentrância da parede, atrás de uma cama. Seria um espaço exíguo, escuro, uma verdadeira toca de ratos. Ficariam ali encolhidos um contra o outro, os olhos cintilando na penumbra, encarquilhados de pavor. Ouviriam juntos, misturados às suas próprias respirações, os barulhos aterradores da carnificina, gritos de horror, roucos de agonia, choques surdos dos corpos caindo, vidros quebrados cujos cacos laceravam ainda mais as carnes mutiladas, risadinhas fugazes e secas dos carrascos. A cabeça decepada de Lucas, o ruivinho de óculos, rolaria sob a cama até o esconderijo deles e pararia a seus pés, fixando-os com olhos incrédulos. Mais tarde o barulho cessaria. Passariam-se horas. Os assassinos teriam partido aturdidos, divididos entre o prazer do massacre e a decepção por não haverem encontrado suas presas. Não haveria senão mortos, no chalé, montanhas de crianças mortas. Mas eles não arredariam pé. Permaneceriam a noite inteira em seu reduto, entrincheirados no âmago do morticínio, sentindo escorrer sobre suas faces um líquido quente que podia ser o sangue de um ferimento ou as lágrimas do outro. Ficariam ali, tremendo. A noite não teria fim. Talvez nunca mais saíssem dali.

9

No dia seguinte, depois do café da manhã, o pai de Nicolas continuava sem ter chegado. A professora consultava seu relógio de pulso: em todo caso, não iriam se atrasar, perder a aula de esqui para esperá-lo. Sentindo pela primeira vez seu olhar pesar sem indulgência sobre ele, Nicolas disse com uma vozinha que talvez fosse preferível ele ficar no chalé. Torcia para que Hodkann sugerisse ficar também. "Não vamos deixá-lo sozinho", objetou a professora. Patrick observou que ele não corria grandes riscos, mas a professora afirmou que não, era uma questão de princípio. Nesse ínterim, pediu que Nicolas a acompanhasse ao andar de cima: queria telefonar para a mãe dele, para pô-la a par da situação e saber se ela tivera notícias do marido. Dirigiram-se, no primeiro andar, ao pequeno escritório revestido de madeira onde ficava o telefone. Da janela, tinha-se uma bonita vista do vale. Discado o número, a professora aguardou um momento e, com uma expressão contrariada, perguntou a Nicolas se sua mãe saía muito cedo, de manhã. Envergonhado, Nicolas respondeu que não, não especialmente. Na verdade, estava contente de que sua mãe não respondesse. Aquele telefonema embaraçava-o. Recebiam pouquíssimos, em casa, e nas raras ocasiões em que o telefone tocava, sobretudo na ausência do pai, a mãe aproximava-se dele com uma angústia visível. Se Nicolas estivesse em casa, ela fechava a porta para que ele não ouvisse, como se temesse e quisesse poupar-lhe o máximo de tempo possível de alguma má notícia. A professora suspirou, então, para o caso de se haver enganado, discou de novo. Atenderam prontamente, e Nicolas indagou-se acerca do que acontecera na primeira ligação. Imaginava sua mãe na posição em que a surpreendera várias vezes: de pé diante do aparelho tocando, o semblante tenso, não ousando atender. Quando a campainha parava, ela parecia aliviada por um instante, mas atendia imediatamente se recomeçasse, pegando o aparelho como alguém que se jogasse na água para escapar do fogo.

Nicolas estudava com uma curiosidade preocupada a fisionomia da professora, enquanto ela se apresentava e explicava o motivo da ligação. Enquanto falava, o olhar dela cruzou com o seu e ela fez-lhe sinal para pegar o fone. Ele obedeceu.

— Não, senhora — explicava com paciência —, não é grave. Mas é desagradável. A senhora compreende, ele está sem mochila, sem mudas de roupa, sem os apetrechos de esqui, apenas com o que tem no corpo, então não sabemos muito bem o que fazer com ele.

Sorriu para Nicolas a fim de atenuar a dureza dessa observação, que visava acima de tudo fazer sua mãe reagir.

— Mas — esta retrucou —, meu marido com certeza vai levar a mochila.

— É o que eu espero, senhora, mas ele não chega, o que eu queria saber é onde posso encontrá-lo.

— Quando ele está em viagem, é impossível encontrá-lo.

— Falando sério, ele não sabe de antemão em que hotéis vai se hospedar? E se a senhora precisar falar com ele com urgência?

— Sinto muito. É desse jeito — disse secamente a mãe de Nicolas.

— Mas às vezes ele telefona para a senhora.

— Às vezes, telefona.

— Então, no caso de ele telefonar, avise-o por favor... O problema, se ele não vier hoje, é que ele pode se distanciar... Não sabe alguma coisa sobre seu itinerário?

— Não. Sinto muito.

— Tudo bem — disse a professora. — Tudo bem... Quer falar com Nicolas?

— Obrigada.

A professora estendeu o aparelho para Nicolas e saiu para o corredor a fim de não constrangê-lo. Nicolas e sua mãe não sabiam o que se dizer. Sobre a questão da mochila, não havia nada a acrescentar à conversa com a professora: só restava esperar que seu pai a levasse ao chalé. Nicolas não queria reclamar, preocupar mais a mãe, e ela não queria fazer perguntas que teriam aumentado seu martírio, que não tinha como remediar. Limitou-se então aos conselhos de bom comportamento e obediência que lhe teria dado em circunstâncias normais. Nicolas teve a amarga impressão de que se ela o tivesse visto engolido pela metade dentro das mandíbulas de um crocodilo, teria continuado a repetir divirta-se bastante, comporte-se, não se esqueça de se agasalhar — quanto a se agasalhar, ela não podia falar isso e provavelmente vigiava-se para não intimá-lo a colocar o suéter grosso com renas que ela tricotara.

Ao descer com a professora de volta ao salão onde tiravam a mesa do café da manhã, Nicolas refletia naquele mistério: sabia que sua mochila estava no porta-malas do carro, vira-a encaixada entre as correntes e as maletas de amostras; seu pai, abrindo o porta-malas, não a percebera, e com certeza abrira-o na noite da véspera, no mais tardar aquela manhã ao visitar seus clientes. Então, por que não telefonara? Por que não chegava? Decerto desconfiava das agruras que causava a Nicolas. Teria perdido o número do telefone do chalé? Ou as chaves do porta-malas? Teriam sido roubadas? Teriam roubado o carro? Ou ainda, será que ele tinha sofrido um acidente? Subitamente, essa hipótese que Nicolas não considerara lhe pareceu a mais plausível. Para que lhe faltasse assim, seu pai devia estar impossibilitado de vir, impossibilitado de telefonar. Talvez o carro tivesse derrapado numa placa de gelo, colidido com uma árvore e seu pai agonizava, o peito arrebentado pelo volante. Seu último pensamento consciente, as palavras que ele balbuciara antes de morrer, que os socorristas não haviam compreendido, devem ter sido: "A mochila do Nicolas! Levem a mochila para o Nicolas!"

Imaginando isso, Nicolas sentia lágrimas prestes a brotar de seus olhos, o que lhe proporcionava um grande alívio. Não queria que fosse tudo de verdade, claro, mas ao mesmo tempo teria adorado desempenhar diante dos demais o papel de órfão, herói de uma tragédia. Iam querer consolá-lo, Hodkann ia querer consolá-lo, e ele se mostraria inconsolável. Perguntou-se se a professora fizera o mesmo raciocínio que ele, e, enquanto restava uma esperança, tentava dissimular sua angústia. Claro que não. Ainda não. Nicolas antecipava o momento em que o telefone voltaria a tocar. A professora subiria para atender, despreocupada, as crianças brincariam ruidosamente na sala, fariam algazarra.

Apenas ele estaria à espreita, esperando seu retorno. E pronto, ela retornava, o rosto pálido e contraído. A algazarra prosseguia, mas ela não mandava ninguém se calar. Parecia nada ouvir, nada notar, nada enxergar além de Nicolas, a quem se dirigia, a quem dava a mão, chamava à parte, ao escritório. Ela fechava a porta, o alarido do andar de baixo cessava. Ela pegava seu rosto entre as mãos, delicadamente, as palmas apertando suas faces, via-se que seus lábios tremiam, e ela balbuciava: "Nicolas... Preste atenção, Nicolas, você tem que ser corajoso..." Então punham-se ambos a chorar, ele em seus braços, e era meigo, incrivelmente meigo, ele queria que aquele instante durasse sua vida inteira, que não houvesse senão isso em sua vida, nada além, nenhum outro rosto, nenhum outro perfume, nenhuma outra palavra, apenas seu nome repetido baixinho, Nicolas, Nicolas, mais nada.

10

Antes de sair, a professora e os monitores fizeram outro café, para discutirem as medidas a serem tomadas relativas a Nicolas. Ele permanecera com eles, afastado das outras crianças, parecendo definitivamente instalado no papel do problema a ser resolvido.

— Escutem — disse Patrick —, não vamos passar a semana nisso. Se querem saber, o pai dele esqueceu completamente essa mochila e está a duzentos quilômetros daqui, então, se esperarmos ele voltar, isso vai estragar as férias do menino e as de todo mundo ao mesmo tempo. Pois o que sugiro é que retiremos da caixa da cooperativa o suficiente para montarmos um guarda-roupa mínimo, para que ele possa fazer tudo como os demais. Está bem assim, mocinho? — acrescentou, voltando-se para Nicolas.

Estava bem, e a professora também aprovou.

No horário em que, depois do almoço, todo mundo a princípio lia ou descansava, Patrick saiu com Nicolas. O tempo estava ameno, o sol cintilava através dos galhos secos. Como não vira outro veículo no pátio enlameado em frente ao chalé, Nicolas pensou que iriam de ônibus ao vilarejo, que seria divertido um motorista dirigindo para apenas duas pessoas. Mas Patrick passou pelo ônibus, que no ponto parecia um dragão inerte, e desceu por uma centena de metros a estradinha de acesso ao chalé. Um pouco recuado estava estacionado um 4L amarelo, que Nicolas não notara na ida. Patrick abriu a porta do lado do motorista e disse:

— Eis a carruagem!

Sentou-se, correu no pescoço um cordão de couro comprido no qual prendia a chave de ignição. Nicolas quis entrar atrás, mas Patrick debruçou-se para abrir a porta da frente.

— Calma lá — gargalhou —, não sou seu motorista!

Nicolas hesitou: circular no banco da frente de um carro sempre lhe fora rigorosamente proibido.

— E então? Está com medo?

Ele obedeceu.

— De qualquer maneira — acrescentou Patrick —, o banco traseiro está um caos.

Nicolas olhou por cima do assento, timidamente, como se temesse que um cachorro bravo escondido sob o forro escocês esfiapado lhe saltasse na garganta. Havia uma mochila, velhas caixas de papelão, uma maleta com fitas cassetes, uma corda enrolada, objetos metálicos que deviam ser material de alpinismo.

— Por via das dúvidas, ponha o cinto — disse Patrick, girando a chave na ignição. O motor engasgou. Patrick tentou de novo, insistiu: nada. Nicolas receava que ele ficasse com raiva, mas em vez disso ele fez apenas uma careta engraçada e, voltando-se para Nicolas, explicou:

— Paciência. Ele é assim. Temos que lhe pedir as coisas com delicadeza.

Ligou novamente o motor, pressionou suavemente o pedal do acelerador e, tirando o outro pé, murmurou:

— Pronto... pronto... Bicho bom!

Nicolas não pôde reprimir uma risadinha de excitação quando o carro arrancou e começou a descer a sinuosa estradinha.

— Gosta de música? — perguntou Patrick.

Nicolas não soube o que responder. Jamais se fizera tal pergunta. Na casa dele, nunca escutavam música, não tinham nem vitrola, e todo mundo na escola achava a aula de música um saco. O professor, o sr. Ribotton, fazia ditados musicais, isto é, tocava no piano notas a serem escritas nas pautas de um caderno especial. Nicolas nunca acertava. Preferia os resumos sobre a vida dos grandes músicos ditados pelo sr. Ribotton: pelo menos eram palavras, letras que ele sabia traçar. O sr. Ribotton era um homem baixinho e de cabeça grande, e, embora temessem seus acessos de fúria, que, conforme a lenda da escola, haviam chegado ao ponto de ele atirar um banquinho na cara de um aluno, julgavam-no um pouco ridículo. Percebia-se que os outros professores não tinham muita consideração por ele, que ninguém tinha. Seu filho, Maxime Ribotton, baixinho e disforme como ele, cursava a mesma série de Nicolas. Este não tinha simpatia por aquele tolo fingido, suado, que sonhava mais tarde ser inspetor de polícia, mas não conseguia pensar nele sem uma compaixão dolorosa. Um dia um menino sentado na primeira fileira esticara as pernas por sobre o estrado e, sem querer, sujara com as solas dos sapatos a bainha da calça do sr. Ribotton, que ficara possesso de raiva. Tal raiva não inspirava nem medo nem respeito, antes uma piedade desdenhosa. Com um ressentimento amargo, lamuriento, dizia estar cheio de ir à escola para ver suas calças emporcalhadas, calças que ele comprara com muita dificuldade, porque tudo era caro, que seu salário era uma miséria, que se os pais do aluno que acabava de sujar sua calça tinham recursos para pagar o tintureiro todos os dias, melhor para eles, mas ele não tinha. Sua voz vibrava ao dizer isso, a impressão é de que ia começar a chorar, e Nicolas sentia vontade de chorar também, por causa de Maxime Ribotton, em cuja direção não se atrevia olhar e o qual era obrigado a tolerar o espetáculo do pai humilhando-se perante os colegas, extravasando com aquele impudor horroroso seu rancor por ter sido tão enxovalhado pela vida. Em seguida, no recreio, admirara-se ao ouvir Maxime Ribotton evocar o incidente num tom de gracejo displicente, declarando que não havia por que se preocupar quando seu pai perdia as estribeiras: ele se acalmava logo. Era de esperar que, após essa cena, Maxime Ribotton deixasse a classe sem uma palavra e não voltasse mais à escola. Mais tarde, soube-se que estava doente. Algumas crianças de bom coração teriam ido visitá-lo. Nicolas via-se fazendo parte do grupo, escolhendo entre seus próprios brinquedos um presente que pudesse dar a Maxime Ribotton sem o risco de magoá-lo. Imaginava seu olhar de gratidão, seu rosto e corpo emagrecidos, devorados pela febre, mas os presentes e as palavras amigas não seriam de nenhuma serventia, um dia saberiam da morte de Maxime Ribotton, o grupo das crianças de bom coração ia ao enterro, e agora era ao pai Ribotton, perplexo em sua dor, que todos prometiam ser gentis e mostrar seu bom coração. Não faziam mais algazarra, não saudavam mais com rimas imbecis os nomes de grandes músicos, que ele pronunciava com respeito, por exemplo Schubert-úbere, ou Schumann-xamã.

Afora esses nomes, Nicolas não conhecia nada de música, mas em vez de admitir isso, preferiu responder evasivamente que sim, gostava muito. Já temia a pergunta seguinte, que não deixou de vir.

— E que tipo de música você gosta?

— Bem, Schumann... — disse, para dizer alguma coisa.

Patrick fez com a boca uma cara que exprimia ao mesmo tempo respeito e ironia, e falou que não tinha aquele tipo de música, e sim canções. Pediu a Nicolas para escolher uma fita: era só ele pegar a pequena maleta, no banco de trás, e ler os títulos para ele. Nicolas obedeceu. Pelejava para decifrar as palavras inglesas, mas Patrick completava as primeiras sílabas que ele balbuciava, e, na terceira fita, disse que aquela servia. Inseriu-a no aparelho e a música eclodiu, bem no meio de uma canção. A voz era rouca, áspera, os violões fustigavam como chicotadas. A impressão era de brutalidade, mas também de plasticidade, como os meneios de uma fera. Na televisão, aquele tipo de música incitava seus pais a abaixar o som, contrariados. Se houvessem pedido sua opinião, Nicolas, num momento normal, teria dito que aquilo não lhe agradava, mas nesse dia ficou fascinado. Patrick, ao lado dele, batia no volante para marcar o ritmo, agitava-se no compasso, de vez em quando cantarolava uma frase junto com o cantor. Soltou um grunhido agudo ao mesmo tempo que ele. O carro avançava em perfeita harmonia com a música, acelerava quando ela acelerava, quando ela cadenciava fazia amplas curvas, tudo vibrava em uníssono, os pneus mordendo o meio-fio, as sinuosidades da estrada, as mudanças de marcha e sobretudo o corpo de Patrick, que, enquanto dirigia, balançava com malemolência, sorriso nos lábios, olhos franzidos pelos raios de sol que rebrilhavam no para-brisa. Jamais Nicolas ouvira nada tão belo como aquela canção, todo seu corpo participava dela, gostaria que sua vida inteira fosse assim, viajar sempre no banco da frente dos carros escutando aquele tipo de música e mais tarde ser parecido com Patrick: bom motorista, espontâneo e com soberana liberdade de movimentos.

11

— Bom — disse Patrick, empurrando a porta do supermercado —, temos que ser sérios agora. Do que está precisando?

Só então, após a embriaguez do trajeto de carro, Nicolas se lembrou do que tinham ido fazer ali, que sua mochila ficara no porta-malas de seu pai e que provavelmente seu pai estava morto.

— Por acaso você se lembra do que tinha dentro da mochila? — perguntou Patrick.

— Bem, roupas limpas — respondeu Nicolas, desorientado com a pergunta; Patrick com certeza sabia, uma vez que haviam pedido a todos para levarem as mesmas coisas, cuja lista fora fornecida aos pais. Todo mundo, é verdade, tinha direito além disso a um ou dois objetos de sua escolha, um livro ou um jogo, e, no que concernia a Nicolas, havia também a toalhinha plástica recomendada pela professora em caso de xixi na cama. Não teve coragem de tocar no assunto com Patrick.

— Como extra — disse ele após refletir —, eu tinha meu cofre-forte.

— Seu cofre-forte? — perguntou Patrick, perplexo.

— É, um cofrinho que me deram para eu guardar meus segredos. Tem uma fórmula para abrir que só eu conheço.

— E se você esquecer, o que acontece?

— Não poderei mais abrir. Ninguém poderá mais abrir. Mas eu sei de cor.

— Tudo bem, mas e se você levar uma bordoada na cabeça e perder a memória? Pelo menos escreveu a senha em algum lugar?

— Não. Não precisa. De toda forma, se eu perder a memória, também não saberei mais onde escrevi.

— Perfeito — reconheceu Patrick. — Espertinho, você.

Nicolas hesitou, não se atrevendo a dizer a Patrick que na verdade havia um problema com aquele cofre-forte. Ganhara do pai de presente acompanhado de um envelope lacrado contendo a folha na qual estava impressa a fórmula. Ele o aconselhara a destruí-la após tê-la decorado, e Nicolas obedecera. Mas logo lhe passou pela cabeça que antes de lhe entregar o envelope seu pai o abrira, depois o lacrara novamente com habilidade, e portanto tinha acesso ao cofre. Talvez desse uma espiada nele de tempos em tempos, para saber o que Nicolas escondia. Talvez o presente fosse só para isso. Inseguro, Nicolas desconfiava e não guardava no cofre nada além dos vales dos postos de gasolina. Caso o abrisse, seu pai ficaria decepcionado. Mas as probabilidades sugeriam que estava morto. Como a coisa não era certa, Nicolas resistiu à tentação de contá-la a Patrick e, fazendo um esforço para assumir um tom displicente, sugeriu enquanto isso:

— Se quiser, posso te dizer a senha.

Patrick balançou a cabeça.

— Não. Você não me conhece. Se fizesse isso, tão logo me dissesse eu o agrediria e iria roubar seus segredos.

— Seja como for, eles estão no carro do meu pai.

— Não quero saber. Isso não me diz respeito. Nem a senha, nem o que tem dentro do seu cofre.

Sorriu, fazendo cara de apontar uma pistola para Nicolas:

— O que tem dentro do seu cofre?

— Nada de interessante — respondeu Nicolas, num tom birrento.

Na prateleira de roupas infantis, Patrick pegou uma camisa de lã grossa e uma calça de esqui impermeável que Nicolas provou numa cabine enquanto ele completava seu guarda-roupa: duas cuecas, duas camisetas, dois pares de calçados grossos, uma capa de chuva e uma escova de dentes. A calça era do seu tamanho, mas um pouco comprida. Patrick enrolou-a com desenvoltura, dizendo que daria certo, que sua mãe faria a bainha mais tarde, se quisesse. Nicolas achava muito agradável aquela maneira de fazer compras, sem ficar horas hesitando entre dois modelos, duas cores, dois tamanhos, a testa franzida pela preocupação que toda decisão implicava para seus pais. Gostaria também de um agasalho verde e roxo como o de Patrick, mas naturalmente não se atreveu a pedir.

Ao pagar, Patrick trocou algumas frases com a moça do caixa. Ela era jovem, risonha, e via-se imediatamente que o achava interessante, que gostava de fato de seu rabo de cavalo, de seu rosto alongado com olhos bem azuis, de sua maneira relaxada de se mexer e gracejar:

— É seu esse rapagão? — ela perguntou, apontando para Nicolas.

Patrick respondeu que não, mas que se ninguém o reclamasse dentro de um ano e um dia ele bem que ficaria com ele.

— A gente até que se entende — acrescentou, e Nicolas repetiu consigo a frase com orgulho. Sua vontade era contar aos outros, com um ar displicente, que até que se entendia com Patrick. Olhou, em volta de seu punho, a pulseira brasileira que ele lhe dera e jurou, mais tarde, quando a autoridade de seus pais não mais o oprimisse, deixar crescer um rabo de cavalo.

Patrick, no carro, recolocou a música, e, enquanto dirigia e balançava no ritmo, pronunciou outra frase memorável:

— E aí, não acha que somos os reis do petróleo?

Nicolas levou alguns instantes para compreender o que isso queria dizer: que tudo corria bem para eles, que eles não se entediavam, que realmente não havia por que se preocupar, e, quando compreendeu, sentiu uma alegre exaltação, como se tivessem uma senha entre eles para uso estritamente pessoal. Temia, falando, que sua voz estridente desafinasse e traísse sua pequenez, mas superou esse medo e conseguiu responder, como se não desse importância:

— É verdade. É verdade, somos os reis do petróleo.

12

Depois do lanche, eles brincavam: de imitar profissões, de caça ao tesouro, de teatro. Mas nesse dia Patrick disse que fariam outra coisa.

— O quê? — perguntaram.

— Vocês verão.

A uma ordem sua, uma equipe empurrou para as paredes as mesas, os bancos e tudo que atulhava a sala. Ele apagou as luzes, mas deixou as do saguão acesas, de maneira que ainda fosse possível enxergar alguma coisa. Esses preparativos misteriosos alvoroçavam as crianças. Enquanto arrastavam os móveis, davam risadinhas abafadas, levantavam hipóteses: iam brincar de fantasmas, ou fazer as mesas girarem. Patrick bateu palmas e pediu calma.

— Agora — disse ele —, deitem no chão. De barriga para cima.

Até todo mundo se posicionar, ainda houve um pouco de desordem e risos. Patrick, que permanecera sozinho de pé, aguardou pacientemente que cada um achasse o seu lugar. Com uma voz calma, sem pressa, deu algumas indicações para eles descobrirem a posição mais confortável: em primeiro lugar, alongar-se, tentar não se curvar, manter integralmente a coluna vertebral em contato com o solo; virar as palmas da mão para o teto; fechar os olhos. "Fechar os olhos...", e repetiu num tom quase sonhador, como se ele mesmo os fechasse, se preparasse para dormir, e se calou. Seguiu-se um momento de silêncio, rompido por uma voz impaciente:

— O que fazemos agora?

— Não entendeu? — respondeu outro. — Ele está nos hipnotizando.

O chiste provocou algumas risadas, ignoradas por Patrick. Um pouco mais tarde, ele prosseguiu, como se tivesse ouvido apenas a primeira pergunta:

— Não fazemos nada... Estamos o tempo todo fazendo alguma coisa, pensando em alguma coisa. Aqui não fazemos nada. Tentamos não pensar em nada. Estamos aqui, só isso. Relaxamos. Convivemos...

Sua voz estava cada vez mais calma e divagadora. Ele caminhava lentamente pela sala, entre os corpos deitados das crianças. Nicolas sentiu-o, mais do que ouviu, passando junto a ele. Entreabriu os olhos, fechou-os imediatamente, temendo ser flagrado no erro.

— Respirem lentamente — disse Patrick. — Com a barriga. Encham e esvaziem a barriga como um balão, mas lentamente, profundamente...

Repetiu várias vezes:

— Inspirem, expirem... — e Nicolas sentiu que à sua volta os outros o obedeciam, entravam no seu ritmo. Achou que nunca conseguiria. Quando soprava no balão, na visita médica, era sempre ele quem tinha a capacidade torácica mais fraca, e sentia como se tivesse uma comporta no peito, impedindo o ar de circular. Inspirava e expirava mais depressa que os outros, de maneira espasmódica, engolindo ar, como alguém se afogando. Mas Patrick continuava, com uma voz que curiosamente ficava cada vez mais distante e cada vez mais presente.

— Inspire, expire — ele dizia agora e, sem ter compreendido como, Nicolas viu-se subitamente arrebatado pela respiração comum, participando daquela onda que se erguia e refluía à sua volta, envolvendo-o. Ouvia os bafejos dos outros, e o seu que neles se diluía. Sua barriga levantava e abaixava lentamente, obedecendo à voz de Patrick. Ele formava cavidades nela que suas inspirações preenchiam como a maré toma as reentrâncias de um rochedo.

— Ótimo — disse Patrick, ao fim de um momento. — Agora vocês vão pensar na sua língua.

Em algum lugar na sala ressoou uma risadinha, sem eco. Nicolas ruminou fugazmente que se a risada tivesse sido generalizada ele teria rido também, e achou ridículo pensar em sua língua, mas acompanhava o movimento, pensava em sua língua, em contato com o céu da boca, como Patrick dizia que ela devia estar, experimentava seu peso, consistência, textura: lisa e úmida em certos lugares, áspera em outros. Era uma sensação cada vez mais estranha. A língua estava enorme dentro de sua boca, uma enorme esponja pela qual temia ser asfixiado, mas, justamente, no momento em que era atravessado por esse temor, Patrick dissipou-o, dizendo:

— Se a língua de vocês crescer muito e incomodá-los, é só engolirem a saliva.

Nicolas deglutiu e sua língua recuperou proporções normais. Entretanto, continuava a senti-la, inopinadamente presente, como se acabasse de travar relações com ela. Em seguida, Patrick falou para pensarem em seus narizes, acompanharem o trajeto do ar dentro das narinas. Depois, para concentrarem a atenção atrás das pálpebras, entre as sobrancelhas, na nuca. Dali, passou aos braços, começando pelos dedos, alongados um a um por ele, subindo para o cotovelo, depois o ombro.

— Seus braços estão pesados — ele dizia —, muito pesados. Tão pesados que penetram no chão. Mesmo que quisessem, não conseguiriam erguê-los... — e Nicolas sentiu que, efetivamente, não conseguiria. Estava esparramado sobre o ladrilho, como uma poça, pairando em espírito sobre seu corpo inerte e ao mesmo tempo habitando-o como uma casa com alicerces profundos, explorando os corredores que seus membros percorriam, empurrando portas de cômodos escuros e quentes, quentes principalmente. A sensação de calor agora predominava, e ele não se admirou ao ouvir Patrick descrevê-la, aconselhar a recebê--la, saboreá-la, deixar-se invadir por aquele calor intenso mas doce que corria em suas veias e brincava na superfície da pele, provocando ligeiras comichões, vontades de se coçar às quais era preferível não ceder:

— Mas se a vontade for muito grande — acrescentou —, não é grave: vão em frente.

Como ele sabia aquilo? De onde lhe vinha que pudesse descrever aquelas coisas extraordinárias que Nicolas sentia, no instante exato em que as sentia? Seria igual com os outros? Não se ouviam mais risos, apenas as respirações serenas, obedientes à voz de Patrick. Todos visitavam, como Nicolas, aquele território misterioso que se estendia no interior deles mesmos, todos escutavam o guia com a mesma confiança. Enquanto Patrick falasse, dissesse aonde ir — agora eram as pernas, dedos do pé um após o outro, panturrilhas, joelhos e coxas —, nada poderia acontecer. Achavam-se em segurança no fundo de seus corpos. Aquilo durava? Há quanto tempo durava?

De repente, Nicolas sentiu que Patrick debruçava-se sobre ele. Um joelho estalou baixinho. Ele se agachara, e suas mãos instalaram-se na parte superior de seu peito, bem em cima dos ombros, bem espalmadas. Elas permaneceram imóveis. O coração de Nicolas pusera-se a bater em disparada, sua respiração, por um momento serenada, precipitava-se. Não ousava abrir os olhos, cruzar com os de Patrick acima dele. Com muita calma, Patrick disse "schhh", como se acalmasse um animal indócil, e as palmas de sua mão pesaram um pouco mais sobre o peito de Nicolas, a ponta dos dedos retesadas na direção dos ombros de maneira a aproximá-los do solo, afundá-los ainda mais. Nicolas tinha a impressão de ofegar, de correr em todas as direções dentro de si mesmo, esbarrando nas divisórias, e ao mesmo tempo sabia que nada daquilo se via de fora. Seu corpo permanecia imóvel, tenso apesar dos esforços de Patrick, que ele presumia visarem relaxá-lo. Ouvia-o respirar por cima dele, com toda a calma do mundo. Pensou no boneco aberto dos postos Shell, em seu tórax--tampa que podia ser retirado para se examinar o interior. Patrick pesava sobre essa tampa, queria detectar, domesticar o que havia embaixo, mas aquilo estava um tremendo caos, era possível dizer que todos os órgãos de Nicolas, enlouquecidos, refugiavam-se o mais longe possível da parede apalpada por aquelas mãos firmes e quentes, e, não obstante, Nicolas teria preferido que elas permanecessem onde estavam. Teve dificuldade para reprimir um gemido quando elas relaxaram a pressão, depois lentamente desfizeram o contato. A respiração de Patrick se afastou, seu joelho estalou de novo quando ele se levantou. Nicolas entreabriu os olhos, girou um pouco a cabeça para vê-lo debruçar-se sobre outra criança, recomeçar. Fechou novamente os olhos, seu corpo foi percorrido por um arrepio súbito. Será que seu pai pegara os vales no cofre-forte? Já estaria com o boneco no momento do acidente? Para tentar se acalmar, voltou a imaginar como as coisas aconteceriam, o telefone talvez prestes a tocar, no instante em que Patrick pressionava em silêncio o peito de um colega, o desenrolar da noite arrancada dos trilhos pela terrível notícia, depois a noite, o dia seguinte, e sua vida de órfão. Ao mesmo tempo, ruminava que não devia se entregar àqueles devaneios, que aquilo podia trazer desgraça. O que ele diria se o telefone tocasse efetivamente, se o que ele imaginara para ficar triste e se consolar se realizasse? Seria atroz. Seria não apenas órfão, mas culpado, terrivelmente culpado. Seria como ter matado o próprio pai. Um dia, para ilustrar seus habituais conselhos de prudência, este contara a história de um de seus ex-colegas de turma que ameaçara seu irmãozinho com um fuzil, de brincadeira, claro, sem se dar conta de que o fuzil estava carregado. Ele apertara o gatilho, e o irmãozinho recebera a bala no coração. O que aconteceria em seguida? perguntava-se Nicolas. O que fizeram com a criança assassina? Não podiam castigá-la, não era culpa dela, e já estava suficientemente castigada. Consolá-la, então? Mas como consolar uma criança que fez uma coisa dessas? O que dizer a ela? Será possível, será que seus pais conseguem tomá-la nos braços dizendo-lhe baixinho que está terminado, esquecido, que agora tudo entrará nos eixos? Não. Então o quê? Tentar mentir-lhe para que sua vida não se veja estragada, inventar uma versão menos pavorosa do acidente e aos poucos convencê-la de sua verdade? O fuzil disparou sozinho, não era mais ele quem o empunhava, ele não tem nada a ver com isso...

— Bem devagarinho — disse Patrick —, vocês vão começar a se mexer... Os pés primeiro. Façam pequenos círculos com os tornozelos... Isso... Sem pressa. Agora podem abrir os olhos.

13

Aquela noite, Nicolas subiu na lagarta.

O adulto que o acompanhava não era seu pai, mas Patrick. Tinham deixado seu irmãozinho com o pai do menino encontrado no parque de diversões. Ele usava o agasalho verde, com o capuz na cabeça, embora não chovesse, e as galochas vermelhas. Com a mão, dava-lhes até logo. O pai do menino segurava-o com a outra mão, sempre sorrindo. Não dava para ver direito seu rosto. Como Patrick sentara no fundo da cabine, Nicolas veio enfiar-se entre suas pernas compridas, cujos joelhos tocavam as divisórias de ferro. O funcionário que fazia o carrossel rodar desceu sobre eles a barra de segurança e a aferrolhou. A lagarta pôs-se em movimento. Lentamente, passou em frente ao irmãozinho que continuava a agitar a mão, depois soltou-se do solo. Subiu. Foram até o céu. A lagarta imobilizou-se. De forma brusca, desceu loucamente. Nicolas sentiu-se aspirado para dentro de um abismo, e esse abismo também eram suas próprias entranhas. Seu estômago se libertou, ele teve medo, quis rir. Tudo agora voava. A lagarta voltou a passar rente ao solo; com um silvo de trem lançado a toda velocidade, subiu de supetão. Dessa vez ele mal teve tempo de ver o estande, seu irmãozinho, as pessoas no chão, viram-se novamente, mas mais rápida, mais intensamente, projetados para o alto, novamente parados naquele instante e lugar terríveis onde de uma hora para outra viravam de ponta-cabeça. Nicolas empurrava com seus pés o solo que se precipitava a seu encontro, apertava a barra de segurança com os dedos, e Patrick também, suas duas manzorras bronzeadas emoldurando as pequenas alças. As mangas arregaçadas de seu suéter revelavam, nos antebraços, veias saltadas e retesadas como cabos. Colada em suas costas, Nicolas sentia a barriga dura de Patrick, que, no mesmo ritmo que o dele, se contraía de apreensão no limiar do vazio. Ele se contraía mais ainda, tentando lutar, no instante em que tudo virava de pernas para o ar, depois relaxava um pouco embaixo, mas a subida já tinha início, já atingiam a crista, e o horror maravilhoso da descida recomeçava. Com as coxas rígidas de Patrick apertando as suas, Nicolas mantinha os olhos fechados. Mas de súbito, imediatamente antes de chegar ao topo, ele os abriu e viu, lá embaixo, todo o parque de diversões. Pequenas silhuetas, formigas humanas deambulando no solo, a anos-luz. Enquanto isso durou, seu olhar isolou uma daquelas silhuetas, duas: um homem afastando-se de mãos dadas com uma criancinha. A lagarta já mergulhava, não se via mais nada, mas ele tinha compreendido o que se passava. Na volta seguinte, encarquilhou os olhos, congelado de horror, e o homem que levava seu irmãozinho já se distanciava. Mergulhando novamente, a lagarta ia furtá-lo à sua vista, e, na subida seguinte, não os veria mais, tinha certeza. Teriam desaparecido. Era a última vez que via, que vira seu irmãozinho, pelo menos seu irmãozinho intacto, com seus olhos, com todos os seus membros, todos os órgãos que o seu corpo continha. O que acabava de fugir sob seu olhar impotente seriam as últimas imagens que teria dele, pequena silhueta desajeitada de agasalho e galochas vermelhas, de mãos dadas com um homem de paletó jeans, e era completamente inútil gritar. Nem mesmo Patrick, contra cujo corpo ele estava colado, o ouviria, e, ainda que o ouvisse, que tivesse visto a mesma coisa, tampouco adiantaria alguma coisa. A volta da lagarta durava três minutos, não havia botão de alarme, não era possível desembarcar em movimento. Durante mais dois minutos, um minuto e meio, continuariam a rodar enquanto seu irmãozinho desaparecia por trás da cerca, e o homem de paletó jeans arrastava-o para a caminhonete onde seus cúmplices de jaleco branco o esperavam, e, quando aquilo tivesse terminado, quando eles tivessem desembarcado, de pernas bambas, seria tarde demais. Teria sido o único a ter visto? Ou Patrick também? Não, ele não vira nada, melhor que não tivesse visto nada. Na chegada, ele levantaria Nicolas de entre suas pernas, sairia da cabine se sacudindo, sorriria, repetiriam que eram os reis do petróleo. Por mais alguns segundos ele ignoraria o que havia acontecido, poderia sorrir. Nicolas desejava isso, teria dado a vida para não ter aberto os olhos, olhado para baixo, visto o que vira, para partilhar a feliz ignorância de Patrick, viver mais um minuto, com ele, num mundo do qual seu irmãozinho não houvesse desaparecido. Teria dado a vida para que aquele minuto durasse eternamente, para que sua lagarta não parasse mais. O que acabava de acontecer, o que estava acontecendo lá embaixo não existiria. Eles nunca ficariam sabendo. Não haveria mais senão isso na vida, a lagarta girando cada vez mais depressa, a força centrífuga projetando-os para o céu, para bem longe, cerrando-os um contra o outro, bem forte, e aquele buraco que se abria dentro de sua barriga, aspirava-o do interior, enchia-se por um instante, esvaziava-se novamente, abria-se cada vez mais longe, e a barriga de Patrick nas suas costas, suas coxas em torno das suas, sua respiração no seu pescoço, e o alarido, e o vazio, e o céu.

14

Foi despertado pela umidade, e também pela certeza de uma catástrofe. O lençol estava molhado, bem como a calça e o paletó do pijama. Julgando-se em casa, quase chamou chorando, mas abafou o grito a tempo. Estavam todos dormindo. Do lado de fora, o vento zunia nos pinheiros. Deitado de bruços, Nicolas não ousava se mexer. A princípio confiou que até o fim da noite os lençóis e o pijama secassem, aquecidos pelo seu corpo. Ninguém, no dia seguinte, notaria nada, a menos que subissem para olhar e cheirar o lençol. Mas ele não sentia o cheiro característico do xixi. Era um cheiro mais tênue, quase imperceptível. A consistência da poça era diferente, por sua vez, como uma cola úmida entre seu corpo e o lençol. Preocupado, enfiou lentamente uma das mãos sob seu corpo e sentiu uma coisa viscosa. Perguntou-se se sua barriga não se abrira, deixando vazar aquele líquido pegajoso. Sangue? Estava muito escuro para checar, mas imaginava uma enorme mancha vermelha estendendo-se sobre a cama, sobre o pijama azul de Hodkann. Ao menor movimento, suas vísceras se dilatariam. No entanto, um ferimento teria causado dor, e ele não sentia nenhuma em lugar nenhum. Sentia medo. Não ousava trazer a mão ao rosto, aproximá-la da boca, das narinas, dos olhos, daquela substância pegajosa, daquela secreção de água-viva que saíra de dentro dele. Sentia, no escuro, seu rosto crispar-se, seus olhos comprimirem-se de pavor ante a ideia de que lhe havia acontecido uma coisa terrível que nunca acontecera a ninguém senão a ele, uma coisa sobrenatural.

No livro que tinha "A pata do macaco", ele lera outra "história de terror", a de um rapaz que, depois de beber um elixir maluco, vê pouco a pouco seu corpo decompor-se, liquefazer-se, transformar-se num magma escuro e viscoso. Aliás, na história não é ele quem vê isso, mas sua mãe que estranha que ele não queira mais sair do quarto, não deixe mais ninguém entrar lá, exprima-se numa voz cada vez mais débil, acidentada, em breve uma espécie de sussurro incompreensível. Depois ele desiste de falar, comunica-se por meio de bilhetes passados por debaixo da porta, bilhetes cuja caligrafia também se degrada, os últimos não passando de uma garatuja alucinada num papel coberto de manchas pretas e gordurosas. E quando, no auge do terror, ela manda arrombar a porta, não resta mais no assoalho senão uma poça imunda, em cuja superfície boiam duas bolhas que foram seus olhos.

Nicolas lera aquela história com avidez, mas sem verdadeiro terror, como se o que ela contasse não o ameaçasse, e eis que lhe acontecia uma coisa similar, eis que seu corpo vazava aquele pus que o lambuzava. Era pior que um ferimento; aquilo era expelido dele. Logo seria ele.

O que os outros veriam de manhã em sua cama?

Estava com medo, medo deles, medo de si mesmo. Cogitou fugir, esconder-se, liquefazer-se sozinho, longe de todos. Estava terminado para ele. Ninguém mais o veria.

Com precaução, temendo um barulho de sucção que não aconteceu, conseguiu levantar a barriga. Empurrando lençóis e cobertores, arrastou-se até a escada, deslizou até o pé da cama. Hodkann estava de olhos fechados. Na ponta dos pés, atravessou o dormitório sem acordar ninguém. No corredor, uma luzinha laranja indicava o interruptor, mas ele não acendeu. Bem ao fundo, a janela sem postigos nem cortinas que dava para o bosque desenhava uma mancha leitosa, o suficiente para ser notada. Desceu a escada. Seus pés descalços contraíam-se no ladrilho. No andar de cima, todas as portas estavam fechadas, exceto a do pequeno escritório, de onde, pela manhã, a professora ligara para sua mãe. Entrou, viu o telefone e ruminou que, se quisesse, poderia usá-lo. Falar baixinho, no coração da noite, sem que ninguém soubesse, mas com quem? Era naquele escritório também que a professora e os monitores guardavam os documentos, os cadernos relativos à colônia de férias. Poderia tê-los examinado, na esperança de encontrar alguma coisa a seu respeito. Aproveitava as raras vezes que o deixavam sozinho em casa para bisbilhotar as coisas dos pais, a penteadeira da mãe, as gavetas do escritório do pai, sem saber ao certo o que procurava, qual segredo, mas com a obscura certeza de que encontrá-lo era para ele caso de vida ou morte e de que, se encontrasse, era melhor que seus pais não soubessem. Prestava atenção para deixar tudo no lugar, não despertar suas suspeitas. Temia ser surpreendido, que eles voltassem sem ranger a porta e a mão de seu pai se abatesse subitamente sobre seu ombro. Tinha medo, o coração quase saía pela boca.

Não se demorou no escritório, desceu ao térreo. O pijama grudava na barriga, nas coxas. A penumbra do saguão encerrava uma sala de aula fantasma, botas de neve alinhadas nos suportes. A porta de entrada estava fechada, naturalmente, mas apenas no trinco, que lhe bastou girar. Puxou o pesado batente para si, sem barulho, e viu que do lado de fora estava tudo branco.

15

A neve cobria tudo. Continuava a cair, em flocos, que o vento fazia rodopiar lentamente. Era a primeira vez que Nicolas via tamanha quantidade, e, do fundo de sua angústia, sentiu um deslumbramento. O ar gelado da noite arrebatou seu peito seminu, contrastando com o calor da casa adormecida atrás dele, como um grande animal saciado, de bafejo quente e regular. Ficou por um momento no umbral, estático, depois avançou uma das mãos, sobre a qual um floco pousou delicadamente e saiu.

Afundando os pés descalços na neve que ninguém ainda pisara, atravessou o pátio. O ônibus também parecia um animal adormecido, a mascote do chalé, encolhido de lado, dormindo de olhos abertos com seus grandes faróis apagados. Nicolas passou por ele, percorreu a trilha até a estrada, igualmente coberta de neve. Voltou-se várias vezes para ver suas pegadas, profundas e sobretudo solitárias, espetacularmente solitárias: estava sozinho do lado de fora aquela noite, sozinho a caminhar na neve, descalço, com o pijama molhado, e ninguém sabia disso, e ninguém tornaria a vê-lo. Em poucos minutos, seu rastro deixaria de existir.

Após a primeira curva, onde ficava estacionado o carro de Patrick, parou. Ao longe, por entre os galhos dos pinheiros, avistou uma luz amarela deslocando-se num plano abaixo, depois desapareceu: sem dúvida os faróis de um carro passando pela autoestrada, no vale. Quem viajava tão tarde? Quem, sem o saber, dividia com ele o silêncio e a solidão daquela noite?

Ao sair, Nicolas cogitava andar em linha reta até que suas forças o traíssem e ele caísse, mas estava com tanto frio que quase inconscientemente aproximou-se do carro de Patrick, como se de um refúgio. Com a neve nos joelhos, alcançou-o. A porta não estava trancada. Subiu no assento do motorista, puxou as pernas para debaixo de si, tentando encolher-se todo atrás do volante. O assento, ao seu contato, já estava encharcado, glacial. Enfiou uma das mãos entre a pele e o cinto, mas o líquido viscoso secara qual uma casca: o que pingava agora era apenas neve. Tiritando, manteve a mão no desvão de sua barriga, entre o umbigo e o que ele não gostava de nomear porque nenhum de seus nomes parecia-lhe o verdadeiro, nem pipi, usado algumas vezes por seus pais, nem membro, nem pênis, que lera no dicionário médico, nem pau, que ouvira na escola. Um dia, num canto do pátio de recreio, um colega botara-o para fora, demonstrando, para provocar risadas, que ele lhe obedecia. Ele se levantava quando o chamavam dizendo: "Venha, Totó, suba, Totó!" O colega agarrava-o entre dois dedos, e retesando-o como um arco, fazia-o ricochetear na barriga. Aquilo devia ter um nome, apesar de tudo, um nome de verdade, que ele viria a conhecer mais tarde.

Nicolas lembrou da história da pequena sereia, que tinha sido, ao lado de *Pinóquio*, um dos dois livros preferidos de sua infância. Havia um momento que lhe causava um efeito estranho, quando a pequena sereia, apaixonada pelo príncipe que ela vislumbrou na tempestade, sonha tornar-se humana a fim de ser amada por ele, e para isso recorre ao feitiço da bruxa. A bruxa prepara uma poção que lhe fará crescer pernas no lugar de seu rabo de peixe, e, em troca, rouba-lhe a voz. Terá de ser cortejada muda, e se fracassar, se no fim de três dias o príncipe não lhe declarar seu amor, morrerá. O momento predileto de Nicolas era a noite em que ela passava sozinha na praia, após ingerir a poção. Estava deitada na praia, com seu rabo de peixe coberto de folhas e aguardava à beira-mar, sob as estrelas brilhantes e remotas, que se operasse a metamorfose. O livro de Nicolas incluía um desenho que a mostrava nesse momento, com seus compridos e louros cabelos dissimulando os seios, e as escamas que começavam logo acima do umbigo. O desenho não era grande coisa, mas pressentia-se a incrível maciez de sua barriga, acima do rabo de peixe. Durante a noite, a pequena sereia angustiava-se, não ousava olhar sob as folhas, para onde o que ainda era ela digladiava-se com o que ela logo viria a ser. Ela sentia dor, muita dor, gemia baixinho, temendo atrair os pescadores, que, mais adiante na praia, conversavam ao pé de sua fogueira, consertando redes. Bem baixinho, só para si, tentava cantar a fim de ouvir a própria voz pela última vez. O dia raiava, e ela sentia claramente que a luta chegara ao fim, que o feitiço consumava sua obra. Percebia que sob as folhas havia outra coisa, que o que ela havia sido se tornara outra coisa. Amedrontada, sua alma estava profundamente triste, sua voz já se apagara no fundo da garganta. Às apalpadelas, deslizava as mãos ao longo do corpo, e ali, abaixo do umbigo, onde desde o seu nascimento começavam as escamas da pele, a maciíssima pele continuava. Nada abalava tanto Nicolas como aquele momento, sucinto no livro mas que ele podia passar horas inteiras a imaginar, em que as mãos da pequena sereia descobriam suas pernas. Deitado todo encolhido, com as cobertas puxadas até em cima, brincava antes de dormir de ser a pequena sereia e com as próprias mãos percorria suas coxas, a pele macia das virilhas, tão macia que a ilusão era possível, que podia acreditar estar tocando as da pequena sereia, as panturrilhas, os tornozelos, os tão finos e graciosos tornozelos da pequena sereia, e novamente, como imantados, eles subiam, a pequena sereia e ele, para as virilhas, onde as mãos se aqueciam, e era tão doce, tão triste aquela sensação que ele desejava que durasse para sempre, e começava a chorar.

Agora não conseguia chorar, sentia muito frio, mas era ainda mais como na história. Não estava deitado em sua cama, mas sozinho do lado de fora, sob as estrelas brilhantes e frias, cercado por neve brilhante e fria, e tão longe de todos, tão longe de qualquer ajuda quanto a pequena sereia, que ao amanhecer compreendia que não fazia mais parte dos habitantes do mar e não faria parte dos homens, jamais. Estava sozinha, sim, completamente sozinha, sem outro socorro senão seu próprio calor e a maciez de sua barriga em torno da qual ela se enroscava, onde permanecia refugiada, batendo os dentes, soluçando de medo e tristeza, já sabendo que perdera tudo e nada receberia em troca. Ouvir a própria voz a teria reconfortado, mas ela não tinha mais voz, isso também terminara, e Nicolas compreendeu que seu destino seria igual. Ninguém mais ouviria sua voz. Ele morreria de frio durante a noite. Seu corpo seria encontrado pela manhã, azulado, enrijecido por uma fina partícula de gelo, prestes a rachar. Provavelmente seria Patrick quem o descobriria, tiraria do carro carregando-o nos braços e tentaria reanimá-lo fazendo respiração boca a boca, mas em vão. Seria Patrick também quem fecharia seus olhos esgazeados pelo sofrimento e o pavor. Não seria fácil, as pálpebras congeladas se recusariam a descer, todo mundo teria receio de enfrentar o olhar apavorado do garotinho morto, mas Patrick encontraria a solução. Com a ponta de seus dedos bronzeados e precisos, saberia relaxar, abaixar suavemente as pálpebras, e seus dedos se demorariam no rosto doravante sem olhar, apaziguado.

Seus pais teriam de ser avisados. Toda a escola acompanharia seu enterro.

Enquanto imaginava seu desenrolar e extraía disso um pouco de reconforto, um galho raspou no vidro do carro e o medo invadiu-o novamente. Menos de um animal que de um assassino rondando o chalé à noite, disposto a fazer picadinho das criancinhas que tivessem a imprudência de se afastar, de abandonar o generoso calor do animal adormecido. Voltou a pensar no carro, cujos faróis avistara na estrada principal, abaixo do ponto onde se encontrava, no viajante que, solitário, aquela noite, velava com ele, e ficou à espreita de um barulho, do estalo aveludado de um passo sobre a neve. Suas mãos aninhavam-se entre suas coxas, cujo tremores ele não controlava, uma delas apertando aquela coisinha que não tinha nome, e ele não chorava, mas seu rosto contraía-se de terror, ele abria a boca para gritar sem produzir um som, comprimia os olhos, compunha uma máscara de terror atroz para que só de vê-lo aqueles que o encontrassem compreenderiam o que ele padecera antes de morrer, a poucos metros dali, na neve e na noite, enquanto todos eles dormiam.

16

Todo seu corpo tremia, levemente, e ele não se dava conta. Não perdera a consciência, mas os pensamentos não conseguiam mais circular pelos canais de seu cérebro invadido pelo vapor congelado. Às vezes parecia um peixe inerme, atordoado, que das profundezas escuras e calmas subia à superfície, aproximava-se da película de gelo que a recobria e, antes de voltar a desaparecer, abocanhado pela escuridão, deixava um pequeno vestígio, uma piscadela, o rastro de espuma logo apagado de uma perplexidade: então, morrer era isso. Mergulhar assim, lentamente, no torpor, no gelo, até o lugar calmo, negro e profundo onde em breve não haveria mais Nicolas, nem corpo para tremer, nem consolação a esperar, nem mais nada. Não sabia mais se os seus olhos estavam abertos ou fechados. Sentia o contato do volante na testa, mas não via nada, nem o forro da porta, nem o lado de fora, nem o fim da estrada coberta de neve ou os pinheiros que o vidro emoldurava. Num dado momento, entretanto, um raio de luz fustigou suas pálpebras. Mexia, mudava de direção. Nicolas pensou fugazmente no viajante noturno, depois num gigantesco peixe das profundezas que evoluía à sua volta, envolvendo-o com sua aura fosforescente. Gostaria de descer, descer cada vez mais longe junto com o peixe para as grandes profundezas, para fugir do viajante, não ver seu rosto. Quase berrou quando o facho da lanterna cegou-o, quando a porta se abriu. Um vulto escuro debruçou-se por cima dele, e seu grito imobilizou-se na garganta. Uma mão tocou-o, uma voz falou:

— Nicolas, ora, Nicolas, o que está acontecendo?

Ele reconheceu aquela voz e então seu corpo inteiro relaxou, seus músculos, seus nervos, seus ossos, seus pensamentos, tudo começou a escoar, escoar infindavelmente, qual lágrimas, enquanto Patrick soerguia-o nos braços.

Possivelmente reabriu os olhos, pois lembrava-se da porta do carro aberta atrás deles enquanto Patrick fazia o caminho de volta carregando-o. Preocupado em tirá-lo dali, esquecera-se de fechá-la, e a imagem daquela porta batendo ao vento como uma barbatana estropiada na lateral do carro gravara-se na retina de Nicolas. Mais tarde, para fazê-lo rir, Patrick e Marie-Ange disseram-lhe que, enquanto o massageavam, ele não parara de falar daquela porta, de dizer que tinham que voltar lá para fechá-la. Todos se perguntavam se ele sobreviveria, e ele, sua única preocupação era que a porta do carro não ficasse aberta na estrada durante a noite.

Em seguida fez-se a luz, o semblante de Patrick e o de Marie-Ange, suas vozes repetindo seu nome. Nicolas, Nicolas. Ele estava com eles, suas mãos quentes percorriam seu corpo, massageavam-no, envolviam-no e não obstante eles o chamavam como se ele estivesse perdido numa floresta e eles participassem de uma operação de busca para encontrá-lo. Ele jazia no fundo de um bosque, ferido, esvaindo-se em sangue, e ouvia ao longe suas vozes apreensivas, Nicolas, Nicolas, onde você está, Nicolas?, e ele era incapaz de responder. De quando em quando, passos faziam as folhas ranger, eles passavam rente a ele, mas não sabiam disso e ele não conseguia se fazer ouvir, eles já se afastavam, prosseguiam as buscas em outra parte da floresta. Patrick, mais tarde, pegou-o novamente nos braços e subiu a escada carregando-o. Deitaram-no, puseram sobre ele cobertores pesados, sustiveram sua cabeça para que ele bebesse alguma coisa bem quente que lhe provocou uma careta, mas a voz de Marie-Ange insistiu, disse que era bom, que ele precisava, inclinaram o copo e o líquido pelando escorreu para dentro de sua boca. Ele começava a sentir seu corpo novamente, percorrido por calafrios tão vastos e demorados que se tornavam voluptuosos. Ele se movia sob os cobertores, como um grande peixe dando rabanadas em câmera lenta. Conservava os olhos fechados, não sabia para onde havia sido transportado, apenas que estava em local seguro, que estava agasalhado, que cuidavam dele, que Patrick viera salvá-lo da morte e o carregara nos braços até aquele calor e aquela segurança. As vozes ao redor haviam se tornado murmúrios, esfregavam um pano um pouco áspero em sua boca. Seu corpo continuava a se agitar, descrevendo lentíssimos sobressaltos que findavam na sola dos pés, demorando-se ali como se quisessem ter ido mais longe, esgarçá-lo ainda mais. Ele encolhia-se todo num canto da cama, refugiava-se sob o cobertor como se dentro de uma gruta, e o outro lado da cama parecia ter-se afastado infinitamente, subido também. Fazia uma sombra como uma duna gigante, subindo bem alto no céu e vinha morrer sob seu rosto. Pelo declive imensurável dessa duna descia uma bola preta. No início não passava de uma manchinha, quando deixava o topo, mas se tornava cada vez maior ao degringolar, enorme. Nicolas pressentia que ela ocuparia todo o espaço, que ele só teria ela e que ela o esmagaria. Ao se aproximar, ela produzia um zumbido cada vez mais intenso, Nicolas sentia medo, mas logo percebeu que era capaz de fazer a bola preta recuar a seu bel-prazer, de uma tacada despachá-la de volta para o topo, fadada a uma nova descida que ele saberia novamente interromper antes de ser esmagado. Imediatamente antes: todo o prazer era deixá-la chegar o mais perto possível, escapando o mais tarde possível.

17

Sentia-se quente, pelando, todo encolhido. Estava acordado, mas adiava o momento de abrir os olhos para prolongar aquele calor, aquele bem-estar. O interior de suas pálpebras estava alaranjado. Um ligeiro zumbido, apaziguador, talvez viesse de seus ouvidos, talvez de uma máquina de lavar, em algum lugar no chalé. Por trás da escotilha, a roupa girava retorcendo-se lentamente na água superquente. Os joelhos de Nicolas tocavam seu queixo, a mão que apertava as cobertas apoiava-se nos lábios. Sentia as articulações dos dedos, o calor seco. Sua outra mão devia estar em algum lugar dentro da cama, na profundeza quieta e quente onde seu corpo se enroscava. Quando finalmente abriu os olhos, a luz estava quente também. Haviam puxado as cortinas, mas o sol, por trás, afogava-se numa penumbra alaranjada, pintalgada por pontinhos luminosos. Ele reconheceu a mesa, o abajur, compreendeu que o haviam instalado no escritório onde ficava o telefone. Emitiu um pequeno gemido, para ouvir-se, depois outro, mais alto, para saber se havia alguém por perto. Passos se aproximaram pelo corredor. A professora sentou na beirada da cama. Com uma voz mansa, aplicando a mão em sua testa, perguntou se estava se sentindo bem, se não sentia dor em lugar nenhum. Sugeriu abrir as cortinas, e os raios do sol invadiram alegremente o recinto. Em seguida, ela foi procurar um termômetro. Nicolas sabia tirar a própria temperatura? Ele balançou a cabeça, pegou o termômetro que ela lhe estendia e o fez desaparecer sob as cobertas. Às apalpadelas, ainda todo encolhido, ele abaixou a calça do pijama e guiou o termômetro até o meio das nádegas. O contato era frio, teve dificuldade para encontrar o orifício, mas alcançou-o e balançou novamente a cabeça quando a professora perguntou se tudo bem. Esperaram um momento, ela continuava a acariciar sua testa, então um sinalzinho sonoro ressoou sob as cobertas. A professora disse que estava bom e o termômetro retornou às suas mãos.

— 39,4° — ela leu. — Você precisa de repouso.

Em seguida perguntou-lhe se queria comer alguma coisa, não, ele respondeu, e beber, precisamos tomar líquido quando estamos com febre. Nicolas bebeu, depois mergulhou de novo no calor, no suave e formigante torpor da febre. Ele voltou a brincar com a bola preta. Mais tarde, foi despertado pela campainha do telefone. A professora chegou tão rápido que parecia estar esperando no corredor. Falou alguns minutos, abaixando a voz e olhando para Nicolas com um sorriso, depois, tendo desligado, sentou-se de novo na beirada da cama para tirar novamente sua temperatura, dar-lhe mais alguma coisa para beber. Com tato, perguntou se já lhe acontecera de sair andando à noite, sem se dar conta. Ele disse que não sabia e ela apertou sua mão como se essa resposta bastasse, com o que Nicolas ficou ao mesmo tempo surpreso e aliviado. Ainda um pouco mais tarde, ouviu o motor do ônibus no pátio, e, no térreo, a alegre algazarra da turma voltando da aula de esqui. Houve tropéis na escada, chasqueadas, risadas. A professora pediu que não fizessem muito barulho porque Nicolas estava doente. Ele sorriu, fechou novamente os olhos. Gostava de estar doente, com febre, de rechaçar a grande bola preta no momento em que ela rolava sobre ele para esmagá-lo. Gostava daqueles barulhos inusitados, zumbidos, chiados, que não sabia se vinham de fora ou de dentro de seu corpo. Gostava de que cuidassem dele sem nenhuma exigência, salvo a de que tomasse alguns remédios. Passou um dia maravilhoso, ora deixando-se mergulhar na sonolência habitada da febre, ora desfrutando de estar acordado, imóvel, ouvindo de sua cama o alvoroço do chalé sem ser obrigado a dele participar. Na hora da refeição, embaixo, foi a vez do retinir metálico dos talheres, dos pratos sendo empilhados, das vozes agudas que se sobrepunham, das risadas, das ameaças pouco sérias dos monitores e da professora. Esta subia para vê-lo de hora em hora, e Patrick também subiu uma vez. Assim como ela, ele apalpou sua testa e disse que ele era realmente uma peça rara. Nicolas gostaria de lhe agradecer por ter salvado sua vida, mas temeu que entre reis do petróleo aquilo soasse falso, por demais sentimental, e se calou. Anoiteceu, a professora disse a Nicolas que ligaria para a mãe dele. Já telefonara de manhã, enquanto ele dormia, e agora precisava dar notícias. Ele poderia falar com ela, se quisesse. Nicolas deu um suspiro lânguido, querendo dizer que se sentia fraco demais para isso, e apenas ouviu o que a professora falava. Que ele estava com uma febre alta, que naturalmente era uma lástima para ele, mas que não, não valia a pena mandá-lo de volta para casa. Aliás, não havia ninguém para levá-lo. Em seguida, falou de sonambulismo. Disse que aqueles casos não eram raros, mas que era curioso não terem notado nada até o momento. Pela série de respostas, Nicolas compreendeu que sua mãe protestava: ele nunca tivera crise de sonambulismo. A insistência que ela empenhava em defender isso, como se falassem de uma doença indecorosa pela qual pudessem responsabilizá-la, desagradou a Nicolas. Estava muito contente que a professora atribuísse a história da noite anterior ao sonambulismo. Assim, não tinha de se explicar. Não era culpa sua, não dependia de sua vontade. Deixavam-no tranquilo. "Eu gostaria de lhe passar o Nicolas..." sugeriu a professora. Diante de sua careta súplice, apressou-se em acrescentar: "... mas ele está dormindo agora", e Nicolas dirigiu-lhe um sorriso de gratidão antes de se enroscar novamente dentro da cama, serpenteando todo o seu corpo, enfiando o rosto no travesseiro e rindo sozinho, dessa vez consigo mesmo.

18

Nicolas dormiu bem, e o dia seguinte foi de uma felicidade perfeita. De manhã, Patrick entrou no escritório e com seu sorriso cúmplice de rei do petróleo declarou que já tinha monopolizado demais a professora: com toda a neve que caíra, ela não podia nem pensar em faltar novamente ao esqui, e, como não iam deixá-lo sozinho no chalé, ele também iria. Nicolas, receando que o obrigassem a esquiar, quis dizer que não se sentia bem, mas Patrick já começara a vesti-lo, isto é, a colocar sobre seu pijama várias camadas de agasalhos que, ele disse rindo, lhe davam o aspecto de um boneco da Michelin. Depois disso: "Última camada!", anunciou, e, deitando o boneco na cama, puxou sobre ele o cobertor, fez uma trouxa e ergueu o embrulho, do qual saíam apenas os olhos de Nicolas. Assim carregado, desceu a escada e fez sua entrada no salão, onde a turma, já livre do café da manhã, preparava-se para partir. "Olha a trouxa de roupa suja!", brincou Patrick, e Marie-Ange caiu na risada. Os demais fizeram um círculo em torno deles. Nos braços de Patrick, Nicolas tinha a impressão de estar trepado numa árvore para escapar de uma horda de lobos. Eles podiam até rosnar, espumar, arranhar o tronco, achava-se em segurança no galho mais alto. Observou que Hodkann não fazia parte do círculo de lobos, mas lia, um pouco afastado, sem parecer se interessar pela situação. Fazia dois dias que não se falavam.

No ônibus, Patrick confeccionou para ele uma espécie de colchãozinho, usando dois assentos e um grande travesseiro. Marie-Ange disse que ele parecia um verdadeiro paxá e que Patrick ia deixá-lo mal-acostumado, se continuasse. Os colegas, atrás, caçoavam um pouco, mas Nicolas fingia não ouvi-los.

— E agora, ao boteco! — disse Patrick quando chegaram ao vilarejo. Pegou-o novamente nos braços, ainda enrolado no cobertor, e o carregou assim até o café do lugar, situado abaixo das pistas. Após conversar com o dono, um homem gordo e bigodudo, acomodou Nicolas confortavelmente num banco perto da janela. Dali, através de uma sacada de madeira esculpida representando pinheiros, tinha-se a vista da pequena rampa onde se desenrolavam as aulas dos iniciantes. As crianças já calçavam seus esquis, agitavam seus bastões, Marie-Ange e a professora pareciam atarefadas, e Nicolas, exultante por escapar de tudo aquilo. Patrick deixou-lhe um monte de gibis antigos, não muito interessantes mas que o entreteriam, e perguntou o que o cavalheiro desejava beber.

— Dê-lhe um vinho quente — disse o dono do café, sorridente —, assim ficará bom mais depressa!

Patrick pediu um chocolate, depois despenteou o cabelo de Nicolas e saiu. Passando por trás da janela, juntou-se ao grupo. Todos voltavam-se para ele com confiança. Como se apenas ele pudesse resolver todos os problemas, fixações defeituosas, luvas perdidas, calçados mal-fechados, e tudo isso sorrindo, na base da gozação.

Nicolas permaneceu no café as três horas de duração da aula de esqui. Não havia ninguém, afora ele. O dono punha as mesas para o almoço, indiferente. Nicolas sentia-se bem, afundado no seu travesseiro, enfaixado no cobertor como uma múmia. Nunca se sentira tão bem na vida. Desejou que sua febre durasse o suficiente para que amanhã fosse igual e depois de amanhã, e todos os outros dias da colônia de férias. Quantos ainda? Já passara três noites no chalé, ainda faltavam dez. Dez dias para ficar doente, dispensado de tudo, transportado por Patrick dentro das cobertas, seria maravilhoso. Indagou-se como fazer para preservar a febre, que já sentia baixar. Seus ouvidos não zumbiam mais, tinha de fazer um esforço para sentir calafrios. De vez em quando, gemia baixinho, como se tivesse perdido um pouco a consciência e novamente agisse à revelia de sua vontade. Talvez, agora que o consideravam sonâmbulo, pudesse sair novamente à noite, a fim de fomentar sua doença e a preocupação que causava nos outros.

Vinha bem a calhar aquela história de sonambulismo. Temera censuras, e eis que, graças àquela explicação, não o repreendiam por nada, sequer faziam perguntas. Na verdade, pareciam sentir pena dele. Ele sofria de uma doença misteriosa, não se sabia nem quando aquilo poderia se repetir nem como impedi-lo: de fato, vinha muito bem a calhar. A despeito da desconfiança de seus pais, a professora os convenceria. Nicolas é sonâmbulo, murmurariam em casa. Aliás, não diriam isso na frente dele: quando uma criança adoece gravemente, não se toca no assunto na sua frente. Em que medida aquilo era grave, ser sonâmbulo? Deixando de lado as vantagens que, de sua parte, via na coisa, quais seriam os reais inconvenientes? Ouvira dizer que era muito perigoso acordar um sonâmbulo durante uma crise. Mas perigoso como? Para quem? O que podia acontecer? Correria o risco de morrer, ou enlouquecer, querer estrangular quem o despertara? Se fizesse uma coisa grave, terrível, durante uma crise, seria culpa sua? Com certeza que não. Outra vantagem do sonambulismo é a dificuldade de se flagrar um impostor. Para dizer-se gripado, é preciso uma febre, que pode ser comprovada, ao passo que, se Nicolas se pusesse a andar todas as noites, com as mãos esticadas para a frente e o olhar ausente, talvez suspeitassem de que ele fingisse para chamar a atenção ou, sob esse pretexto, cometer atos proibidos, mas na dúvida não poderiam acusá-lo por eles. A menos, claro, que existissem técnicas especiais. Com certa inquietude, Nicolas imaginava seu pai retirando do porta-malas do carro um aparelho com mostradores e ponteiros, um capacete com o qual lhe cingiriam a testa, e que, se ele se levantasse à noite, provaria irrefutavelmente que estava de posse de todas as suas faculdades, que era responsável por seus atos e procurava enganar os que o cercavam.

Desde que Nicolas se adoentara, ninguém mais falara de seu pai. No primeiro dia, aguardaram o seu retorno, ou pelo menos notícias suas por telefone. Isso parecia óbvio, uma vez que todos tinham como certo que ele abriria o porta-malas e veria sua mochila. Mas como ele não dera sinal de vida, haviam simplesmente deixado de contar com ele e de se perguntar quando chegaria. Se, como Nicolas pensara, aquele silêncio significava que ele sofrera um acidente, todos teriam sabido. Três dias atrás ele teria sido encontrado na ribanceira da estrada. Sua mãe teria sido avisada e por conseguinte ele também. Ainda que houvessem decidido adiar o momento de lhe avisar, ele teria certamente percebido pela atitude dos outros que acontecera alguma coisa de grave. Mas não. Curioso: aquele enigma e o fato de todo mundo ter rapidamente se desinteressado por ele, parecesse não mais percebê-lo. Até Nicolas, na falta de hipóteses, esquivava-se também. Esperava apenas que seu pai não voltasse, que a colônia de férias continuasse daquela forma, todos os dias iguais àquele dia, e que sua febre perseverasse. Olhava para o lado de fora, através do vidro embaçado e dos pinheiros esculpidos. No suave declive, Patrick fincara balizas a serem contornadas pelos meninos. Alguns já sabiam esquiar e zombavam dos que não sabiam. Maxime Ribotton descia de bunda. Nicolas sentia-se agasalhado. Fechava os olhos. Estava ótimo.

19

Os policiais usavam suéteres azul-marinho com peliças nos ombros, mas nem casaco nem sobretudo, e o primeiro pensamento de Nicolas, encolhido dentro do cobertor, foi que deviam estar com um frio terrível. Uma corrente de ar glacial penetrara no café quando eles empurraram a porta, esperava-se ver um turbilhão de neve em seus calcanhares. O dono descera ao porão por um alçapão situado atrás do balcão e passou-se quase um minuto antes que o barulho dentro da sala o fizesse subir novamente, de maneira que Nicolas achou que devia receber os recém-chegados. Em outras circunstâncias, esse papel o teria assustado, mas a febre e principalmente o fato de ser reconhecido como sonâmbulo davam-lhe a audácia de quem se sente antecipadamente absolvido, livre das consequências de seus atos. Do seu canto, bem alto, disse:

— Bom dia!

Os policiais, ocupados em espanar a neve de suas botas, não haviam notado sua presença e procuraram com os olhos quem falara, como se esperassem descobrir pendurado em algum lugar o poleiro de um papagaio. Por um instante Nicolas julgou que havia se tornado invisível. Para ajudá-los, mexeu-se um pouco. O cobertor escorregou sobre seus ombros. Então, os dois o perceberam ao mesmo tempo, entregue às baratas junto à janela embaçada. Trocaram um rápido olhar, quase alarmado, e se acercaram imediatamente dele. Apesar da febre e do sonambulismo, Nicolas receou ter feito uma tolice, ter se atirado na boca do lobo, talvez estar lidando com falsos policiais. De pé acima dele, eles o divisaram sem falar nada, entreolhando-se novamente. O mais alto balançou a cabeça e o outro dirigiu-se finalmente a Nicolas para lhe perguntar o que fazia ali. Nicolas explicou, mas percebia que, passado o curto momento de alerta do qual ele acabava de ser a causa, sua resposta não os interessava mais tanto assim.

— Ora, então você não está completamente sozinho — concluiu o mais alto, aliviado.

Nesse momento, o dono do café surgiu do alçapão. Os policiais deixaram Nicolas para encontrá-lo no balcão. Estavam preocupados; uma criança da aldeia de Panossière, a poucos quilômetros dali, havia desaparecido. Fazia dois dias que a procuravam em vão. Nicolas compreendeu a expectativa dos policiais ao verem-no e pensou que de certa maneira tinha sido por muito pouco: dois dias, isso significava que a criança desaparecera no momento em que ele próprio quase desaparecera também.

Menor, lera as aventuras do Clube dos Cinco e do Clã dos Sete, e se lembrava de algumas que começavam assim: um dos meninos-detetives, surpreendendo uma conversa entre adultos, farejava um mistério que o bando esclarecia em seguida. Ele se imaginava passando à frente dos investigadores, encontrando o menino desaparecido e levando-o para a delegacia dizendo com um ar modesto que não tinha sido muito difícil: bastava refletir, e depois tivera sorte. Subindo a voz para não falar fino, perguntou a idade da criança. Os policiais e o dono do café, admirados, voltaram-se para ele.

— Nove anos — respondeu um dos policiais —, e o nome dele é René. Não o viu por acaso?

— Não sei — disse Nicolas —, não têm uma foto dele?

O policial parecia cada vez mais admirado de ver Nicolas assumir as rédeas da investigação, mas respondeu com docilidade que, justamente, tinha cartazes de busca que acabavam de imprimir para afixá-los pela região. Tirou do embornal um maço de cartazinhos, que mostrou a Nicolas.

— Isso lhe diz alguma coisa?

A fotografia era em preto e branco, uma fotocópia de segunda. Via-se entretanto que René tinha os cabelos louros, cortados em cuia, e usava óculos; seu sorriso revelava dentes da frente bastante afastados, a menos que estivesse faltando um. O texto esclarecia que da última vez em que fora visto usava um agasalho vermelho, uma calça comprida de veludo bege e botas de neve novas da marca Yeti. Nicolas examinou o cartaz com bastante vagar, sentindo pesar sobre si os olhares intrigados dos policiais, provavelmente divididos entre o fastio diante daquele garoto que bancava o importante e a ideia de que não convinha menosprezar nenhuma pista. Ele sinalizou que não, não o vira. O policial quis recuperar seu cartaz, mas Nicolas sugeriu afixá--lo no chalé, onde sua turma se hospedava. O policial deu de ombros.

— No ponto em que estamos, por que não? — disse seu colega, recostado no balcão, e Nicolas pôde conservar sua presa.

O dono do café, a quem toda essa movimentação aborrecia visivelmente, disse que devia ser uma escapada, nada de muito grave.

— Tomara que sim — disse um dos policiais.

O outro, o que se mantinha em frente ao balcão, suspirou:

— Pois comigo esse tipo de cartazes me deixa doente. Porque aqui você vê apenas um, quando ainda são boas as probabilidades de encontrarmos o guri. Mas na delegacia temos um painel inteiro, e há uns que datam de vários anos. Três anos. Cinco anos. Dez anos. Procuramos, e depois, com o tempo, infalivelmente, paramos de procurar. Não sabemos nada. Os pais não sabem nada. Talvez continuem a alimentar esperanças, em todo caso pensam nele o tempo todo. Vocês conseguem imaginar? Em quem pensar quando acontece uma coisa dessas?

O policial começara a falar com uma voz rouca, estudando a foto e balançando a cabeça como se de uma hora para outra fosse arremetê-la violentamente contra o balcão. Seu colega e o dono pareciam constrangidos diante daquele surto de emoção.

— É duro, sim... — reconheceu o dono, pretendendo mudar de assunto.

Mas o policial balançou novamente a cabeça e continuou:

— O que os pais podem se dizer, hein? Que seu guri morreu? Que foi melhor ele ter morrido? Ou então que mora em algum lugar, que cresceu? Topamos com descrições desse tipo, agasalho, botas de neve, altura 1,12m, peso 31 quilos, e depois vemos a data, já se vão sete anos. Sete anos que o guri mede 1,12m e pesa 31 quilos. O que significa isso?

O policial quase explodiu em soluços, mas recobrou-se. Suspirou profundamente, como que para se esvaziar, desculpar-se junto aos demais, depois, no tom de quem diz: "Acabou, passou, não se preocupem", repetiu lentamente:

— Porra, o que significa isso?

20

A febre de Nicolas baixara, na verdade não estava mais doente, mas continuava a agir, conforme seu anseio, como se assim devesse permanecer até o fim da colônia de férias, como se, uma vez escolhido aquele lugar, fosse mais cômodo para todo mundo que ele o conservasse. Não tentavam sequer justificar sua quarentena tirando sua temperatura ou dando-lhe remédios. Simplesmente, a professora e os monitores pareciam ter esquecido que ele poderia ter tido aulas de esqui como os demais, comido na mesa como eles e dormido num dormitório. Quando entravam no pequeno escritório que de dois dias para cá lhe servia de quarto, viam-no deitado no sofá, embrulhado no cobertor, mergulhado num livro ou o mais das vezes divagando, e todos, a telefonar ou procurar papéis, sorriam-lhe, dirigiam-lhe algumas palavras gentis como se a um animal de estimação ou a uma criança muito menor do que ele era. Deixavam a porta entreaberta. Às vezes, um aluno passava a cabeça, perguntava como ele se sentia, se precisava de alguma coisa. Essas visitas eram breves, sem hostilidade mas sem propósito. Hodkann não passou para vê-lo.

Na tarde seguinte à passagem dos policiais pelo café, por exemplo, Lucas deu uma passada para ver Nicolas, que o reteve e lhe pediu um favor: Hodkann precisava vir visitá-lo; queria conversar com ele. Lucas prometeu executar a missão e desceu ao térreo, de onde provinham barulhos secos de corpos em queda. Patrick ministrava à turma uma aula de iniciação ao caratê.

Nicolas esperou até tarde, em vão. Seria Hodkann que não queria vir ou Lucas não transmitira o recado? Veio a hora do jantar, depois a de dormir. Houve a algazarra de sempre, parecia não ter fim, então reinou a calma. Do salão, subiam, sem que fosse possível distinguir o que diziam, as vozes dos monitores e da professora, que conversavam tomando chá e fumando um cigarro, segundo o hábito adquirido antes de chegar a vez de irem dormir. Então Hodkann entrou no escritório.

Não fizera barulho e surpreendeu Nicolas. Antes que ele pudesse arquitetar alguma coisa, Hodkann estava de pé à sua frente, de pijama, e olhava para ele com dureza. A expressão de seu rosto dizia que não estava acostumado a ser convocado daquela maneira por um borra-botas e que esperava não ter sido incomodado à toa. Ele não dizia nada, cabia a Nicolas falar primeiro. Este também preferiu manter o silêncio e tirou de debaixo do travesseiro o cartaz de busca, que desdobrou para mostrar a Hodkann. A pequena luminária de cabeceira espalhava no aposento uma luz suave, alaranjada, e um zumbido quase imperceptível, possivelmente da lâmpada. Continuavam a ouvir, embaixo, o rumor uniforme das vozes de adultos, do qual às vezes se destacava a risada vigorosa de Patrick. Hodkann examinava o cartaz sem pressa. Uma espécie de duelo havia começado, perderia quem falasse primeiro, e Nicolas compreendeu que era preferível que fosse ele.

— Havia policiais no café hoje de manhã — ele disse. — Estão atrás dele há dois dias.

— Sei disso — respondeu friamente Hodkann. — Vimos o cartaz no vilarejo.

Nicolas sentiu-se desamparado. Julgava comunicar um segredo a Hodkann, e todos já estavam sabendo. Nos dormitórios, só deviam falar disso. Gostaria que Hodkann lhe devolvesse o cartazinho: era seu único bem, o único trunfo que possuía a mais que os outros naquele caso, e começara estupidamente por desfazer-se dele. Agora, Hodkann perguntaria por que ele o mandara chamar, o que tinha a lhe dizer, e Nicolas já dissera tudo. Só lhe restariam a ira de Hodkann, o terrível desdém de Hodkann. Ele observava Nicolas por cima do cartazinho com a expressão fria e atenta que não abandonara desde que entrara. Parecia capaz de permanecer horas assim, sem se cansar do mal--estar que provocava em sua vítima, e Nicolas achou que não suportaria aquela tensão.

Então, à sua maneira imprevisível, Hodkann desanuviou. Seu semblante relaxou, ele sentou sem cerimônia na beirada da cama, ao lado de Nicolas, e disse:

— Tem uma pista?

Subitamente, o bloco de hostilidade se derretera. Nicolas não tinha mais medo, ao contrário, sentia em Hodkann uma cumplicidade confiante, sussurrante, com que ele sonhara muitas vezes e que unia os membros do Clube dos Cinco. À noite, à luz de uma lanterna, enquanto todo mundo dormia, tentavam solucionar um terrível mistério.

— Os policiais acham que é uma escapada — começou.

— Enfim, esperam...

Hodkann sorriu com uma ironia afetuosa, como se conhecesse bem o seu Nicolas e soubesse o caminho pelo qual arrastá-lo.

— E você — completou —, você não acredita nisso. — Deu uma espiada no cartaz, ainda desdobrado no seu colo. — Você acha que ele não tem cara de fujão.

Nicolas não pensara nesse argumento, via claramente sua fragilidade, mas, não dispondo de outro, aquiesceu. Hodkann aceitara sua oferta de se lançar à procura de René pelas trilhas do mistério, e ele já se via descobrindo passagens secretas a seu lado, explorando subterrâneos úmidos, juncados de ossadas, e, como não tinham nenhuma pista para começar, era preferível não bancarem os difíceis. Teve uma ideia súbita, que o fascinou. Seu pai bem que lhe dissera para nunca trazer o assunto à baila, para não trair a confiança que nele haviam depositado os diretores de clínica, mas Nicolas não ligava: Hodkann e René mereciam.

— Tenho uma ideiazinha — arriscou —, mas...

— Fale — ordenou Hodkann, e Nicolas, sem se fazer de rogado, contou a história dos traficantes de órgãos que raptavam crianças para mutilá-las. Na sua opinião, tinha sido isso que acontecera a René.

— E o que o leva a pensar assim? — perguntou Hodkann, num tom que não exprimia dúvida, mas, ao contrário, um vivo interesse.

— Não é para contar a ninguém — explicou Nicolas —, mas na noite em que eu saí, não era uma crise de sonambulismo. Eu não estava conseguindo dormir e, num certo momento, da janela do corredor, vi luz no estacionamento. Um homem passeava com uma lanterna. Aquilo me pareceu estranho, então desci. Eu me escondi, depois segui ele até uma caminhonete que estava parada na estrada. Era uma caminhonete branca, exatamente como aquelas em que eles escondem suas mesas de cirurgia. O homem entrou, arrancou. Os faróis estavam apagados, ele nem ao menos ligou o motor, mas começou a descer a estrada na banguela, para não fazer barulho. Aquilo pareceu suspeito, você pode imaginar. Voltei a pensar nessa história de tráfico de órgãos e achei que eles deviam estar rondando o chalé, para o caso de alguém sair sozinho...

— Você escapou de boa, se for assim — murmurou Hodkann.

Nicolas sentia-o cativado, deleitava-se com o novo papel que desempenhava. Aquilo ocorrera-lhe de repente, estava improvisando, mas já toda uma história tomava corpo à sua frente, tudo que se passara nos últimos dias encontrava uma explicação, a começar pela própria doença. Lembrou-se de um livro em que o detetive fingia estar doente também, delirante, para driblar a desconfiança dos malfeitores e vigiá-los de rabo de olho. Era exatamente o que ele, por sua vez, fazia havia dois dias. Nesse livro, o assistente do detetive, cheio de recursos mas de toda forma menos inteligente que ele, prosseguia sozinho a investigação, dando o melhor de si, julgando seu chefe na pista certa. Para concluir, o chefe tirava a máscara e confessava a trapaça, ficando claro que, de sua cama, chegara muito mais perto da solução do mistério que o assistente ao multiplicar perseguições e interrogatórios. Exaltado com sua história, Nicolas chegava a julgar plausível essa distribuição de papéis entre Hodkann e ele, e o mais espantoso é que Hodkann também parecia aceitá-la. Ambos imaginavam os traficantes de órgãos à espreita no chalé, aquele imenso manancial de fígados, rins, olhos, corpos frescos, esperando a oportunidade que não chegava e atacando uma criança da aldeia vizinha, o pequeno René, que tivera o azar de passar sozinho por aquelas paragens. Isso se sustentava. Sustentava-se terrivelmente.

— Mas — preocupou-se subitamente Hodkann —, por que não podemos contar nada a ninguém? Se for verdade, é muito grave. Teríamos que avisar à polícia.

Nicolas fitou-o. Aquela noite era Hodkann quem fazia as perguntas de tímido bom-senso, e ele, Nicolas, quem batia o martelo com respostas sibilinas.

213

— Não vão acreditar na gente — começou —, e depois — abaixando ainda mais a voz —, se acreditarem, será pior. Porque os traficantes de órgãos têm cúmplices na polícia.

— Como sabe disso? — perguntou Hodkann.

— Pelo meu pai — respondeu Nicolas com autoridade. — Por causa da profissão dele ele conhece muitos médicos.

E, enquanto falava, esquecendo-se de que tudo repousava numa mentira de sua parte, ocorria-lhe uma nova ideia: talvez a ausência de seu pai tivesse alguma coisa a ver com o caso. E se ele houvesse surpreendido os traficantes, se houvesse, realmente, ele, tentado segui-los? Se estivesse prisioneiro deles ou se eles o houvessem matado? Por mais frágil que fosse a hipótese, mesmo assim dividiu-a com Hodkann, e, para alicerçá-la, inventou de novo: isso também era muito importante não contar, mas seu pai estava investigando aquele caso, sozinho, sem a polícia saber. Usando a profissão como cobertura, e suas relações no mundo hospitalar, estava no rastro dos traficantes. Eis por que viera à região, a pretexto de levar Nicolas ao chalé: seus informantes lhe haviam assinalado a presença da caminhonete onde se praticavam as ações clandestinas. Era uma perseguição terrivelmente perigosa. Tratava-se de uma organização poderosa, sem escrúpulos, que ele atacava sozinho.

— Espere — perguntou Hodkann. — Seu pai é detetive?

— Não — disse Nicolas. — Não, mas...

Interrompeu-se, e dessa vez foi ele quem olhou para Hodkann com dura determinação, como se medisse sua capacidade de receber o que lhe faltava saber. Hodkann esperava. Nicolas compreendeu que ele não colocava em dúvida nada do que ele lhe dissera, e, um pouco assustado com as próprias palavras, prosseguiu:

— Ele tem uma conta a acertar com eles. Ano passado eles raptaram meu irmãozinho. Ele desapareceu num parque de diversões e foi encontrado mais tarde atrás de um tapume. Tinham roubado um rim dele. E agora, compreende?

Hodkann compreendia. Tinha a fisionomia grave.

— Ninguém sabe disso — repetiu Nicolas. — Jura que não conta?

Hodkann jurou. Nicolas deleitava-se com o fascínio que sua história exercia sobre ele. Tinha invejado seu pai morto, e morto de morte violenta, como fonte de seu prestígio, e agora ele também tinha um pai aventureiro, um justiceiro correndo mil perigos, envolvido numa peripécia da qual tinha poucas chances de sair vivo. Por outro lado, perguntava-se preocupado aonde o arrastava a mentira descabelada daquela noite, aquela cachoeira de invencionices que ele não podia mais desdizer. Se Hodkann falasse, seria uma terrível catástrofe.

— Errei contando isso para você — ele murmurou. — Porque agora você também está em perigo. Você é um alvo para eles.

Hodkann sorriu, com aquele misto de ironia e audácia que o tornava irresistível, e disse:

— Estamos no mesmo barco.

Nesse instante, os papéis se restabeleceram: ele era novamente o maior a quem o menor fizera bem em confidenciar seus perigosos segredos e retomava as rédeas da situação, o protegeria. Ouviram as poltronas arranhando o ladrilho da sala do térreo, depois as vozes da professora e dos monitores subindo a escada em direção a seus quartos. Hodkann pôs um dedo na frente da boca e mergulhou embaixo da cama. A professora, no instante seguinte, empurrou a porta entreaberta.

— Você precisa dormir, Nicolas, já é tarde.

Nicolas disse sim, sim, com uma voz de sono, estendeu o braço para apertar o interruptor.

— Tudo bem? — perguntou ainda a professora.

— Tudo bem — ele disse.

— Então, boa noite.

Ela saiu para o corredor, apagou a luz ali também. Seus passos afastaram-se, ouviu-se uma porta ranger, uma torneira aberta.

— Ótimo — sussurrou Hodkann, subindo para a cama e juntando-se a Nicolas. — Agora precisamos fazer um plano de campanha.

21

Assim que o ônibus parou na praça do vilarejo, num plano inferior à pista onde se desenrolavam as aulas de esqui, Nicolas compreendeu que alguma coisa de grave acontecera. Um grupo de umas dez pessoas, homens e mulheres, achava-se em frente ao café, e mesmo de longe percebia-se uma expressão de dor e raiva nos semblantes. O ônibus, ao estacionar, atraiu olhares hostis. Franzindo o cenho, Patrick disse que estava descendo para verificar. A professora ordenou que as crianças esperassem. As outras, que lá no chalé cantavam uma música de gozação sobre as colônias de férias, calaram-se por si sós. Patrick aproximou-se do grupo diante do café. Estava de costas, seu rabo de cavalo balançando sob o capuz de seu agasalho, não se via seu rosto, apenas o do homem a quem ele se dirigia, e que lhe respondia com veemência. Duas mulheres, a seu lado, intervieram também, uma delas brandindo o punho e soluçando. Patrick permaneceu imóvel por alguns minutos e ninguém falou uma palavra dentro do ônibus. Como a ventilação parara de funcionar junto com o motor, os vidros cobriam-se de vapor, que era retirado com o punho da manga ou com a mão para permitir ver o que se passava do lado de fora. Em geral, quem fazia isso traçava desenhos ou letras, mas Nicolas surpreendeu-se evitando isso, ao contrário, tentando fazer um círculo que não representava nada, como se qualquer coisa pudesse soar insultante para as pessoas que eles viam reunidas do lado de fora. Sentiam-nas capazes, ao menor gesto que tomassem por uma provocação, de virar o ônibus e incendiá-lo junto com seus ocupantes. Finalmente, Patrick se voltou. Sua fisionomia também estava alterada: menos violenta que as das pessoas do vilarejo, mas desfigurada. A professora saiu imediatamente para ir ao seu encontro e ouvir o que ele tinha a dizer fora da presença das crianças. Hodkann então rompeu o silêncio, com uma voz que exprimia não uma hipótese, mas uma certeza que no fundo todos partilhavam:

— É o René que está morto — ele disse.

Dissera "René", não o "menino desaparecido", como se todo mundo o conhecesse, como se fosse um deles, e Nicolas sentiu-se invadido pelo horror até o presente suspenso pela expectativa. Patrick e a professora entraram novamente no ônibus. A professora abriu a boca, mas em vez de falar fechou os olhos, mordeu o beiço, depois voltou-se para Patrick. Ele colocou suavemente a mão sobre seu braço e confirmou.

— Não vale a pena tentar esconder de vocês, aconteceu uma coisa muito grave. Horrível. Encontraram René, o menino que tinha desaparecido em Panossière, e ele está morto. Pronto. — Soltou um suspiro, para mostrar como fora difícil pronunciar aquelas palavras.

— Mataram ele — disse Hodkann, do fundo do ônibus, e, mais uma vez, tratava-se menos de uma pergunta que de uma afirmação.

— Sim — respondeu Patrick laconicamente. — Mataram ele.

— Ninguém sabe quem foi? — perguntou Hodkann.

— Não, ninguém sabe.

A professora tirou o lenço que segurava com dedos crispados em frente à boca, e, ao preço de um grande esforço, conseguiu falar. Sua voz tremia.

— Suponho — ela disse — que alguns de vocês tenham religião. Então penso que deveriam dizer uma prece. Seria conveniente.

Houve então um grande silêncio. Ninguém ousava se mexer. Os vidros estavam de tal forma embaçados que não se enxergava nada do lado de fora. Nicolas juntou as mãos e quis recitar o pai-nosso mentalmente, mas não conseguia mais se lembrar das frases, sequer da primeira. Parecia ouvir, muito longe, a voz de sua mãe pronunciar fragmentos que ele não era capaz de repetir. Antigamente, ela era professora de catecismo. Depois da mudança, parara com aquilo, e não os obrigava mais, a seu irmãozinho e a ele, a rezar à noite. Cogitou, mas isso era absolutamente impossível, só de imaginar os gestos ficava apavorado, sacar o cartazinho que o policial lhe dera, desdobrá-lo — oh, o farfalhar do papel! — e contemplar a fotografia de René. Perguntou-se o que faria nas horas, nos dias vindouros, se ousaria pegá-la, conservá-la, onde a depositaria. Se estivesse com seu cofre-forte, poderia guardá-la e em seguida enterrá-la, esquecer a senha. Se alguém a encontrasse em seu bolso, ou o surpreendesse examinando-a, farejaria o que Hodkann e ele haviam maquinado durante a noite?

A conversa noturna e suas próprias quimeras causavam-lhe agora o efeito de um crime, de uma participação inconfessável, monstruosa, no crime que acabara por se consumar. Revia o rosto bochechudo de René, seus cabelos em cuia, seus incisivos bem afastados, ou seu dente de leite caído. Deveria tê-lo deixado sob o travesseiro, esperado que o ratinho viesse trocá-lo por um presente. Por trás dos óculos, seus olhos afogavam-se de pavor, o pavor de um garotinho sobre quem um desconhecido se debruça para matá-lo, e Nicolas sentia pespegar-se em seu próprio rosto a expressão de René, sua boca abrir-se para um grito silencioso que jamais teria fim. Quase desejou que naquele momento uma mão se abatesse sobre seu ombro, que um policial revistasse sua jaqueta e dela retirasse o cartaz de busca que o denunciava. Um policial, ou o pai de René, arrasado pela dor, disposto a matar por sua vez e que sem dúvida o mataria se soubesse que Hodkann e ele haviam se divertido. Será que os pais de René estavam ali, no grupo aglomerado na praça e do qual agora os separava o muro de vapor opaco? Será que ainda estavam todos ali? O que Hodkann fazia? Será que rezava? Será que rezavam todos à sua volta, recolhidos naquela capela de vapor? Será que haveria um fim para aquele silêncio, aquele horror que os envolvia a todos e do qual ele, à revelia de todos, era cúmplice?

22

Não houve aula de esqui. Voltaram ao chalé e tentaram fazer o dia passar. Certamente chegaria um momento em que poderiam retomar a vida normal, pensar em outra coisa, mas todos percebiam que esse momento ainda estava distante, que não chegaria até o fim da colônia de férias. Não havia nada a fazer, entretanto, senão esperá-lo. Sendo impossível brincar, a professora decidiu dar aula, um ditado primeiro, depois exercícios de aritmética. Como dispunham de tempo até o almoço e como todos deviam escrever pelo menos uma carta a seus pais durante as férias, ela sugeriu que se concentrassem. Porém, após haver distribuído algumas folhas de papel branco, reconsiderou.

— Não — murmurou, balançando a cabeça. — Não é um bom momento.

De pé no meio da sala, apertando bem forte a resma de papel em suas mãos, cujas articulações esbranquiçavam-se visivelmente, ela passava uma impressão de esgotamento.

Hodkann deu uma risadinha cruel e deixou escapar:

— Poderíamos fazer uma redação, então. Contem uma bela recordação da colônia de férias.

— Pare, Hodkann! — ela disse e repetiu, quase gritando: — Pare!

Ele era a única das crianças a ousar falar, como se, pensou Nicolas, o fato de não ter mais pai lhe desse esse direito. Mais tarde, durante o almoço, quando mesmo o estrépito dos talheres parecia embrulhado em algodão, ele perguntou a Patrick se haviam encontrado René perto do chalé. Patrick hesitou, depois disse que não; a duzentos quilômetros, num outro departamento.

— Isso significa pelo menos uma coisa — acrescentou —, é que — hesitou novamente —, é que o assassino não está mais na região.

— Isso também significa — emendou a professora — que vocês não têm motivo para ter medo. É terrível, é pavoroso, mas terminou. Não estão correndo nenhum risco aqui.

Sua voz morreu ao terminar a frase, os tendões de seu pescoço latejavam. Ela encarou as crianças sentadas como se para desafiá-las a desmentir aquela frase tranquilizadora.

— Ora — insistiu Hodkann —, claro que foi aqui que o mataram. Ele não andou duzentos quilômetros sozinho.

— Escute, Hodkann — disse a professora, num tom em que se misturavam a súplica e uma espécie de ódio —, eu gostaria que parassem de falar disso. Aconteceu, não podemos fazer nada, não podemos mudar nada. Lamento terrivelmente que na sua idade vocês se vejam confrontados com uma história desse tipo, mas é melhor esquecer o assunto. Esquecer. Entendido?

Hodkann contentou-se em balançar a cabeça, e a refeição prosseguiu em silêncio. Em seguida, uns puseram-se a ler ou desenhar, os outros a jogar cartas. Aos que queriam brincar de esconde-esconde, ordenou-se que permanecessem dentro do chalé, que não fossem para fora em hipótese alguma.

— Eu pensava — insinuou Hodkann — que não corríamos mais nenhum risco.

— Chega, Hodkann! — gritou a professora. — Pedi que se calasse, mas, se não consegue, suba sozinho lá para cima, para o dormitório, e só quero vê-lo no jantar.

Sem discutir, Hodkann subiu. Nicolas teria adorado segui-lo, falar com ele, mas, além do fato de que a professora não permitiria isso, receava exibir uma cumplicidade comprometedora. Era preferível, agora, cada um tentar safar-se por conta própria. Ele permaneceu num canto, fingindo ler uma revista. A cada vez que virava uma página, julgava ouvir o farfalhar do cartazinho no bolso da jaqueta, que ele não tirara declarando estar com frio. Assim agasalhado, parecia esperar que o chamassem para partir, para nunca mais voltar. O corpo do garotinho, esquartejado na neve, flutuava diante de seus olhos. Mas talvez não houvesse neve onde o haviam encontrado. O assassino matara-o lá ou nos arredores? Ainda que tivesse sido aliciado com presentes ou promessas, como agiam segundo os pais de Nicolas os homens malvados dos quais durante toda sua infância lhe haviam dito para desconfiar, era pouco provável que René tivesse se deixado levar para tão longe sem se rebelar. Morto ou vivo, deve ter feito a viagem no porta-malas, e era pior ainda imaginar que ele ainda vivia naquele momento. Confinado no escuro, sem saber para onde o levavam.

Um dia o pai de Nicolas contara uma daquelas histórias de hospital que ele trazia de suas viagens, a de um garotinho que precisava fazer uma cirurgia inofensiva, mas o anestesista cometera um erro e haviam retirado a criança da mesa de cirurgia surda, cega, muda e paralítica, irreversivelmente. Sem dúvida recuperara a consciência no escuro. Sem ouvir nada, sem ver nada, sem sentir nada na ponta dos dedos. Amortalhada num bloco de trevas. Aglomeravam-se à sua volta e ela não sabia de nada. Num mundo bem próximo, mas para sempre isolado do seu, seus pais, os médicos, desfeitos de horror, escrutavam seu rosto de cera sem saber se alguém, por trás daqueles olhos semicerrados, sentia e podia compreender alguma coisa. A princípio a criança deve ter pensado que lhe haviam vendado os olhos, talvez engessado seu corpo, que estava numa câmara escura e silenciosa, mas que inelutavelmente alguém viria acender a luz, libertá-la. Certamente confiava em seus pais para tirá-la dali. Mas o tempo passava, sem contagem possível, minutos ou horas ou dias no escuro e no silêncio. O menino gritava e não ouvia sequer o próprio grito. No cerne desse pânico lento, inexprimível, seu cérebro trabalhava, buscava a explicação. Enterrado vivo? Mas não tinha mais braço a enrijecer para tocar a tampa do caixão, acima dele. Teria desconfiado da verdade num dado momento? E René, algemado no porta-malas, desconfiava por sua vez? Sentia os solavancos da estrada, rolava para os lados, machucava-se na quina de uma mala, com a ponta dos dedos apalpava um velho cobertor. Imaginava o vulto do motorista, atrás do volante? O momento em que, tendo estacionado o carro num canto da floresta, isolado, estava prestes a descer, bater a porta, aproximar-se do porta-malas, abri-lo? Primeiro, uma fresta de luz, depois a fresta se alarga, o rosto do homem se debruça e René sabe então, com uma certeza absoluta, que o pior está para começar e que nada o salvará. Lembra-se de sua vida de criança feliz, de seus pais que o amam, dos colegas, do presente que o ratinho lhe trouxe quando seu dente do meio caiu, e compreende que a vida termina ali, naquela realidade atroz e mais real que tudo que a precedeu. Tudo que aconteceu antes não passava de um sonho e eis o despertar, aquele habitáculo escuro onde ele está algemado, o tilintar da chave na fechadura do porta-malas e a fresta de luz em que se inscreve o rosto do homem que vai matá-lo. Esse instante é sua vida, a única realidade de sua vida, não lhe resta mais nada senão berrar, berrar com todas as forças, um berro que ninguém jamais ouvirá.

23

Patrick, após o lanche, decidiu organizar uma nova sessão de relaxamento. "Para tentar criar o vazio em suas mentes." Mas Nicolas não conseguiu criar o vazio, e mesmo de olhos fechados sentia que à volta dele os outros tampouco conseguiam. Deitados no chão, os membros esparramados, todos temiam assemelhar--se à criança morta. Como da outra vez, Patrick lhes falava com uma voz calma, dizia para se esvaziarem, se sentirem pesados, pesados, afundarem no chão, serem tragados por ele. Uma atrás da outra, nomeava as partes do corpo que deviam pesar, mas só de ouvir seus nomes, dessa vez, eles tinham medo, imaginavam-nas supliciadas. Quando Patrick dizia braço, panturrilha, coluna vertebral, sola dos pés, sensação de calor na ponta dos dedos, era com paciência e ternura, sua voz envolvia-os com doçura, queria resserená-los, dizer-lhes que todos aqueles pedaços deles eram amigos, conspiravam para seu bem, e não obstante os músculos contraíam-se, tudo estava hirto, comprimido, concentrado como ficamos quando nos atacam de todos os lados e até no âmago de nós mesmos. Patrick dizia para respirarem calmamente, profundamente, regularmente, deixarem a onda encher e esvaziar a barriga, fluxo e refluxo, mas faltava ar, cortado como na garganta da criança estrangulada. O sangue pulsava nas têmporas, os dedos enganchavam-se no solo. Ruídos estranhos, difíceis de identificar, zuniam nos ouvidos. Choques surdos, um retinir vinha sem dúvida da calefação, perto da qual Nicolas se deitara mas também evocava um carro a toda sobre uma calçada esburacada ou uma costela de vaca. O pai de Nicolas gostava dessa expressão: fazia-o rir, era uma das raras coisas que o faziam rir: a ideia de passar com as rodas sobre uma costela de vaca. O carro chacoalhava dentro de Nicolas, naquela paisagem escura, acidentada, repleta de traições e precipícios no fundo dos quais fervilhavam os líquidos produzidos por glândulas moles cujo nome ele não sabia. Abria um caminho dentro de seu corpo, avançava como numa estrada sinuosa por entre aquelas coisas quentes e viscosas contidas em sua barriga, desbravando a cordilheira do diafragma, onde um peso quase insuportável pregava-o no chão, subia o desfiladeiro cavernoso dos pulmões na direção da garganta, ia sair pela boca, ia cuspi-lo, com a carga horrível e chacoalhada de seu porta-malas. Deitado bem próximo à janela, sob a calefação opressiva, Nicolas ouvia o motor roncar cada vez mais alto, cada vez mais perto. Via o carro aproximar-se por baixo, como no mecânico quando o subiam no guindaste. Todo aquele metal incandescido, estufado pelo superaquecimento, passaria por cima dele, as esteiras de óleo e sangue correriam sobre ele como os caldos com que uma aranha lambuza sua presa viva. Os pneus rangiam na neve, por trás da janela. O motor parou, ouviu-se uma porta bater, depois outra. Patrick disse para continuarem, não prestarem atenção, mas ninguém conseguia continuar, várias crianças já se haviam levantado, esfregavam os olhos como no fim de um pesadelo, olhavam pela janela a caminhonete de que os policiais acabavam de sair. Já batiam à porta do chalé.

Pronto, pensou Nicolas: estão vindo por minha causa. Procurou Hodkann com os olhos, com a ideia louca de que poderiam fugir juntos antes de serem presos, mas lembrou que ele estava de castigo no dormitório. Agora a professora recebia os policiais, fazia-os subir ao pequeno escritório que fora o reino de Nicolas quando sua vida ainda não se estilhaçara. Lá de cima, ela chamou Patrick e Marie-Ange para que viessem também, e Patrick fez as crianças prometerem ficar calmas na sua ausência. Ninguém pensava em fazer algazarra. Permaneciam todos congelados, sem falar nada, na posição em que os havia surpreendido a chegada da caminhonete. Espichavam os ouvidos, esperando em vão ouvir o que se dizia no escritório, fechado pela primeira vez desde sua chegada ao chalé.

— Do que acha que eles estão falando? — perguntou finalmente alguém, com uma voz insegura.

Outro respondeu, desdenhoso:

— Ainda tem dúvida do que estão falando? Estão fazendo a investigação, caramba!

Esse diálogo desatou as línguas. Com um ar importante, Maxime Ribotton afirmou que seu pai era a favor da pena de morte para os sádicos. Alguém perguntou o que era um sádico, e Maxime Ribotton explicou que chamavam assim as pessoas que cometiam esse tipo de crimes: estuprar e matar crianças. Eram monstros. Nicolas não sabia o que significava estuprar, provavelmente não era o único, mas não ousava perguntar e em todo caso presumia que aquilo tinha uma relação com a coisa sem nome, entre suas pernas, que era uma forma de tortura relativa a isso, a pior de todas, talvez consistindo em cortá-lo ou arrancá-lo. Estava impressionado com a segurança com que Maxime Ribotton, em geral apático, tratava aquelas questões. "Monstros!", ele repetia com uma risadinha feroz, como se o pai e ele tivessem tido um deles em suas garras e se dispusessem antes de lhe cortar a cabeça a torturá-lo por sua vez. Na ausência de Hodkann, as circunstâncias revelavam em Ribotton uma espécie de vedete, falando alto, contando outras histórias de crianças raptadas, estupradas, assassinadas, que ele lia no jornal do pai, um jornal especial cujo assunto se limitava a isso. Os "homens malvados" mencionados na casa de Nicolas com uma insistência angustiante mas evasiva, sem que jamais esclarecessem em que se manifestava sua maldade, pareciam ser, mais do que Schubert, Schumann e as calças manchadas, o principal assunto de conversa dos Ribotton, e, no dia em que aquele assunto finalmente ia à tona, Maxime, o ignaro hipócrita, triunfava.

Durante essa conversa, Nicolas mantinha-se retraído, no limiar do saguão, e teve a súbita surpresa de ver Hodkann, degringolando pela escada, atravessar o recinto desabaladamente até a porta de entrada. Seus olhares se cruzaram, o de Hodkann terrivelmente imperioso, como se sua vida e mais do que ela dependessem do silêncio de Nicolas. Sem barulho, saiu do chalé. Apenas Nicolas observara sua passagem. No instante em que Hodkann fechava atrás de si a porta da entrada, a do escritório se abriu e ouviram-se as vozes dos policiais, da professora e dos monitores, que por sua vez desceram a escada. Ribotton e os colegas se calaram.

— Uma investigação desse tipo — suspirou um dos policiais — é um trabalho de formiga. Procuramos, procuramos, não sabemos em que direção, e quando encontramos, quase sempre é porque o sujeito se precipita e faz uma besteira.

Todos os cinco pareciam arrasados. Do saguão, olharam para a sala onde estavam as crianças, agora silenciosas, e o outro policial, aquele que no café tivera, falando dos desaparecidos, aquele surto de revolta impotente, balançou a cabeça novamente e murmurou:

— Uma criança daquela idade... Santa Virgem, orai por nós.

A professora aquiesceu fechando os olhos, pálpebras cerradas, adquirira esse cacoete desde aquela manhã. Depois os policiais foram embora. Nicolas e os outros olharam pela janela a caminhonete manobrar no pátio coberto de neve, enveredar por entre os pinheiros no caminho de acesso à estrada. Ninguém passava por ali, exceto os ocupantes do chalé, mas mesmo assim eles ligaram o pisca-pisca antes de virar.

24

Ninguém desconfiava da ausência de Hodkann, exceto Nicolas, que, sem saber o que temer, já morria de medo. Na noite da véspera, quando haviam conversado a respeito do que chamava de seu plano de campanha, Hodkann já achava, ou fingia achar, que poderia descobrir pistas passando o pente fino na vizinhança do chalé — embora um metro de neve houvesse caído desde o desaparecimento de René — ou perguntando, como quem não quer nada, aos moradores do vilarejo se não haviam percebido caminhonetes desconhecidas ultimamente. Nicolas, preocupado, não parava de lhe recomendar prudência. Teria preferido que Hodkann não interrogasse ninguém, sequer discretamente, e que a pretexto do inquérito eles se contentassem em continuar todas as noites aquela conversa sussurrada, clandestina, tornada excitante por uma ameaça que em nada se teria amenizado para ele se houvesse permanecido imaginária. Agora que a tragédia ocorrera, o que será que Hodkann inventaria? O que aconteceria se, dentro de uma hora, ele não retornasse aquela noite? Se desaparecesse também? Se amanhã encontrassem seu cadáver esquartejado na neve? Nicolas seria culpado por ter silenciado. Falando a tempo, isto é, imediatamente, talvez tivesse uma chance de prevenir o pior.

Anoiteceu, haviam acendido as luzes. Nicolas zanzava em torno de Patrick, buscando uma oportunidade de falar com ele discretamente, mas sempre que esta se apresentava ele tornava a hesitar e a deixava passar. Achou que iam todos ser atirados para fora do chalé, um de cada vez, cada um se lançando sozinho, absurdamente sozinho, à procura do precedente, e no fim seria ele, Nicolas, que se veria sozinho, realmente sozinho, esperando que aquele que os matara a todos se decidisse a entrar, para terminar com aquilo. Ele observaria o trinco da porta de entrada abaixando-se lentamente e, pronto, teria chegado o momento de enfrentar aquele horror que não tinha nome, que desde sempre ele sentia pairar à sua volta, que estaria ali.

Quando chegou a hora de pôr a mesa para o jantar, a professora lembrou-se de Hodkann de castigo e, levantando a cabeça no hall da escada, gritou que ele podia vir, agora. Nicolas tremia de medo, mas aconteceu o que ele menos esperava: Hodkann desceu tranquilamente e se juntou aos outros como se não tivesse deixado o dormitório a tarde inteira. Quando e como ele voltara, Nicolas jamais veio a saber.

O jantar desenrolou-se numa atmosfera lúgubre contra a qual ninguém tentou lutar, depois foram para a cama, mais cedo que de costume.

— Tentem dormir bem, amigos — disse Patrick. — Amanhã é outro dia.

Nicolas dirigiu-se ao local que havia se transformado em seu quarto, mas a professora comunicou-lhe que ele não estava mais doente e podia retornar ao dormitório.

Quando foi recolher seu pijama, embolado sob a almofada do sofá, Nicolas demorou-se um instante no escritório, onde, desde a visita dos policiais, perdera o seu lugar. A suave luz da cabeceira sob seu abajur laranja dava-lhe vontade de chorar. Para se conter, deu uma mordidinha no pulso, aquele no qual Patrick amarrara a fitinha brasileira, um pouco esfiapada agora. Voltou a pensar no dia da mudança, um ano e meio atrás. A decisão de deixar a cidade onde passara a infância fora tomada abruptamente, numa precipitação incompreensível para ele. Sua mãe repetia com uma insistência veemente que ele seria muito mais feliz no lugar para onde estavam indo, que lá ele faria um monte de amigos novos, mas seu nervosismo, seus acessos de raiva e soluços, sua maneira de descerrar com as mãos, como um inimigo, a cortina de cabelos foscos que logo lhe caía sobre o rosto, não davam muita margem para Nicolas acreditar naquelas palavras tranquilizadoras. Seu irmãozinho e ele tinham parado de ir à escola, ela os conservava em casa o tempo todo. As persianas, mesmo de dia, permaneciam fechadas. Era verão, sufocavam naquela atmosfera de cerco, catástrofe e segredo. Nicolas e seu irmãozinho perguntavam pelo pai, mas ele partira para uma viagem comprida, ela dizia, encontraria com eles na outra cidade, no novo apartamento. No último dia, arrumados os caixotes que os carregadores ficaram de coletar após sua partida, ele estava sentado no meio de seu quarto vazio e chorara como choramos quando temos sete anos e acontece alguma coisa de terrível que não compreendemos. Sua mãe quis pegá-lo nos braços para consolá-lo, repetia incessantemente Nicolas, Nicolas, e ele sabia que ela escondia alguma coisa, que não podia confiar nela. Também ela pusera-se a chorar, mas, como não lhe falava a verdade, não podiam sequer chorar juntos.

25

O retorno ao dormitório também tornava mais difícil a conversa secreta que ele precisava ter com Hodkann. Aonde teria ido, e fazer o quê? Não fugira, a professora de olho nele, o melancólico silêncio do jantar, e fora para a cama sem sequer escovar os dentes, sem falar com ninguém, virado para a parede na atitude da fera que é preferível não incomodar. Nicolas, deitado no colchonete de cima, imóvel como um moribundo, perguntava-se se estava dormindo ou não. Passou-se uma hora assim. Finalmente Hodkann fez-lhe sinal para que o seguisse. Nicolas desceu a escada e, na ponta dos pés, juntou-se a ele no corredor. Quando passou à sua frente, Lucas se reclinou, resmungando: "O que está fazendo?", mas Hodkann, enfiando a cabeça pela porta, limitou-se a dizer: "Bico calado!", com uma voz rouca, e o outro obedeceu. Por prudência, afastaram-se do dormitório, dirigindo-se à janela ao fundo do corredor. Com elasticidade, Hodkann levantou-se até o parapeito, de costas para a janela, de maneira que sua silhueta destacava-se nitidamente das frondes escuras e brancas dos pinheiros curvados sob a neve, enquanto seu rosto permanecia na sombra. Nicolas sentiu medo dessa sombra.

— E então? — murmurou.

— É realmente um R25 cinza o carro do seu pai?

Nicolas compreendeu que o que deixava sua testa gelada era o que nas histórias de terror que ele lia às escondidas chamavam de suor frio. Não respondeu.

Hodkann prosseguiu:

— Sim, é um R25 cinza, eu me lembro perfeitamente. Ainda agora, quando os policiais vieram, desci do dormitório e escutei o que eles diziam atrás da porta do escritório. Eles falaram sobre o que fizeram com René, e isso eu acho melhor não contar. Ainda estou passando mal. E depois perguntaram se eles não tinham visto um R25 naquele setor. Os monitores disseram que não, com certeza não pensaram nisso, ou não prestaram atenção quando o seu pai veio. Então eu desci rapidamente antes deles e fui esperar na estrada.

Hodkann calou-se por alguns instantes, depois acrescentou:

— Contei tudo para eles.

Calou-se novamente. Nicolas não se mexia. Observava aquele rosto de sombra.

Então o tom de Hodkann mudou. Sem pretender abdicar de sua autoridade, agora justificava-se.

— Escute, Nicolas — sussurrou —, era inevitável. Eu sei e tinha prometido não comentar, mas seu pai está em perigo. Com certeza não é por essa razão que estão atrás dele, por que acha isso? Neste momento talvez ele seja prisioneiro dos traficantes. Talvez já o tenham matado — disse com uma súbita brutalidade, como se para socorrer Nicolas. — Mas, se não mataram, ainda há tempo de encontrá-lo, e não somos nós que faremos isso, farejando pegadas na neve. Isso não é o Clube dos Cinco, Nicolas, esses caras são monstros. Preste atenção, Nicolas — insistiu, quase suplicante —, se houver uma chance de salvar o seu pai e nós a deixarmos passar, não acha que irá se censurar a vida inteira por isso? E se ele morrer por culpa sua? Imagine a vida depois disso.

Hodkann parou, vendo que sua argumentação não surtia nenhum efeito sobre Nicolas, que permanecia petrificado. Resignado, deu de ombros:

— Em todo caso, está feito.

Depois, deixando-se escorregar do parapeito da janela, estendeu a mão para pegar a de Nicolas.

— Nicolas... — murmurou com uma doçura desolada. Nicolas recuou um passo para que ele não o tocasse. — Nicolas, eu compreendo... — insistiu Hodkann. Acariciou seus cabelos, quis atrair sua cabeça para o seu ombro, e dessa vez Nicolas abandonou-se. De pé, apertado contra o peito de Hodkann, que continuava a lhe acariciar os cabelos e repetia lentamente seu nome, ele sentia o calor de seu corpo imenso, branco e macio, macio como um enorme travesseiro do qual só apontava aquela coisa dura e sem nome que cutucava sua barriga. Ele, ao contrário, estava todo rígido, contraído, como prisioneiro do gelo, mas mole e vazio entre as pernas. Não havia nada ali, vazio, um território ausente. De olhos arregalados, olhava atrás do ombro de Hodkann, através da janela, o vulto negro dos pinheiros vergados sob a neve, e, mais atrás, a escuridão.

26

Vinte anos mais tarde, numa noite de dezembro, Nicolas, percorrendo os jardins, atravessou a esplanada do Trocadéro deserta e ouviu seu nome sendo chamado. Viu um homem altíssimo, obeso, verdadeira montanha humana, sentado num banco de pedra ao pé de uma estátua dourada representando um herói da mitologia grega. No banco, ao lado dele, havia uma garrafa de vinho tinto e um salame em cuja embalagem amarfanhada cintilava a lâmina de uma faca. O homem tinha a cabeça raspada, com calombos, e a barba comprida e preta. Em suas roupas informes, presumivelmente sujas, parecia um mendigo e um ogro. Nicolas reconheceu Hodkann tão logo este o reconhecera. Hodkann repetiu seu nome num tom de afeição paródica, com uma voz irônica e rouca, prenhe de ameaça. Nicolas permaneceu imóvel a dez passos dele, a mão agarrada na alça de sua pasta, não ousando nem se aproximar nem sair correndo. Durante todos aqueles anos, perguntara-se se Hodkann realmente acreditara naquela história de traficantes de órgãos. Tivera sonhos em que o revia, e eram sempre pesadelos. Bruscamente Hodkann pegou sua faca e ficou de pé, soltando um rugido. Ereto, era ainda mais alto e mais gordo, e mancava. Correu na direção de Nicolas, os braços para a frente, como um urso que ataca. Ele o ouvia rugir e arfar atrás dele. Distanciou-se, mas só ousou voltar-se quando alcançou a praça do Trocadéro, por onde passavam carros e pessoas. Hodkann devia ter desistido de persegui-lo. Zanzava, sozinho no meio da esplanada, em frente à torre Eiffel iluminada para os festejos natalinos. Com a cabeça erguida para o céu, ria, uma risada enorme, tonitruante, que nada poderia deter, nem a tosse nem os arquejos que não obstante o sacudiam, e havia naquela risada uma queixa sem nome e um ódio louco, ambos reprimidos durante aqueles anos todos e entredevorando-se no fundo da garganta de Hodkann. Um policial, na praça do Trocadéro, ouviu aquele riso, que provocava arrepio, deu uma espiada no destroço que circulava pela esplanada, outra espiada no transeunte ofegante que acabava de escapar.

— Ele mexeu com o senhor? — perguntou, esperando que o transeunte respondesse não e que não houvesse motivos para intervir. Nicolas não disse nada. Permaneceu um momento com os olhos em Hodkann, que ria desbragadamente sob as estrelas geladas. Depois afastou-se, pasta na mão, no meio da noite.

27

Nicolas foi encontrado de manhã, encolhido no corredor ao pé da janela aberta, pela qual flocos de neve entravam voejando. Seus dentes tiritavam, não dormia, não falava. Mais uma vez, como se os gestos possíveis se houvessem rarefeito, Patrick carregou-o nos braços até o sofá do escritório. A professora, dessa vez, mostrou-se mais irritada do que enternecida. Tudo bem, Nicolas era sonâmbulo e não podiam culpá-lo por estar perturbado num dia daqueles, mas ela também estava perturbada, esgotada. Não tinha intenção de participar do grande programa que Patrick planejava para ocupar o dia, pretendia aproveitar para descansar sozinha no chalé e teria dispensado ter de cuidar de uma criança doente e manhosa. Entretanto, como Nicolas manifestamente não estava em condições de andar, deixaram-no provisoriamente reocupar seu lugar no sofá do escritório, e ela se retirou para o seu quarto. A turma partiu com Patrick e Marie-Ange. Eles ficaram sozinhos.

Passaram-se duas horas, Nicolas puxara o cobertor sobre seu rosto, e, sem se mexer, quase sem sentir, esperava. Tudo que queria era reencontrar o maravilhoso calor da febre, seu casulo de esquecimento, mas não tinha febre, apenas frio e medo. A professora não veio lhe trazer nada para beber, nem falar com ele. Ele não teve almoço. Ela devia estar dormindo. Ele sequer sabia onde era seu quarto.

Deve ter cochilado, por sua vez, pois foi despertado pela campainha do telefone. Já estava escuro. No entanto, os outros ainda não estavam de volta. Nicolas observou o telefone tocar, ao alcance de sua mão. O aparelho tremia ligeiramente sobre o gancho. Aquilo durou um bom tempo. A campainha parou de tocar, depois recomeçou. A professora entrou e atendeu, depois de dizer a Nicolas que ele poderia ter feito aquilo, não custava nada. Ele estava com cara de sono, inchado, cabelos embaraçados.

— Pois não? — disse ela... — Sim, sou eu... Sim, ele está comigo nesse momento.

Ela deu uma espiada na direção de Nicolas, sem sorrir. Depois franziu as sobrancelhas.

— Por quê? Aconteceu alguma coisa...?

Abaixando o aparelho, ela disse a Nicolas:

— Pode me deixar sozinha um minuto, por favor?

Nicolas levantou-se e saiu lentamente, sem tirar os olhos dela.

— É melhor você descer, ficará confortável lá embaixo — ela acrescentou quando ele estava no corredor e fechou a porta.

Nicolas avançou até a escada e se sentou nos primeiros degraus, os joelhos espremidos entre os braços. Não ouvia nada do que se falava no escritório, mas talvez a professora estivesse apenas escutando seu interlocutor. Por um instante pensou em se levantar, aproximar-se na ponta dos pés, mas não se atreveu. Quando encostou o ombro no corrimão da escada, seu braço estalou secamente. A poucos metros dele, uma réstia de luz alaranjada esgueirava-se sob a porta do escritório. Pareceu-lhe perceber um som abafado, como um soluço que tentassem reprimir... A conversa estendeu-se sem que ele pudesse captar outra coisa. Tudo se perdia num poço de silêncio. No fundo, bem distante, uma água escura tremeluzia.

Finalmente, ouviu o clique do fim da ligação. A professora não saiu do escritório. Devia estar de pé, na atitude em que ele a deixara, a mão ainda pousada sobre o aparelho, fechando os olhos com veemência e contendo-se para não gritar. Ou então deitara-se no sofá e mordia o travesseiro ainda com a marca da cabeça de Nicolas. Quando, dias antes, ele a imaginara recebendo ao telefone a notícia da morte acidental de seu pai, ela afastava-o primeiro, como acabava de fazê-lo, mas em seguida saía do escritório, vindo em sua direção, e o tomava nos braços. Banhava-o com suas lágrimas, repetia seu nome. Era uma cena terrível, mas meiga, infinitamente meiga, e que agora não tinha como se desenrolar. Agora ela temia sair, vê-lo, dirigir-lhe a palavra. Mas mesmo assim teria de sair de um jeito ou de outro, não ficaria naquele escritório pelo resto da vida. Nicolas, cruelmente, imaginava sua angústia, o peso insuportável que a oprimia desde que desligara o telefone. Ela não se mexia, ele tampouco. Possivelmente ela desconfiava que ele estava ali, pertinho, à sua espera. Se batesse à porta, ela gritaria para que não entrasse, agora não, ainda não, talvez desse uma volta na chave. Sim, ela preferia entrincheirar-se a mostrar-lhe o rosto e ver o dele. Seria fácil, se ele quisesse, botar-lhe medo. Bastaria dizer uma palavra, no silêncio do corredor. Ou começar a cantarolar. Uma canção leve, inocente, repetitiva, uma cantiga de roda. Ela não aguentaria, daria para gritar atrás da porta. Mas ele não cantarolou, não disse nada, não se mexeu. Cabia a ela, não a ele, responsabilizar--se pela sequência dos acontecimentos, uma vez que era naturalmente imperioso que houvesse uma sequência, que gestos fossem consumados, palavras pronunciadas. Ao menos palavras banais, palavras que só serviriam para iludir e agir como se a vida continuasse, como se o telefonema não tivesse existido. Talvez ela optasse por isso, agisse como se nada houvesse acontecido. Esperasse que ligassem de novo e que outra pessoa, mais corajosa, atendesse. Seria Patrick. O policial que telefonara não entenderia nada daquilo. Diria, no entanto, que falara com a professora, dera-lhe a notícia, mas ela balançaria a cabeça, fecharia os olhos, contrariando toda a evidência juraria que não, que outra pessoa devia ter atendido em seu lugar, feito se passar por ela.

Anoiteceu. Via-se a neve cair sobre os pinheiros, pela janela da conversa com Hodkann. Alvoroço no andar de baixo. Era a turma voltando. Luzes acesas, gritos, rumores. Após o longo passeio, deviam estar com as bochechas vermelhas e talvez houvessem esquecido por alguns instantes o horror da véspera. Para eles, era o horror da véspera, que dia após dia iria se afastando, atenuando, em breve uma recordação que os pais teriam cuidado para não reavivar. As mães, entre elas, falariam a meia--voz, com semblantes compostos e aflitos. Mas para Nicolas seria sempre, sempre, como agora, no topo da escada, esperando a professora reunir coragem para sair.

Patrick, ao subir, encontrou-o sentado nos degraus, no corredor iluminado apenas pela luz do andar de baixo.

— O que faz aqui, mocinho? — perguntou gentilmente. — Ficaria melhor no seu escritório.

— A professora está lá — murmurou Nicolas.

— Ah, é? E não quer saber de você? — Patrick riu e sussurrou: — Deve estar falando com o namorado.

240

Bateu, por cortesia, à porta do escritório, e, como Nicolas previra, a professora perguntou: "Quem é?", com uma voz alterada. Como era ele, abriu a porta, mas fechou-a logo em seguida. Agora eram dois a se entrincheirar, pensou Nicolas. Logo seria todo mundo, menos ele, e todos tentariam passar ao vizinho o fardo de ir visitá-lo, falar com ele. Contar-lhe a verdade? Não, não poderiam. Ninguém poderia dizer aquela verdade a um garotinho. Por outro lado, alguém teria de terminar por fazê--lo. Nicolas esperava, quase curioso.

Patrick permaneceu um bom tempo no escritório, mas teve, de sua parte, coragem de sair e vir se sentar nos degraus ao lado de Nicolas. Quando pegou seu pulso para examinar o estado da fitinha brasileira, suas mãos tremiam.

— É ou não é resistente? — ele disse e, repentinamente assustado com o silêncio, começou a contar uma história de generais americanos e de Pancho Villa, da qual Nicolas não compreendia nada, mas que pretendia ser engraçada, pois Patrick a entremeava com risadinhas artificiais. Falava por falar, fazia o que podia, e Nicolas achou aquilo direito de sua parte. Se pudesse, o interromperia, olharia para ele nos olhos dizendo que aquilo era legal, mas não valia a pena, aquelas histórias de Pancho Villa, e que ele queria saber a verdade. Patrick percebeu e largou de lado a história, que estava longe do fim. Sem procurar disfarçar a derrota, engoliu ar como um afogado e disse bruscamente:

— Preste atenção, Nicolas, houve um problema na sua casa... É uma pena para a colônia de férias, mas a professora, e eu também, a gente acha que seria melhor você voltar para casa... É, seria melhor... — acrescentou para mobiliar o silêncio.

— Quando? — murmurou Nicolas, como se fosse a única questão que se colocasse.

— Amanhã de manhã — respondeu Patrick.

— Virão me buscar?

Nicolas não sabia se preferia ou não que fossem os policiais.

— Não — disse Patrick —, eu é que vou levar você. Tudo bem? A gente até que se entende.

Tentando sorrir, desalinhou os cabelos de Nicolas, que mordia o beiço para não chorar pensando nos reis do petróleo. Patrick devia estar aliviado por ter sido obrigado a responder apenas a perguntas sobre a organização da viagem e não sobre seu motivo. Talvez achasse estranho Nicolas não se mostrar perplexo. Ainda assim, a criança perguntou com uma voz quase inaudível:

— Foi grave o que aconteceu na minha casa?

Patrick refletiu e disse:

— É, acho que foi grave. Sua mãe vai explicar para você.

Nicolas abaixou os olhos e começou a descer a escada, mas Patrick segurou-o, apertou seu ombro com força e tentou sorrir, dizendo:

— Coragem, Nicolas.

28

Durante o jantar, no qual a professora não apareceu, Maxime Ribotton, que não pretendia perder seu novo assunto de conversa, voltou a falar dos sádicos assassinos de crianças e do tratamento a lhes ser infligido de que seu pai e ele eram partidários. Patrick ordenou secamente que se calasse. Com a cara enfiada no prato, Nicolas comeu a batata gratinada que o cozinheiro preparara para reconstituir as forças dos excursionistas. No fim, Patrick sugeriu que para lhe agradecer gritassem: "Hip, hip, hurra!" três vezes, e Nicolas gritou três vezes junto com os outros: "Hip, hip, hurra!"

Em seguida, perguntou a Patrick se podia dormir no escritório, a última noite. Patrick hesitou antes de concordar, e Nicolas compreendeu que era por causa do telefone. Subiu para se deitar antes dos outros, sem se despedir, sem ser notado, exceto por Hodkann, que desde o início da noite não tirava os olhos dele. Mas os de Nicolas escapavam.

Aparentemente, ninguém sabia que ele estava de partida.

Quinze minutos depois, Patrick dirigiu-se a ele e lhe comunicou que pegariam a estrada cedo pela manhã. O melhor era mesmo dormir. Queria um comprimido para ajudar? Nicolas concordou, recebeu o comprimido e um pouco d'água. Era a primeira vez que tomava um sonífero. Sabia que era possível morrer se ingerisse vários ao mesmo tempo. Na época da mudança e da longa ausência do pai, procurara na casa inteira o tubo que ele usava. Mas ele possivelmente o levara consigo, ou então sua mãe trancara à chave numa gaveta.

Patrick sentou-se na beirada da cama, como se fosse falar, mas não encontrava as palavras. De agora em diante ninguém mais encontraria as palavras para lhe dirigir. Patrick limitava-se aos mesmos e pobres gestos de antes, a mão apertando o ombro, o meio sorriso triste e afetuoso. Não ousou repetir "coragem", provavelmente percebendo o quanto seria hipócrita. Ficou um minuto sentado sem dizer nada, então levantou-se. Juntara e enfiara numa sacola plástica os novos pertences de Nicolas, os que comprara para ele no supermercado. Antes de apagar a luz e sair, deixou a sacola ao pé da cama, preparada para o dia seguinte. Nicolas lembrou de sua mochila, preparada com esmero uma semana antes para a viagem para a colônia de férias. Os policiais certamente haviam-na encontrado no porta-malas do carro revistado. Perguntou-se se tinham conseguido abrir seu cofre-forte e o que tinham descoberto dentro dele.

29

Nicolas nem se deu conta de que dormira, mas acordou antes do amanhecer. Não reconheceu o cômodo à sua volta, e a princípio julgou estar no seu quarto, em casa. Tinha medo, pois, durante o sono, traindo a promessa que lhe faziam todas as noites, haviam fechado a porta e apagado a luz no corredor. Murmurou: "Mamãe", quase repetiu mais alto, gritou, mas refreou-se e tudo voltou a sua mente como que por encanto. Permaneceu por um momento sem se mexer, torcendo para que a noite durasse para sempre. Assim devem sentir-se os condenados à morte. Seus olhos acostumavam-se à escuridão e ele se perguntou se não havia alguma coisa, escondida no cômodo, que de uma maneira ou outra pudesse ajudá-lo. Deter o curso das horas, impedir que o atingisse, suprimi-lo. Mas não viu nada. Esconder-se debaixo da cama seria inútil. Telefonar, mas a quem pedir socorro? O que dizer?

Aproximando-se da janela, percebeu que ela era dotada de barras. Dormira ali três noites sem reparar nelas. Ou teriam acabado de instalá-las, durante o seu sono, para ter certeza de que ele não fugiria? Por outro lado, pareciam velhas, profundamente fincadas no cimento. Ele é que não prestara atenção.

A única saída era a porta. Vasculhou na sacola plástica, vestiu-se às apalpadelas. Ao colocar a jaqueta, provocou o farfalhar familiar e sinistro do cartazinho com a fotografia de René. Abriu as gavetas da escrivaninha, à cata de dinheiro que facilitasse sua fuga, mas não encontrou nada. Sem fazer barulho, puxou a porta e saiu.

Na sala do andar de baixo, uma luminária estava acesa, só uma, iluminando um pouco a escada, em cujo topo, mais uma vez, ele parou. Patrick e Marie-Ange já estavam de pé. Falavam baixinho, mas era tão profundo o silêncio no chalé que, ao se debruçar, Nicolas podia ouvi-los.

— Uma pedrinha de açúcar — disse Marie-Ange, e a colher tilintou na xícara.

— De um jeito ou de outro — continuou Patrick —, as crianças logo irão saber. E depois, se as pessoas do vilarejo desconfiarem que ele está aqui, no estado em que se encontram, sabe-se lá do que são capazes.

— Mas ele não tem culpa — disse carinhosamente Marie-Ange. Suspirou profundamente e murmurou: — Que horror, Senhor, que horror...

Nicolas ouviu um soluço, depois novamente Patrick:

— Sabe, foi atroz o que aconteceu com René, mas acho que tenho ainda mais pena dele. Imagine, carregar isso nas costas? O que será da vida dele?

Houve um silêncio, depois Marie-Ange, sem parar de soluçar e mexer a colher, disse:

— Ainda bem que é você quem vai levá-lo. Acha que vai contar a ele?

— Não — respondeu Patrick, com uma voz surda. — Para isso, não tenho forças.

— Quem vai contar, então?

— Não sei. A mãe. Ela certamente já esperava uma coisa desse tipo mais dia, menos dia. O pai já teve problemas, dois anos atrás. Não era tão grave, mas de toda forma uma história escabrosa.

Novo silêncio, soluços, então:

— Vou acordá-lo. Está na hora.

Patrick encontrou Nicolas de pé, todo vestido, no topo da escada, e procurou ler em seu rosto se os escutara. Mas era impossível ler qualquer coisa no rosto de Nicolas, e, de qualquer maneira, o que isso mudava?

Quando desceram, Marie-Ange colocou sua tigela sobre a mesa, enxugou os olhos vermelhos com um lenço de papel embolado e abraçou silenciosamente Nicolas, bem forte. Deu também um beijinho em Patrick, no canto dos lábios, então os dois saíram. Ainda era noite. No chalé, todo mundo dormia. Caíra mais neve, e seus pés chafurdavam nela. Nuvens de vapor saíam de suas bocas, de uma alvura quase opaca em contraste com o negrume dos pinheiros. Ao chegar ao carro, Patrick pediu a Nicolas que segurasse sua pequena bagagem enquanto ele limpava com as mãos os vidros cobertos de neve, digladiando-se com o limpador de gelo grudado no vidro pela geada. Quando terminou e abriu as portas, Nicolas quis entrar na frente, como da outra vez, mas Patrick falou que não: pegariam a autoestrada e a polícia podia pará-los.

30

— Você quer um pouco de música? — perguntou Patrick.

Nicolas respondeu que tudo bem. Segurando o volante com uma das mãos, com a outra Patrick vasculhou na maleta onde estavam guardadas as fitas. Nicolas ruminou se ele repetiria aquela que escutaram no dia do supermercado, mas ele escolheu outra, mais lenta e suave. Acompanhada apenas por um violão, a voz era quase plangente e, mesmo sem compreender a letra em inglês, era possível imaginar que se tratava de uma viagem no inverno, por estradas cobertas de neve, bordejadas de sono. Nicolas deitou-se no banco, fazendo uma almofada com o velho cobertor esfiapado que cheirava a cachorro. Quase perguntou a Patrick se ele tinha um, lá onde ele morava, e também onde ele morava, em que contexto sua vida se desenrolava, mas, para não parecer puxar conversa, não disse nada. Patrick devia estar com medo de que ele fizesse perguntas, e jurou não fazê-las. Como sua cabeça estava atrás do assento do passageiro, ele podia, erguendo os olhos, ver o perfil de Patrick, concentrado na estrada. O rabo de cavalo repousava sobre seu ombro, suas mãos no volante eram morenas e musculosas, com tendões saltados, exatamente as mãos que Nicolas almejaria ter quando fosse adulto, mas agora sabia que isso era impossível. A calefação funcionava a pleno vapor para impedir que os vidros embaçassem. Nicolas flexionara as pernas, encaixara as mãos entre as coxas e se deu conta com surpresa de que era capaz de cochilar, deixar-se embalar como se estivesse febril pela música plangente e calma, pelo sopro apaziguador da ventilação. Na ida, contara no mapa o número de quilômetros, 430, e eles ainda não tinham feito 20. Enquanto não saísse do carro, estaria em segurança.

Quando despertou, já estavam na autoestrada. Não havia mais neve, mas o céu estava branco. Patrick não colocara outra fita, decerto para não atrapalhar o seu sono. Tinha desligado o ar. Olhava à sua frente, o corpo bem reto, o rabo de cavalo sobre o ombro, como se desde a partida não houvesse se mexido. Quando Nicolas se reacomodou, ele com certeza se deu conta disso, mas continuou em silêncio. Somente no fim de alguns minutos forçou-se a dizer, num tom que tentava soar animado:

— Então, dormimos que nem uma pedra? — e Nicolas respondeu que sim, depois o silêncio retornou.

Nicolas procurava com os olhos as placas sinalizadoras para saber a distância que ainda os separava da cidade onde ele morava. Duzentos e dez quilômetros. Tinham feito quase a metade da viagem. Arrependeu-se de ter dormido e deixado passar tão depressa aquela primeira metade. Pressentia que a partir de agora tudo se aceleraria.

Patrick passou para a faixa da direita, diminuiu a velocidade e reduziu na pista que dava acesso a um posto Esso. Nicolas pensou nos vale-brindes da Shell e imediatamente começou a chorar. Eram lágrimas, não soluços, escorriam silenciosamente sobre suas faces. Patrick não teria notado se nesse momento não tivesse parado em frente às bombas de gasolina e se voltado para ele. Nicolas não conseguiu parar de chorar, mas baixou os olhos. Patrick permaneceu por um instante de lado no assento, fitando-o sem dizer nada. Murmurou: "Nicolas...", mais uma vez. Era tudo que restava de possível, repetir um nome, com amor e desespero. Os pais de René deviam fazer isso também, à noite, deitados na cama onde nunca mais voltariam a dormir serenamente, e os da criança emparedada pela anestesia destrambelhada. Outros, como o policial e Marie-Ange, diziam também "Senhor", "Virgem Santa", "Jesus Cristo". As pessoas não podiam mais falar com ele, então, crentes ou não, agarravam-se àquele último recurso: rezar por ele, pedir a Jesus, ressuscitado ou não, que tivesse piedade dele.

— Venha, Nicolas — terminou por dizer Patrick —, vamos comer alguma coisa. Você não tomou café da manhã, deve estar com fome.

Nicolas não estava com fome e desconfiava de que tampouco Patrick, mas seguiu-o, depois de ele ter enchido o tanque, até a lanchonete da autoestrada.

Perto da entrada havia um painel com jornais expostos, diante do qual Patrick teve um instante de pânico. Fez o que podia para se colocar na frente, desviar a atenção de Nicolas, que obedeceu docilmente, mas teve de toda forma tempo de vislumbrar a fotografia e a palavra "monstro" na manchete semiescondida pela dobra do jornal. Patrick arrastou-o rapidamente até a máquina de alimentação e se certificou de que podiam sair por outra porta. Tomou um café, comprou um pãozinho de chocolate e um suco de laranja para Nicolas, depois foram se sentar no canto, perto dos banheiros, onde havia três mesas de plástico cinza com a superfície pegajosa, atulhadas de copinhos de papelão vazios. Patrick disse educadamente bom-dia à única ocupante do local, uma mulher loura que bebia um café. Ela respondeu bom-dia e sorriu para Nicolas, a quem esse sorriso tocou no fundo do coração.

Seu casaco de pele, cintilante como se orvalhado, abria-se sobre um vestido azul de um material luminescente, sofisticado. De seu coque frouxo, escapavam sobre a nuca cabelos louros que davam vontade de acariciar. Passava uma impressão de riqueza e luxo, contrastando com a melancolia suja do lugar, mas sobretudo de meiguice, uma meiguice envolvente, mágica, quase intolerável. Ela era linda: sofisticada, meiga e linda. Calmamente, sem impaciência, observava o estacionamento do lado de fora, o local sinistro à sua volta, e, quando seu olhar voltou a recair sobre Nicolas, ela sorriu novamente para ele com um sorriso que não era distraído, nem tampouco insistente, mas dirigia-se a ele, pessoalmente, envolvia-o por inteiro naquela ternura celestial que dela emanava. O vestido de seda azul, acentuadamente decotado, deixava ver a raiz dos seios, e um pensamento extravagante passou pela cabeça de Nicolas: o interior de seu corpo, suas vísceras, seus intestinos, o sangue que circulava em suas veias deviam ser tão limpos e luminosos quanto seu sorriso. Lembrou-se da fada azul de *Pinóquio*. A seu lado não havia mais o que temer. Ela podia, se quisesse, fazer o horror desaparecer, fazer com que não tivesse acontecido o que tinha acontecido, e, se ela soubesse, quereria isso, com certeza.

Patrick levantou-se, dizendo que ia ao banheiro um minuto. Nicolas compreendeu que era sua vida que estaria em jogo naquele minuto. Tinha de falar com a fada. Pedir que o salvasse, que o levasse com ela para onde ela fosse. Não teria que se explicar, era óbvio que ela compreenderia, que bastaria uma frase. "Salve-me, leve-me com a senhora." Ela ficaria surpresa por um instante, mas olharia para ele com atenção, com aquela atenção, aquela meiguice que comoviam e davam vontade de chorar, e ela saberia então que ele falava a verdade, que só ela era capaz de operar o milagre. Ela diria "Venha", pegaria sua mão. Eles correriam até o seu carro, abandonariam a autoestrada na primeira saída. Rodariam durante um longo tempo, ele ao lado dela. Dirigindo, ela lhe sorriria, murmuraria que estava tudo terminado agora. Iriam para longe, para bem longe, lá onde se desenrolava sua vida que a ela se assemelhava, meiga, sofisticada e linda, e ela lhe permitiria ficar para sempre a seu lado, fora de perigo, em paz.

Nicolas abriu a boca, mas dela não saiu nenhum som. Precisava chamar sua atenção, transmitir, nem que fosse com os olhos, a mensagem. Precisava que ela olhasse para ele, se deparasse com sua súplica silenciosa, isso bastaria para que compreendesse. Sim, sim, ela compreenderia. Saberia adivinhar a agonia que se desenrolava no interior daquele garotinho encontrado numa lanchonete de autoestrada, e que só ela poderia arrancar de lá. Mas ela não olhava mais para ele, olhava para fora, seguindo com os olhos um homem trajando preto que andava com grandes passadas pelo estacionamento na direção deles. Com um nó na garganta, triturada pelo silêncio que subia de seu estômago, Nicolas viu o homem aproximar-se, empurrar a porta envidraçada. Ele debruçou para a mulher um rosto amoroso e depositou um beijo em seu pescoço, perto dos cabelos rebeldes que escapavam do coque. Ela sorria, com seu sorriso celestial. Só tinha olhos para ele. Nunca em sua vida Nicolas odiara alguém assim, nem mesmo Hodkann.

— Está consertado — disse o homem —, podemos ir.

A fada levantou-se e saiu com ele. Fechando a porta, deu um acenozinho com a mão para Nicolas e lhe deu a costas. O homem passou o braço ao redor de seus ombros para aquecê-la e Nicolas viu-os afastarem-se na direção do carro, entrarem nele, desaparecerem. Seus dedos sob a mesa estavam emaranhados, entrelaçados inextricavelmente, e ele viu que no chão, entre seus pés, uma espécie de filamento vermelho e azul jazia por entre as embalagens de açúcar e as guimbas de cigarro. A fitinha brasileira caíra. Ele tentou se lembrar do pedido formulado no momento em que Patrick dera o nó, uma semana antes, mas não conseguiu: talvez, de tanto hesitar, à procura do que o protegeria melhor de todos os perigos da vida, não tivesse feito nenhum.

31

O resto da viagem, Nicolas tentou lembrar quais haviam sido suas últimas palavras. Decerto uma resposta lacônica, dada a Patrick no carro. Decidira não falar mais, nunca mais. Era a única proteção que conseguia imaginar no presente. Sequer uma palavra, não tirariam mais nada dele. Ele se transformaria num bloco de silêncio, numa superfície lisa e úmida contra a qual a desgraça ricochetearia sem encontrar porta. Os outros falariam com ele, se quisessem, se ousassem, e ele não responderia nada. Nem os ouviria. Não ouviria o que diria sua mãe, fosse verdade ou mentira, provavelmente seria uma mentira. Ela contaria que seu pai sofrera um acidente durante a viagem, que por essa ou aquela razão não podiam visitá-lo no hospital. Ou então que estava morto, e simplesmente não iriam a seu enterro, nem se recolheriam diante de seu túmulo. Mudariam mais uma vez de cidade, mudariam talvez de nome, na esperança de vencer o silêncio e a vergonha que seriam doravante seu legado, mas aquilo não seria mais da conta dele, ele se calaria, permaneceria calado.

Ao chegar à periferia da cidade, Patrick releu o endereço que haviam escrito num pedaço de papel e perguntou a Nicolas se ele sabia o caminho de casa. Nicolas não respondeu. Ele repetiu a pergunta, procurando captar seu olhar no retrovisor, mas Nicolas abaixou os olhos e ele não insistiu. Parou em frente a um guarda, que o informou. Depois avançaram através do subúrbio, sob chuva. A rua onde Nicolas morava ficava na contramão, tiveram que contornar a quadra, mas havia uma vaga bem em frente à porta. Patrick estacionou o carro, repetindo duas vezes a baliza. Fez Nicolas sair e lhe deu a mão, como se dá a uma criancinha. Mas não falou, não repetiu seu nome. Seu semblante vazio não exprimia mais nada.

Na estreita entrada do prédio, Patrick examinou os nomes acima das caixas de correio. Pressentira que Nicolas não o ajudaria a encontrar. Esperaram o elevador em silêncio. As portas corrediças rangeram ao se fechar atrás deles. Patrick demorou mais do que o normal para apertar o botão do andar. Conservara a mão de Nicolas na sua e a apertava bem forte. No espelho fumê que revestia o elevador, Nicolas viu que ele chorava. A caixa em que estavam confinados pareceu afundá-los no chão, depois, com um solavanco, subiu. Ouviam-se os cabos rangendo. Nicolas desejou que a cabine parasse entre dois andares e eles ficassem ali para sempre. Ou então que depois de subir bem alto ela se soltasse e mergulhasse a toda velocidade no poço escuro que os tragaria.

O andar era um longo corredor sem janelas, com portas de ambos os lados, e a dele ficava bem ao fundo. O botão do interruptor brilhava fracamente na penumbra. Patrick não acendeu a luz. Avançaram ambos pelo corredor, bem lentamente. Nicolas lembrou-se da frase de Patrick, de manhã: "O que vai ser da vida dele?" Alcançaram a porta, por trás da qual não se ouvia nenhum barulho. Patrick ergueu a mão para o botão da campainha, esperou um pouco mais de tempo do que no elevador, finalmente apertou. Lentamente, desvencilhou sua outra mão da mão do menino. Não podia fazer mais nada por ele agora. O carpete, dentro do apartamento, abafava os passos, mas Nicolas sabia que a porta se abriria, que nesse instante sua vida começaria e que nessa vida, para ele, não haveria perdão.

Paris, 9 de dezembro de 1994
Pors-Even, 2 de fevereiro de 1995

Este livro foi impresso
pela Lis Gráfica para a
Editora Objetiva em
junho de 2011.